2023年河南文学作品选

冯杰 主编
南飞雁 编

中篇小说卷

郑州大学出版社

图书在版编目（CIP）数据

2023 年河南文学作品选. 中篇小说卷／冯杰主编；
南飞雁编. -- 郑州：郑州大学出版社，2024.10
ISBN 978-7-5773-0368-0

Ⅰ. ①2… Ⅱ. ①冯… ②南… Ⅲ. ①中国文学-当代
文学-作品综合集-河南②中篇小说-小说集-中国-当
代 Ⅳ. ①I218.61②I247.5

中国国家版本馆 CIP 数据核字（2024）第 105153 号

2023年河南文学作品选·中篇小说卷
2023 NIAN HENAN WENXUE ZUOPINXUAN　ZHONGPIAN
XIAOSHUO JUAN

策　　划	李勇军		封面设计	小　花	
责任编辑	暴晓楠		版式设计	小　花	
责任校对	刘晓晓		责任监制	李瑞卿	

出版发行	郑州大学出版社（http://www.zzup.cn）
地　　址	郑州市大学路 40 号（450052）
出 版 人	卢纪富
发行电话	0371-66966070
经　　销	全国新华书店
印　　刷	河南新华印刷集团有限公司
开　　本	890 mm×1 240 mm　1 ／ 32
总 印 张	65.625
总 字 数	1 440 千字
版　　次	2024 年 10 月第 1 版
印　　次	2024 年 10 月第 1 次印刷

书　　号	ISBN 978-7-5773-0368-0	总 定 价：198.00 元（共六册）

本书如有印装质量问题，请与本社联系调换。

目录

九重葛

邵 丽

一

她是个闲不下来的人。她不停地擦拭房间里的物件，每一件东西都纤尘不染。她不停地拖地，木地板已经有了明显的深浅不一的凸凹。她一遍遍地重新摆放柜子里外的器具，那些器具本身已经排列整齐，如同久经训练的列兵一样。清洗床单和每天换下来的衣服。她一个人的家，衣服洗了又洗，床单至少得用够一个礼拜吧。每天分配给清洗卫生洁具的时间更长，这是一项比较复杂的系统工程，频繁地更换一次性手套，使用三种工具：擦洗坐垫的一次性消毒湿巾，彻底清洗马桶内侧的洁厕灵和软毛刷，擦洗马桶外侧的一次性小毛巾。

她一个人的家，这些能令她身体处于活动姿态的活儿实在少得可怜。

还能干些什么呢？

干完这些事情，她换掉工作时的全套衣服，扔进专用的小洗衣机里，打开淋浴器清洗自己，然后换上干净的衣服。

她不睡懒觉，六点半准点起床。早餐很简单，牛奶加速溶麦片，一个鸡蛋，一片加热的面包片蘸蜂蜜。

差不多上午八点钟的样子，她便做完了所有要做的工作。

余下的一天要干什么呢？

不知道从哪天起，她开始不喜欢看电视。她觉得电视开着像是和许多人共处一室，一点隐私都没有，那些人那些事儿，会让她心烦意乱。她会随意翻看一本书，但只能看三四页。现在的书往往字号太小，她不允许眼睛太吃力。她闭上眼睛呼唤小度："小度小度，放一首《蓝色天际》。"小度说："好的主人，现在为您播放班得瑞的《蓝色天际》。"音乐响起，她有片刻的松弛，像踩着沙滩慢慢沉浸到海水里，边听边在屋子里走来走去。音乐声慢慢淡下去，她像从潮水里抽离出来，焦虑开始袭扰她。

她的一天很难熬！

她的一年很难熬！

她今年才五十二岁，做了一辈子小公务员。两年前她以心脏早搏的理由申请病退，获准。她不知道自己还能活多少年。如果是秋天，如果是阴天下雨的日子，她愈加发愁，余生该如何度过？她恨不得吃一种药，睡上一觉，十年二十年就过去了——但未必是死，未必是自杀。即使她对再也醒不过来也毫无畏惧——她真的试过两次。第一次一次吃了十片艾司唑仑片，除了有点困意，基本没其他反应。她给自己加了十片，一次二十片，虽然睡过去了，但不到两个小时就醒了过来，再也没有一点困意。后来她看手机新闻里说，一个想自杀的人，吃了一百片艾司唑仑片，睡了两觉，起来没有任何事，事后还特意给药厂写了感谢信。后来她想，一个人要真的想睡过去，至少得吃一千片。那一段她像得了强迫症似的四处求人，真的弄到了十瓶。她看宝似的看着那些贴着蓝色商标的小白瓶子，不知道自己究竟要干什么。

我只想睡过去，可能并不想自杀啊！

她是独生女，父母都是解放战争时期的干部。母亲四十多岁才生了她，父亲比母亲更老。等到她也四十多岁的时候，父母已经先后不在了。他们都是年龄大了，无疾而终。

慢慢地，她成了个孤儿。尽管她受过完备的大学教育，喜欢读文史哲书籍，这丝毫不影响她成为一个孤儿——虽然从法律上讲她已经超龄，但她执意这么认为，而同时也觉得这个想法并不违法。

父母是老死的，虽然她伤心了好一阵子，但是她接受。她只是常常心神不宁，不知从哪一天开始，她不能让自己闲下来，闲下来就会变得很沮丧，心情受潮似的湿答答的。每天早晨起床情绪就很低落。她穿着旧而宽大的袍子，站在二十五楼的窗前往地下张望。远远近近的道路上，车流涌动，争先恐后，像一群蚂蚁。这样的情景周而复始。她觉得生命毫无意义。

每天她至少要洗两次澡。晚上清洗干净自己，坐在干爽而舒适的床上，冥想一会儿。其实除了忧愁本身，她并没有什么值得忧愁的事情。活着也还好。既然活着还好，她又因此而恐惧：人会不会睡着了就再也不会醒来？毕竟，她还是有些事情在心里搁着。

她是这个城市的原住民。父母给她留下的，加上她自己的，共有四套房产，都是在最好的地段。这在一座特大城市里，每个月收到的租赁费就是个大数额。卡上每个月增长的数额令她不开心，多金于她而言也是个不小的压力。

病退前，她总觉得身体不适。查来查去，身体真的没什么器质性病变。来得多了，后来医生还是给她开了一种药，她看了说明书：主治抑郁症。治疗伴有或不伴有广场恐惧症的惊恐障碍。她有点生气，我好好的一个人，怎么会有抑郁症？医生好言相劝，说如果没有这种病，吃了并不会有什么副作用。她出于好奇，实在忍不住取出一片药片，把它分成两半，然后再把其中的半片分成两半。医生让我吃一片，我吃四分之一片，也可能会有传说中飘飘欲仙的感觉？她吃了四分之一片，然后索性又吃了另外四分之一片。她看着剩下的半片在她眼里慢慢模糊，困意快速袭来。那天晚上她睡得很安稳，真的安稳。第二天早上醒来，她没再起来看楼下的蚂蚁，而是坐在床上哭了。我？患抑郁症了？

但她拒绝继续服用那种药物，她认定自己没病。

也就是两三年的工夫，她懒得再去逛商场；偶尔去一次也只是胡乱地看看，她什么都不买。那些很正式或者适合聚会时的正装、礼服，她完全没有兴趣。

她没有场合。

她吃得不多，口味淡到可以白灼青菜不放盐。她的食物链也仅仅满足活着的最低需要。

如果不是疫情防控，她每天都会在附近的紫荆山公园走走路。一位女大夫告诉她，你身体很好，瞧你苗条而匀称的身材，说明你的身体没有什么器质性问题，加强锻炼会更好呢。她喜欢听这话，也喜欢放大它。我就说嘛，我没什么病！她相信这个女大夫的话，强迫自己喜欢公园和太阳。太阳光里，她的心真的就明朗起来。太阳补足了她的钙，太阳会把她照射出一身微汗。她想着这种温暖和照耀，心里就有了一点快乐了。她张开手站在太阳光里，觉得自己就是一株禾苗，一棵占地不大的树。

疫情防控之前她家里来过一个男人，他们是在公园里认识的。男人不知道是怎么知道她的住址的，这让她很恼火。他捧着一盆开得正盛的九重葛，郑重得有点不合时宜地说道："我自己培育的，已经长了三年零五十七天了。你看，牌子上写的有幼苗的日期。"然后又补充道："它特别好养，很泼皮。"这是一株木本植物，树干有人的大拇指粗，巨大的树冠把那人的上半个身子和头脸都遮住了，他在树的缝隙里和她说话。那么老大的一个盆子，得有二十多斤吧？他一直抱在胸前，像抱着圣物。她终于不忍心地说："你放地上吧！就搁在门口那儿。"

他说："早晨收拾园子，看它开得正好，想着送来给你做个伴儿。红红绿绿的，养眼。"他支叉着手，神情试图说服她：我该给你搬进屋子里找个地方安置好。

她看懂了他的心思，说："不，就放门口边上。我说不准会花粉过敏。"

僵持了好大一会儿，气氛非常尴尬。她就那么堵在门口。他抱着花，手上沾满了泥土，头上的热气把几缕头发都汗湿了。后来他坚持不住了，终于把花靠着门口的墙边放下。她看了看他，犹豫了一下说："你别动，我拿水给你。"

她提出一大桶"农夫山泉"——她平时做饭用的水，另一只手拿了肥皂。她指了一个地方，就给他在步梯口冲手。水顺着楼梯缓缓地跨着台阶，弯弯曲曲地不知道要流到几楼去了。她前后让他打了三次肥皂，嘴里不停地说着："手心、手背、手指间……"一桶水终于洗完了，她说："你别动。"

她返身回屋子里拿出一条半干的毛巾递给他，让他浑身上下都抽打一遍。一切似乎可以结束了。可他眼睛看着那盆娇艳的花，并没有要离开的意思。她几乎是被逼无奈地取来一双鞋套，给人开了半扇门。人是进来了，她却堵在玄关处，拿一桶消毒喷雾，把他上下喷了个遍，然后指着卫生间说："你去洗手吧。"

那人宽厚地笑了，再去洗手间用肥皂仔细洗了手。等他出来，发现沙发上特意铺了一块干净的罩布。他知道那是他的特定位置，便轻手轻脚地走过去，乖乖地坐下了。她端了一杯白开水给他。他又笑了，说："这杯子……不是一次性的，可以用吗？"

她说："没关系，你用完我会消毒。"

那天，那个男人在女人家里坐了十来分钟，喝了一杯水，几乎没怎么说话。他自己着急走是因为内急，女人的卫生间他是不敢奢望使用的。

过了几天，女人突然打电话给他。他们互留电话号码已经差不多半年了，一次都没用过。女人在电话里说："若是方便，可否再劳烦你一次，把花给我搬到客厅窗下的台子上。"

他记起，她家的客厅是落地窗，窗台很宽。设计师说不定就是留着给人养花用的。

二

女人姓万，单名一个"水"字。她父亲姓万，母亲姓水。她叫万水。小时候躺在妈妈的怀里撒娇："你和爸爸走过千山万水。我要是有个哥哥就好了，可以叫万山。"

不过是一句娇昵的话，可母亲的神色却立刻黯淡了，吓得她从此再不敢浑说。

万水每天上午都准点在公园散步。她练过芭蕾，学过游泳，对文学还多有喜爱，自认为年轻时还算个文青。即使现在她也气质出众。她头发剪得很短，身材偏瘦，脊背挺得倍儿直，走路像风一样快。很多初识她的人都会忍不住问："你当过兵吧？"她咧嘴笑了，笑起来模样还是很耐看的。她说："我爸妈都是军人出身，我也是在大院里长大的。他们打小就对我军事化管理呢。"

"大院"这个词儿，有一股神秘的横劲儿，可于她而言，不过是外强中干。其实没人知道她要用多大的毅力才能在这里快速走动。她恐惧着，焦虑着，不能停下来，停下来仿佛会死。她不怕死，可又不想死。这让她很纠结。可这种纠结同样又让她觉得自己有问题：不怕死又不想死，不正是军人的特质吗？不怕死才能勇敢地上战场，不想死才能凯旋。你纠结什么呢？

她散步的时间点常常会遇见一个和她岁数差不多的男人。男人的衣着基本上算是体面的，中等偏上的个头，微胖。和她不一样，他总是悠闲地踱着步子，不是"八"字步，他走路的模样倒像是个学者。万水从他身边走过，目不斜视，从不看他一眼。有一天她发现男人的速度也快起来，在距她五步左右的地方跟着，她走了三圈都没甩掉他。到了第四圈，她回头挑衅地看着他，目光凶狠地问道："你想干什么？"她看看天上的太阳，差不多十点半。这个时间，是一天中最安全的时段。

男人冲她一笑，是那种善良温厚的笑。他说："你调动了我的积极性。跟着你的步子走，人会变得很起劲。"

她很久没看见这么纯粹温厚的笑容了。她还看到他干净的手和修剪整齐的指甲。嗯，还行。她在心里暗暗说。虽然这个"还行"不知道是指男人还是他的跟随，反正她居然默许了。打那天开始，他们就变成了两个人一起走。没人会关注到他们，别人也许会想，不过是一对平常的夫妻。

大概一个月后，她突然缺席了。男人算着，快半个月了呢。

她终于出现的时候，好像大病初愈般的虚弱让男人吓了一跳。她面孔显得虚白，走路的速度显然有些慢了。走了一会儿，她出汗了。她冲他不自然地笑了一下，寻了个向阳的椅子坐下来。男人又走了一圈才过来。两个人坐在同一张长椅上，中间隔了很远的距离。她主动说："病了，急性阑尾炎。小手术，但身体还是挺虚弱的。"

这是他们第一次正常说话。男人说："我就说是病了，否则你这样严谨的作风，不会无端缺席的。"看她不说话，然后又道："人不服老不行。身边一定多留几个人的电话，否则遇着什么事求救都困难。"

他的语气带着诚恳的关心，一点虚头巴脑的东西都没有，仿佛这一阵子他是挂牵她的。万水心里有一点感动。她说："你呢，怎么也总是一个人？"她是个不习惯打听别人隐私的人，从不。问了有些后悔，脸上现出愧色。

男人反问道："你呢？"

万水说："我是个独身主义者。"她不知为什么隐瞒了之前的婚史。她曾经结过婚，勉强过了两年。头一年也还好，第二年他生病了，胃食管反流。这种病怎么说呢，说不严重也不算严重，不影响上班，也不影响社交；说严重也算严重，睡觉都得在身下垫一个三四十度的支架，半躺半坐着睡。每天晚上想抚慰他一下都得爬到他那斜坡上去。细心照顾他一年多，不但没有好转，反而更加严重。床前百日无孝子，夫妻也不行，何况她是一个超级洁癖者。这一年多下来，什么情啊爱啊性啊，磨得比纸片都薄。后来丈夫被姐姐邀请去美国治疗。他们也都想松口气，很快他就过去了。他适应那边的环境，医疗也很有成效，一来二去就移民了。丈夫也诚心邀请她一起过去。那时她的父母都还健在，她拒绝了。

再过一年，丈夫提出离婚，说这样长期分居对两个人都不公平。她反而松了一口气，像卸下了一副盔甲，感受到异乎寻常的自在。她买了一个四寸的小蛋糕，点上蜡烛，悄悄庆贺了一下。一别两宽，各自安好。从此她再不肯走进婚姻了，她喜欢一个人过日子，任何时候去看爸爸妈妈都不用顾忌其他人的感受了。爸爸妈妈一如既往，像疼惜一个小娃娃一样爱她。她在他们身边的幸福横无际涯，不需要揣测彼此的心思，不需要顾忌彼此情绪好坏。父母全心全意地陪伴着她，一直到他们一个个撒手。

她变成了一个纯粹的自我，越来越自由，也越来越自闭。上班的时候还好，每天能说上几句话，全是工作上的事情。后来退休了，便几乎与世隔绝了。她没有男朋友，女朋友都没有。

男人说："独自习惯了，一个人挺好。自在。"男人又说："我老伴儿走了。"他迟疑了一下还是说了出来，"是那种不好的病。两个儿子都在美国，念书念的年份长了，就入了籍。我去住过一段时间，原本是要长期住在儿子们身边的。可他们都忙得聊个天的工夫都没有，一个星期陪我吃顿饭就不错了。我每天一个人闲逛，逛着逛着就又逛回来了。还是国内舒服，亲戚朋友都在。"

"你会做饭吗?"

"我儿子给我请了个阿姨,一天做两顿饭。"

万水发现,她不太抵触这个男人。

两个人说了一阵子,到了饭点,就各自散了。等再见了,就觉得自在了许多。走路却依然是一前一后,几乎不说话。一个走累了,老地方坐下来。另一个也坐下来。一切都是自然而然。有一次,男人介绍自己说:"我是个搞林业的,大小也算个专家,刚退休。单位返聘,我儿子不让。可总这样闲着也不是个事儿,正琢磨着找块地自己种点啥。"

对于这么庞大的话题,万水没有准备,或许是没有如此大的精力讨论,便随口说道:"我是个耗日子的人。"

男人说:"我家的阿姨今天休息,中午我可以请你吃饭吗?"

万水怔了一下,随即羞红了脸,她说:"我从不在外面吃饭,我——"

男人说:"我明白了,你爱干净。"他没用"洁癖"这个词儿,觉得这样不尊重人。然后他掏出手机找出自己的微信二维码,站起来远远地伸向她: "都认识这么久了,我们加个微信吧。"

她也立即拿出手机,朝他笑了一下。男人明白,她是想弥补她的歉意。

男人加了她的微信,说:"你的名字叫万水,可真好听。你的朋友圈怎么什么都没有?"

万水说:"你叫张佑安。你妈一定只你这么一个儿子,要诸神护佑你平安。"

张佑安笑道:"如她所愿。"

"哎,你的朋友圈简直就是个植物园。"

那阵子万水的心情好了许多,手术后的身体也在慢慢恢复。本来嘛,阑尾炎微创就是个小手术。晚上她躺在床上,会翻一翻张佑安的微信朋友圈,了解一点花草的知识,木本植物和草本植物的养护方法等。但他们彼此没有联系过。

张佑安有好一阵子不上公园来了,也没和万水打个招呼。万水自然是不会问的。她在他的微信朋友圈里看到,他在黄河滩上租了几十亩地,还建了一座小木屋。有一张照片是他赤着脚在泥土里栽种什么。想必这就是他惦摸的一块地了。

那时候麦子刚刚收完。后来又下了一场千年不遇的暴雨,这个干旱的北方城市竟然淹死了不少人。地上都是大水袭击过后留下的创伤,她觉得遍地都是细菌。万水的心情突然又低落下来,她不再出去走路,一个人关在屋子里也要不停地洗手。再后来,疫情复起,城市静默,楼下的街道空空荡荡,她再也看不到成群结队的"蚂蚁"。不过,并不是因为这个,屋子外的一切和她似乎都没有关系,即使不静默她也不到任何地方去。她只在夜深人静的时候出去倒一次垃圾。她干任何事情都是静悄悄的,邻居们以为她来去无踪。她的家是一座空屋。

后来她连微信朋友圈也不看了。窗台上的那盆九重葛懒于浇水,竟然越开越盛,艳得让人心惊肉跳。那花团锦簇的热闹繁华,仿佛是她的一团幽梦,被悬置在一个肉眼可见的世界。

原来姹紫嫣红开遍，似这般……她索性关了屋子里所有的灯，在灯火璀璨的夜色里，分不清什么是什么。

三

万水每天只等夜深人静，已经听不到一点声音的时候才悄然打开房门。她戴着一个黑白格的洗澡用的塑料浴帽、N95 口罩，裙子外面套了紫色的雨衣，脚上也是绿色的半长筒胶鞋。垃圾袋套了三层，她唯恐在电梯里留下垃圾的味道。其实电梯里是充满异味的，尽管排风扇一直在吹。所以，倒垃圾对她是一种巨大的挑战。她不想被人发现，只是轻轻的一声门响，楼梯间的感应灯就亮了。她看见了一个奇迹，原来放那盆九重葛的地方，并排放着两个墨绿色的方形塑料盘子，一盘是清水养的韭黄，另一盘是泥土养的芫荽。一黄一绿，在静夜的灯光照耀下煞是好看。黄色的像小鹅苗的毛，绿色的像海底史前植物。她看了再看，竟然一片残叶都没有，旺生生地鲜嫩着。

她丢完垃圾回来，那两盘东西仍然在原地待着。她弯下腰又去看，第一次不嫌弃地嗅了嗅韭黄和芫荽的清香。恋恋不舍地关上了房门。她重新洗了手脚，躺到床上，准备关机睡觉时却发现有一条未看的微信消息。她吓了一跳，她的手机从来不曾接到过微信。她颤抖着打开，原来是张佑安两个小时之前发来的："万水女士您好，这是我种植的两盘盆栽，没有使用化肥和农药。知道你忌讳外面的细菌，特意清洁后，委托小区的门卫师傅给你送至家门口。长期居家，叶绿素少不得，希望你尝尝我的劳动成果。如果你实在担心，就放在窗台上权且作为风景观赏吧。"

两个小时前？他怎么不敲门呢？估计是发了微信我没回，害怕打扰我。可是，我很少看手机呢！她想回复一下，可老半天不知道该说什么。后来下床拿了干净抹布，打开门去，仔细擦拭了已经很干净的塑料托盘。托盘很轻，也很精致，可见他的用心。她小心地把它们放在窗台上，收拾干净重新躺在床上。百度了一下，韭黄可以用剪刀剪下来食用，留下根部，每天换清水，仍然可以生长。至于芫荽，她知道的，小时候妈妈在院子里种过。只掐苗尖，不伤着根它就有重新生长的能力。她那天抱着手机就睡着了，嘴里一夜都含着芫荽的清香。第二天醒来，她发现昨晚没服用安定。难道这两种植物有助眠的作用？

她解冻了一条冰箱里为封控备着的黄河鲤鱼，去了鱼皮，只取两边鱼脊上的精肉。用刀背拍碎收在玻璃碗里，放一点生抽和料酒腌着。然后和了一团小麦精粉饧着。最后拿剪刀小心翼翼地剪了一把韭黄，摘了一撮芫荽叶子。

万水把鱼骨头放在清水里炖上，盘一棵小葱放进汤里，再放几片姜，两勺白胡椒。水滚开后改成小火，慢慢熬，像熬着自己的日子。

韭黄细细地切了，放入腌好的鱼肉里拌匀，淋一点小磨芝麻香油。面饧好了，拿出来揉了，揪成小面团，一个一个地擀成圆圆的饺子皮。包饺子要快，好把韭黄的清香锁进面皮里。

氤氲的水汽里，妈妈笑吟吟地说着话儿：妞妞，擀皮要让小擀杖摇着面饼自己转圈，中间厚四圈薄，这样包的时候可以用力装一兜菜，馅大皮薄。那时，她也就是十二三岁的光景……她一瞬间真的看见了妈妈，幸福得眼泪都滚出来了。

一群白鹅似的饺子煮好了。先给妈四只，再给爸六只，爸吃得比妈多。她自己盛了总有十几只，一口气吃完才品出鲜味来。鱼汤已经熬得浓浓的，她捻一撮子芫荽放在空碗里，然后加入沸汤，一口一口地慢慢品。妈在叮嘱，妞妞，好好儿活着，如今日子多好啊，想都想不到的好啊！妈妈行军打仗那会儿啊，饿得地里的生土豆带着泥挖出来，来不及擦干净就往嘴里送。困急了几个人就拿绳子一个一个捆成一串，走着路就能睡一觉。妈这一辈子啊，啥安眠药都没吃过。饿了张口就吃，困了倒头就睡。那时候，爸常常批评妈，好好个孩子，怎么就给惯成个豌豆公主了？

她吃饱喝足了，太阳正好照进屋子里，她就在西窗下的餐桌上盹住了。妈和爸好久没唠叨过她了。

她被秋后的太阳晒得暖暖的，有一种死而复生般的庆幸。

本来想给张佑安回复个微信，后来想想，还是给他打了电话。她在电话里说，韭黄馅的饺子太鲜了，好久没这样吃，撑着了呢！那声音她自己都有点吃惊，竟有点撒娇的意味。可不，中午盹着那会儿，跟着妈妈包饺子，也就是撒娇的年纪嘛！她到这会儿还没从那梦里回过神来。

张佑安说："终于敢和我聊天了，不怕电话里传过去病菌吗?"

万水在这边也笑了:"我待会儿打完了,会用酒精棉片给手机消毒呢。"

又一天,到了晚上七八点钟,万水又想着打个电话过去。正迟疑着,张佑安却打了过来。她内心禁不住一阵欢喜。接了电话唠唠叨叨说了许多废话,看了什么书,吃了什么饭;九重葛生命力可真顽强,试验了一回,一个礼拜没给喝水,人家越发开得烈火红艳。絮叨完了自己,然后终于问道:"你呢,你一天都干些什么呢?"

张佑安说:"我在黄河滩上培育苗木呢!连口罩都不用戴,一面坡下就我一个人。"

"一个人好!"她向往地说。

张佑安说:"我种了三十棵本地老玉米,快长熟了,到时候新鲜玉米可以烤了吃。不过,你在家里可烤不了。"

万水说:"怎么烤不了?我有电烤箱啊。"

"用烤箱烤?"张佑安想了一下,"对对对,用烤箱是一样的。"

"我明白了,还是炭火烤的好吃。"万水脆生生地笑道,"我倒像是争吃一样,好馋的嘴。"

后来就分不出谁给谁打了。她似乎也不在意这个了。开始聊半个小时,慢慢变成一个小时,后来时间刻度就消失了,有时竟然聊到深夜。前三皇,后五帝;山之南,海之北。反正,一个小小的话头,就会放大成一个话题。

四

张佑安的老家是农村的。他爹要强，也是个能人。烧砖烤瓦、养兔子编筐，反正是个"闲不住"。他家住在黄河边，蒲草苇子铺天盖地地疯长，人家晒太阳唠嗑的工夫，他就能织一张蒲席，趁天黑偷偷拿集市上换两块钱。张佑安上面是三个姐姐，他爹让四个孩子都上学。张佑安念高中那会儿，恢复了高考制度，他的三个姐姐先后考上了学。后来改革开放了，他爹承包了村里的砖窑。他爹不让他管家里事儿，摁住他的头一心只读圣贤书。果不其然，张佑安成了县里的状元，考上了北京林业大学。

有一拉溜儿四个大学生——那年头考上个中专也叫大学生，其实他三个姐姐都是中专生——撑着，他爹的胆子更壮了。一口窑变成六口窑，后来摇身一变又成了砖瓦厂。土地承包后，各家的地各家种，粮食亩产一下子翻了几倍。村后的张存有家种了苹果，一年收成抵三年粮食。大家都改种果树，因为离城市近，很快都赚了钱。张存有家盖了四间瓦房，用的都是他家的材料。村后的张大嘴经常往城里跑，房子晚盖了两年，从城里拉回了预制板，盖成了平房。张佑安他爹背着手转悠了两圈，给自己的砖瓦厂增加了预制板业务，他家头一个住上了三层小楼。村里家家都学样，砖和预制板生产多少都不够卖。一时之间，张老板成了闻名遐迩的人物。

有人通过张佑安的姐姐，给他介绍了一个对象。是乡干部家的闺女，在县里念中专。他姐说长得好看，又是她们单位一个小领导介绍的，也算知根知底。找个干部家的闺女，还有自家闺女政审，他爹当然喜欢得不行，假期便让俩人见了面。银盆样的一张大白脸，喜眉笑眼。有那么厚实的家庭背景和超强的女性特征，从未谈过恋爱的张佑安哪还有还手之力？一下子便被弄晕了，好似任她宰割的羔羊。见了没两次，女孩就主动跟他亲嘴。她比他懂的还多，拉了他的手从衣服领子塞到两个大奶子上。后来也是她先脱了衣裳。事情一下子就完了，他惭愧得不行，有些不知所措。姑娘安慰说，不碍事，慢慢就好了。

俩人行的好事儿，都被张佑安他娘在窗子外头偷听到了。这也是他们那里的风俗。待他们出了门，他娘就挤进屋子里看。床上脏污了一片，却没见红，登时就愣了，当即就去找媒人。媒人说，生米已经做成熟饭不啥都晚了，你儿子一个大学生，把人家动了，咋还敢说反悔？他娘一路哭着回来，把儿子拉到自己房里斥责了半天。张佑安完全不懂这些事情，改天再去审那姑娘。姑娘说是之前定过亲的，谈了三年，后来她考上学了，那对象没考上就散了。再问，说是在学校还谈过一个，谈了两年，那个人考研考走了，就和她分了。她话说得云淡风轻，他却听得电闪雷鸣，死的心都有。事已至此，别无良策，便咬牙切齿地追问致命问题：都跟人家上过床吗？他闭着眼睛，只想听到否定的回答。哪怕是假话，也好让他遮遮脸。可人家愣是承认了，理由还很充分。那时候太小，不懂事。不过原本也是想着一起过日子的。张佑安读了那么多书，思政课还是优秀，知道这事儿是豆腐掉到灰堆里，吹不得也打不得，心里别扭得像吃了半只苍蝇。

人家姑娘偏就大大方方地住在他家不走了。白天他还气着恼着，晚上看见她白花花的身子，恨着却忍不住发了狠劲用力。他心里五味杂陈，可这事儿只能砸在自己手里，爹不知晓，娘不敢说，一张又瘦又小的窄脸越发枯黄。好不容易熬到假期过完该回学校去了，这姑娘却说怀上了，让他问他爹怎么办。他这才如梦初醒，知道行敦伦之事还会有后果。但踟蹰再三，还是不肯告诉爹。人家姑娘不管不顾，把这事儿大剌剌地跟他爹说了。直把他爹欢喜得不要不要的，说舍得六门窑不要，也得保住孙子。儿子还差一年毕业，就先上车后买票，那张纸等毕了业再说。办酒席的时候，张佑安托词学校通知紧急返校，便连夜溜之大吉了。他爹安排吹吹打打，待了十几桌客。媳妇自知理亏，压着不让娘家找碴儿。事儿办得倒也圆满。

张佑安大学还未毕业，大儿子就出生了。他爹看着大胖孙子高兴得合不拢嘴，让他姐姐立马给他写信报告这个天大的好消息。张佑安拆开信看了，恨不得一头栽倒在地死了。但事已至此，当了爹的他，毕业志愿只好填上自己的老家，毕业分到县林业局。媳妇在乡医院当护士，他一两个月都不回来一次。媳妇催着领证，他说孩子都出来了，领不领证有啥意义？凑合过就行了。

张佑安总不回来，不是个办法。她娘就出招，给闺女找了个偏方。让她去城里找他。他刚到一个新单位，媳妇来了也不敢声张，媳妇倒也贤惠人，买个炒锅，在屋子里弄个小电炉，又是菜又是酒伺候着。两个人挤在单人宿舍的一张小床上，一来二去就又怀上了。那时候计划生育正严格，媳妇东躲西藏，到七个半月上就打了催产素生了一个男娃，孩子放在媳妇姐家养着。张佑安只能认了，把柄攥在人家手里，计划生育超生，她一告一个准。后来是他自己托关系把她调进城里，单位给了两间公房，算是团聚了。可是夫妻俩脾气不对付，吵吵闹闹地没有消停过。那媳妇有两个大胖小子垫着，感觉自己翻了身，吵起架来从来不让他。张佑安被逼无奈，复习一年又考回学校读硕士去了，硕士读完又接着读博，假期都不回来。学校都不知道他是结了婚的，介绍对象的还真不少，他都一一回绝了。有一个女同学是真的喜欢他，他也喜欢她，不明不白地和人家暧昧了两年。那女同学认了真，死活要跟他结婚。他眼看躲不过去，才说了家中的事。女生哭着说她不在乎。他也想说不在乎。可儿子都那么大了，你不在乎？爹在乎，娘在乎，全村子几千口子人在乎！女生一把鼻涕一把泪哭了几次，到底没把长城哭倒，一气之下嫁给了别人。

他博士毕业选择回到省林业研究所。媳妇一直在县上，想吵也够不着。两个儿子在父母的吵闹声里长大，学习倒是争气。老大大学毕业后考到美国留学，后来指点着弟弟也走了同样的路。五年前，媳妇患卵巢癌，一直瞒着丈夫。其实是她自己放任，错过了最佳治疗时机，以至于不治。

讲完自己的故事，张佑安说："我的半辈子就是这样过来的。仔细想想我也挺对不住她的，一是自己年轻时不懂事，不该那么冲动。二是之前的事，我也过于计较，儿子都那么大了。"

万水说："是啊，你的确不应该。过去的事，毕竟是你孩子的母亲。"

张佑安长长地叹了口气，然后伤感地说："她拖了两年，我尽心尽力地伺候了两年。她眼看自己快不行了，哭着对我说，自己年轻时不懂事，有今天这个结果，都是因为自己作孽太多。我堵住她的嘴，说自己更不懂事，等她病好了就好好跟她过日子。后来她还是走了，临了拉住我的手说，你伺候我两年，我这辈子就满足了！"

这话让万水在电话这边哭得抽抽噎噎，不知道哭的是他的妻子还是他自己。

"你想过再找个伴儿吗？"这话搁过去，打死她也不会问的。

"想过，想尝尝爱情的滋味。但都这岁数了，哪里偏就有合适的？"

她的声音突然冷静下来："也是，婚姻其实挺怕人的，过得不好，还不如一个人来得轻松。"

他问她："那你呢？"

她说："我其实结过婚。我那点事儿，淡得跟白开水一样。父亲战友的孩子，到了结婚年龄，双方父母一指派，就结了。我们俩很友好，像亲兄妹一样。可是亲兄妹也吵架，我们俩比亲兄妹还好，架都没吵过。后来他移民了，我不愿意去，就离了。反正就这些，说是结过婚，其实跟没结过婚一样。过了两年，分开时才明白自己是结了婚的。"

"那后来怎么就一直没找呢？"

"我恐婚，对所有男人都抵触。我和前夫分开时，觉得一下子就放松了。我们俩在一起时，我每天呼吸都是紧张的。医生说，这是我结婚两年一直没怀孕的原因。现在想想男女那些事，我还是会紧张。我觉得跟谁过都过不好。我生不了孩子，何苦祸害人家。"

五

万振山念的是洋学，十几岁就独自去了开封，在学校加入的共产党。大学还没念完，组织就派他回老家信阳搞豫南地区的农民运动。按现在的说法，当年他家就是大别山东部地区的首富。现在红色革命教育基地的第一个农运支部旧址就是他家的宅院。他爹花了几百块现大洋供他读书，读成一个"逆子"。他回来领导农会分了自家的田，他爹一口鲜血喷了三尺远，当场气绝身亡。他一边料理父亲的丧事，一边对族人说，这就是封建地主冥顽不化的下场。其实背着人他也偷偷给爹磕了几个响头，恸哭了一场。他爹是地主，但不是恶霸；是个秀才，但不是劣绅。他爹读圣贤书，不娶小老婆，所以就他这么一个儿子。他心里责怪爹，咋就那么想不开呢？田地分给乡民，大家都有活儿干，有饭吃，多好？你这一口气上不来死了，再多的家产不是一分带不走吗？

农民运动开展得轰轰烈烈，国民党也从未停止反扑。他们在强大的火力逼迫下，暂时躲进深山。山上缺粮，他派人给家里带信，让送粮食上山。他娘哭得伤心欲绝，他这个"共匪"家院早已被国民党洗劫毁坏一空。他娘怕儿子饿死，让怀着三个月身孕的儿媳妇出去要饭，要两天攒一筐干粮，亲自背着给丈夫送去。万振山接着媳妇送来的吃食，得知娘一个人在家，藏在夹墙里，不放心，派了个战士送媳妇连夜下山。媳妇怀着身孕，为了给丈夫省一口，两天没吃一口东西，下山的时候腿一软就倒地了，一尸两命。小战士哭着把人背回山上，万振山用自己仅有的旧被褥把媳妇裹了，埋在山上。他趁一个月黑风高夜潜回家中，发觉已经回来晚了。他娘信佛，进夹墙时只带了一壶水，坚持了五天，坐化在夹墙里了。此时的万振山犹如万箭穿心，他亲手把父亲的棺椁打开，把母亲和父亲葬在一起，对国民党反动派的仇恨无以复加。他从此了无牵挂，一心打老蒋。一九三四年，红二十五军在大别山的何家冲一带发表了长征《出发宣言》。万振山就此北上，那时他才刚二十岁。

从此，万振山戎马倥偬南征北战。后来在淮海战役中受伤，在战地医院结识了女护士水纹。水纹比他小十几岁，是个清秀的南方女子。两个人聊起来，都是血泪。水纹的大哥参加过北伐战争，后加入共产党。小哥黄埔军校毕业后曾经随国民党新一军入缅作战，职务高居副座。中华人民共和国成立前夕逃往台湾。她父亲是昆明城的爱国绅士，把全部家产都捐给了共产党。一家人却遭到了国民党的血洗，她的父亲母亲，还有怀着身孕的姨娘，无一幸免。水纹当时在教会学校念书，躲过一劫。她哥哥连夜派人把她接到队伍上，她是在马背上长大成人的。

万振山出院后，向组织打报告申请结婚。婚后俩人随部队一路征战，聚少离多，但还是生下两个男婴。当时部队不允许带着娃娃行军，孩子都交给当地的老乡抚养。中华人民共和国成立后夫妻俩通过组织寻找，水纹还亲自沿着当年战斗过的路线去寻过，未果。水纹快四十岁才生下女儿万水，当时丈夫万振山已经年过半百。

万水说："中华人民共和国成立后，我父母一直留在部队。我也是在部队大院出生的。可是因为我小舅舅是国民党的高级将领，后又逃到台湾，他们俩一直因家庭历史问题未受重用。后来我父亲认命，他老了，跑不动了，主动要求回到家乡工作。父亲回到地方上，当过连片地区半个省的副书记。后来咱们与台湾关系修好，我母亲因为与台湾的特殊关系，当上了省政协副主席。"

张佑安说："万水，真看不出，你还是个高干子弟。"

"高干子弟？"万水笑笑，不置可否。

"你看我像什么子弟？"张佑安逗她。

"你吗？"万水煞有介事地说道，"往大里说，像是农民企业家的子弟；往小里说，像是砖厂老板的儿子。"

张佑安笑得喷饭。

万水也开心地笑了，她说："我们这样聊着，让我忘掉了时间。这封控的日子我简直数着秒熬日子，有个人聊天真好，我给你行个军礼，感谢老张同志！"

张佑安说："该谢你才对。埋在我心底半辈子的秘密都吐给你了。也算是自我救赎吧！"

万水说："老张，你想过自杀吗？"

"没有。从来没有。"张佑安郑重起来，"为什么要自杀呢？只要活着，总有一天能把心底的秘密与人分享。之前不说，只是没遇到合适的人。要是什么都不说就死了，那不等于我白活了一生？"

万水说："我倒是想过许多遍，但就是没有自杀的理由。如果有，那唯一的理由就是活着没意思。我父母都活到八九十岁，一天天地为活着而活着。他们只有我一个女儿，我又没给他们生下个后代。你说，他们的内心该如何孤独？"

张佑安说："那是你替他们孤独，你怎么知道他们内心想些什么？他们身经百战，枪林弹雨都过来了。生死置之度外后活着，那心胸和境界不是我们普通人所能够理解的，否则怎么能活那么大岁数？现在的人太脆弱了，都是享福享多了。"

"你这是在批评我矫情。"她嗔道，"你整天这么乐呵，是真的快乐吗？"

"快乐有多解，我忙碌，怎么样都是一天。"张佑安的情绪突然高涨起来，"我忙得很呢！伺候土地，兹事体大。我租了六十亩河滩地圃育苗木，一个人，干一天活儿，吃点土里长出来的新鲜东西，倒头就睡，那才是天人合一！哪儿还有心思想什么死不死的！"

"哎，说说你的小木屋呗，那里都有什么？"

"有一间厨房，是我用来做饭的地方。有一间客厅，其实是我吃饭喝茶的地方，我还真没接待过客人。还有一间卧室，卧室里有个卫生间，是我如厕洗澡的地方。虽然我委身土地，可是一天必须洗两次澡。我在泥地里干一天活儿，不洗澡可不行，我也努力做个爱干净的人。"

万水说："不许嘲笑我！"

"我的卧室里有一张大床。人老了，劳累一天，喜欢睡得舒展一点。我躺下，就像一个'大'字。万籁俱寂，我觉得全世界都是我的。"

万水心里想，要是每天白天晒晒太阳，晚上躺下就能睡着，她的世界可能也会好一点。她说："这日子，真让人羡慕嫉妒恨呢！你像个古代的隐士一样，过着陶渊明的日子，你是自己的王。"

张佑安说："每个人都是自己的王，看你选择怎样统治自己了。"

万水笑道："哲学家！你和第欧根尼只差一个木桶了。"

"黄河滩里遍地都是黄土，你可有勇气来参观一下？"

"当然可以！我有帽子口罩，有雨衣，有胶鞋。我不是每天都去公园走路吗？"

六

封控的日子大街上寂静无声，只有一城的灯光在闪烁。万水也不想再让自己的日子那么清冷孤寂，她打开所有的灯，一个房间一个房间查看自己所拥有的，一时之间竟觉得它们都是那么中用和可爱。然后，她关了灯，坐在洁净、干爽、温软的床上，开着窗帘，看外面的七彩流光。如果世界末日就是这样多好，她的床就是方舟。她被光托着飘着，飘到哪里是哪里，她不管不顾了。

上帝给她打开了另外一扇窗，她的世界再也不是封闭的了。关了灯，她每天和一个人悄悄说话。他在说："我和那个女同学说了家里娶妻的事情，她说她不在乎。她长得不十分漂亮，可是她眼睛是亮的。有学养有教养的女人，眼睛里都有神采，她们能把握自己的命运，因此活得自信。我们俩在一个小西餐厅里坐着，外面下着大雪，玻璃窗里看着，灯光里的雪花和枯枝上的树挂像是油画。开始喝的是咖啡，后来换了茶，再后来换了一瓶红酒。女同学点的，为了不让她喝多，我自己却喝多了。女同学把我领到她的宿舍，她脱了衣服钻到被子里。我坐在小沙发上。我很困，我喝了红酒容易犯困。后来她光着脚下来，把我拉到床上去了。我穿着外套和她并排躺着，开始是装睡，后来就真的睡着了，一直睡到天亮。或许离天亮还有一小会儿，我起来悄悄地走了。我知道她醒着，可她没说话。"

"哎哟，穿着衣服？穿着满是细菌的衣服躺进别人的被窝，天呀，她怎么肯？"

"我太困了。"

"那，你一定也是爱着人家的，对吧？"

"不能说是爱吧，是有好感。"

"我喜欢简单明快的女人。"他补充道。

"也许你自己不知道，也许你是被自己的妻子孩子羁绊。我觉得你一定是爱她的，否则，你不会跟她回宿舍。"

"我喝醉了。"

"还不敢承认。"

"一定爱过！"

"真没想过。"

"好吧，你说有就有。"他想很快结束这个话题，"你不高兴了？"

她突然羞愧起来，着急辩解。"我哪有不高兴？你胡说八道什么，我怎么会为不相干的人和事不高兴？"她嗔怪道。

"看看，我就知道你不高兴了！好吧，既然不相干，往后就不说了。噢，对了，我种的麻叶海棠开花了。花是一串一串的大红，叶子阔大，叶子上的麻点都是漂亮的。哪一天我送一盆给你好不好？"

"我喜欢玻璃海棠，肥厚的叶子跟翡翠一样，花是正红。它是最干净的植物。我还喜欢栀子和茉莉，它们的漂亮就是干干净净的那种。"

"那这两天我想办法送一盆给你。不过,我悄悄放你门口,在你那儿洗手消毒太麻烦了。"

她恼起来:"哼,你想说什么?与你那衣服不脱就可以让进被窝的女同学比起来,我确实有毛病,对吧?"她竟然真有点生气起来。

"你这人,我们不是聊海棠花吗?"

"海棠花我也不要了,我又不请你喝酒,喝酒的人,醉了醒了,她们才关心海棠花,关心绿肥红瘦啥的。"

"你这人,我不说你非让我说,亏你还是学哲学的。当你能正视自己历史的时候,你就差不多忘掉它了。"

"可是,我不能正视。因为我没读过博士,我只是一个学过几年哲学的女人,又枯燥又乏味。眼睛里面又没光。"

"我都放下三十一年了,你只是听听就放不下了。"

"还说不上心,连三十一年都记得这么清楚?"

"我投降,你可别生气。你想听点什么咱们就说什么。"

"你这是在责怪我吗?哎呀呀,我真的是多事了,对不起对不起,此处应该有道歉。"她脸红了,突然清醒自己在无意识间又犯了个大错误。

"我是个好人。"他在电话那端憨厚地嘿嘿笑道,"只是证明自己是好人不容易。"

那天晚上挂了电话,她真的有些惭愧,自己是不是强迫症又犯了,人家的事情和自己有什么关系?她后悔不迭,心里躁得慌。忙不迭起来关了所有的灯,吃了一片安定,等到十二点还没睡意。后来觉得不睡一会儿明天会撑不住，又起来吃了一片，开着喜马拉雅听《道德经》，不知道什么时候睡着的。梦里梦外的一时清醒一时糊涂，手机里的声音响了一夜，她也懒得关。

第二天她觉得自己清醒了很多，对昨晚的表现越发羞愧。我这是怎么了？要干吗啊？把好好的聊天给搅黄了。尽管如此，她也没好意思叨扰人家。到了晚上八九点钟，张佑安却打过来了。她接了，心里竟是欢喜的。

到底有昨晚小小的不快在那儿垫着，俩人开始说话都小心翼翼，像避着地雷似的。她少说多听。他也是尽找那些远离现实的话题说给她，讲了一晚上的花木知识。"我育了一亩合欢苗，落叶乔木，喜欢温暖湿润和阳光充足的环境。叶子细细碎碎的，花丝一团一团的粉红，是最适合栽种在行人道路上的观赏植物。"

她听着，一下子回到了五六岁的光景。她家院子里有一排巨大的合欢树，树龄得有四五十岁吧，树冠郁郁葱葱，满院子都披着浓荫，显得阴郁而神秘。粉红的花朵不管不顾地盛开，从春天一直开到夏天。她和妈妈展一张竹凉席，她躺着，妈妈坐着。妈妈得摇着蒲扇替她打蚊子呢。

她说："绒花树。"

妈妈说："那叫合欢。"

她说："不，就是绒花树！"

树上的绒花指不定什么时间啪地掉下来一朵，用手拈了，凉凉的绒绒的，不香，却有股子清甜。她顽皮，捡一朵放在额头上，再捡一朵放在鼻子上。后来她睡着了，被妈妈抱进屋子里去了。

早晨醒来，她一骨碌爬起来去看。哇，席子变成一幅画了。再看地上，到处都是花团儿。工人要过来扫院子，她拦住不让。爸爸笑哈哈地说："留着，让她玩吧！"到了中午放学回来，发现花全蔫了。她站在树下伤心了半天。那时她很奇怪，那树怎么那么大的力气，每天落每天开，好像无穷无尽。

听着想着，她的眼睛湿润了。她说："你弄个梅园呗，腊月里开。我妈妈喜欢蜡梅，她总是说：'蜡梅不是梅，一花香十里。'"她没有告诉他，她生在腊月。保姆说："这孩子生下来身上带香，冷香。"妈妈说："一定是墙角边的梅花开了。"

张佑安说："我就说给你弄几盆梅，还怕你嫌它清冷。"

七

张佑安没有等到梅花开，他大儿子要在圣诞节举行婚礼，邀他去美国。他走得很匆忙，晚间好不容易抢到一张机票，第二天早上就出发去上海转机。他只好在电话上跟万水告别。

张佑安出境的时候还顺利，但回来却很麻烦。很难弄到一张机票不说，即使能够回来，也要经过多重隔离。儿子劝他道："爸，你反正在哪儿都是一个人，就在美国过年吧！你烧一手好菜，也让中国文化在这里发扬光大。"他想想也是，儿子这理由他还真不好拒绝，就让他的学生雇了两个人，帮他把苗圃照顾好。

他住在美国东部，时间刚好和这里错十二个小时。再加之休息时间的错位，两个人倒是不常打电话，只是不定期地发发邮件，或者在微信上留言。张佑安有时会发一些他用手机拍的图片。万水醒来打开电脑，屏幕上全是风景。你还别说，摄影技术一流。她常常这样夸他。他说，不是我照相水平高，而是这里风景太好了，随手一拍就是屏保。有时候她会连续几天收不到消息，原来是他到拉斯维加斯去看红石峡了。后期发来的图片上，他看上去精神抖擞，大红的羽绒服，蓝色的风雪帽，像个小伙子一样提劲。

万水的生活又恢复了过去的样子。有天她不知道想起了什么，又站在二十五楼的窗前往下张望。她又看到了过去的景象，远远近近的道路上车流涌动，像一群蚂蚁。解封了，大街上又开始车水马龙。好像疫情没有发生，好像没有下过一场大雨。消失的人永远消失了，也不知是谁和谁，反正她所熟悉的人都好好地活着。万水不再去紫荆山公园，她听说那个园子的一堵墙塌下来，砸死了一个避雨的人。也有人反驳道，哪儿有啊，墙都好好待着呢。其实是她自己不想去了，一个人挺没意思。她连走路也不想继续了，偶尔穿着厚厚的旧长羽绒服出门，戴了帽子口罩，围了围巾。帽子和围巾也是旧的，尽管洗得很干净，但还是灰扑扑的，旧得不合时宜。她走在大路上，看那些年轻女人穿着裙子和长靴子，中间露着一截子光腿，外面白色的羽绒服在阳光下十分耀眼。女孩子们的绒线帽也是时尚的，她们戴给欣赏她们的人看。没人欣赏万水，她戴给谁看？她因此懒得买新衣服。

有一天，张佑安发了他在费城的照片。有一张是他和一个很洋派的中年女人，微胖，圆脸圆眼睛，满脸喜庆。她没问是谁。张佑安主动解释道："我工作时的同事，中间移民了。她和我大儿子相识，是儿子帮我约的。"

万水没头没脑地说了一句："祝福你们！"

张佑安说："这祝福个什么，只是同事。约了出来一起旅行，她刚好也没来过费城。"

万水说："这才更值得祝福。"

张佑安也没再解释。这让万水心里多少有点失落。她想，也许他想的是，随她怎么想去！他与万水，也并没有需要解释的理由。

一天三餐，万水很认真地吃饭，保证足够的营养。她想让自己胖一点，可越来越瘦。后来张佑安让她发一张照片，她犹豫了很久，才站在九重葛前自拍了一张，还有点逆光。张佑安看后说道："万水，你是属合欢科的，你适合阳光充足的环境。你还是出去走路吧！"

万水不知道自己哪来的一股子劲儿，第二天竟然买了一张机票飞三亚去了。这是她第一次独自出来旅行。那时候父母在，他们一起去过北京，去过杭州，也去过四川和东北。后来和前夫还一起去过一趟云南。说不上有多喜欢，至少宾馆的卫生问题就让她头疼不已。她更愿意待在自己家里。

万水住进了亚特兰蒂斯大酒店。她舍得花钱，只是没处花去。她不知道腊月的三亚竟如夏天一般，带的衣服还是厚了。反正也没带几件，满箱子塞的都是床单毛巾，拖鞋牙刷，便携式烧水壶什么的。她基本不用宾馆的东西，嫌脏。她在酒店大堂买了两身素色的单衣，穿上倒是出人意料地放松。她去吃自助餐，有白粥和海鲜粥，有白灼虾和芥蓝菜心，竟然吃得很好。她本来想要波塞冬海底套房，可一问，两个月前都被订空了。只好挑了一套最好的海景房。折腾一天累了，窗户都没关，便在海风里沉沉地睡去。

第二天她只是在附近的沙滩上走一走，然后躺在伞下的椅子上吹吹海风。第三天她买了裙式的游泳衣，竟然下到水里漂了好长一段时间。小时候她在少年宫受过专业游泳训练，只是后来再没派上过用场。她虽然瘦了点，但是属于那种小骨架，身体哪儿都饱鼓鼓的，穿上游泳衣倒是年轻了不少。她的肌肤太需要滋润了，她白，泡一泡竟然泛着瓷白的光亮。

她一直以为旅行是可怕的，一个人的旅行更可怕。现在她觉得很好。

她不再想胖和瘦的问题，几乎是忘记了。这里没有一个人是她认识的，怎么自在怎么来。没人注意她，她也不注意别人。她松弛下来，竟是胖了几斤。

有一次，她游泳游累了，就铺了浴巾在伞下迷糊一会儿。睁开眼，她发现另外一张椅子上躺着一个四十多岁的男子，那男子正看向她。她以为自己会尖叫，但是却发现内心没有一点儿慌张。男子冲她点点头，她也冲他点了点头。后来游泳又碰到过一次，竟然互相还打了招呼。再后来，在餐厅吃饭遇着了，男子自然地坐在她边上，她也没有拒绝。她已经能自在地在人群中生活，这令她满意。此后的几天，她与这个男子又碰到过几次。她不反感，这是一个温文尔雅的男人。她记得他们也说过几句话。有次他对她说："你长期在三亚休息，倒不如去租一间公寓酒店，会节省很多费用。"她只是笑了一下，那笑容里有不置可否，也有感谢他关心的成分。还有一次他说："你喜欢这里，为什么不买一个小套房呢？现在高端楼盘很多。"她仍然是笑笑，不置可否。因为从内心里，她不知道该怎么回答。思考这样的问题太累了。他就又说道："你是一个很特别的女人。你看上去很朴素，但你的朴素是尊贵的。你很谦和，你的谦和却让人难以接近。"她的脸色立马就变了，她不喜欢人家这样评价她，即使恭维也不行。不过后来她想，这也许不是恭维，甚至连评价都算不上吧？人家说得没错，无非是客观描述了她。于是她又笑了，觉得因为互相理解而近了一些。她明显地感觉到，这个人在有意靠近她。也很有可能完全不是那么回事儿，是她自己过于警惕。但无论如何，对于她这种习惯身心都包裹得严严实实的女人，不可能发生邂逅的故事。

万水在三亚一直待到过完春节。她竟然想，就这样待下去好了，她不想再回她北方的家了。家很舒适，但她只是一个舒适的孤儿。

在她长大的城市，她是一个孤儿！

八

到二十五岁上，万水还没有恋爱过。妈妈说："孩子，你得成个家，我和你爸也没有别的亲人。可我们俩结婚生了你，我们仨就有了一个家。"妈妈再说："爸爸妈妈都老了，我们迟早有一天会走的。我们想看到你的孩子，你的家。"

万水二十五岁时被爸爸嫁掉了。二十五岁，是一个不大不小的年龄，刚刚合适结婚。丈夫和她一样，也是个大院子弟，所以他们的生活习惯很容易适应。他们俩原来就认识，只是从来没有来往过。他们谁都没觉得这样有什么不对。尤其是对于万水而言，结婚的意义无非就是换一张床睡。丈夫不在或者有应酬，她还是回到妈妈这里休息。妈妈说："结了婚在一起生活，比谈恋爱更容易产生感情。"妈妈说得没错，她和爸爸就是如此。

结了婚之后她仍然不太爱讲话。丈夫是个活跃的人，他家有五个兄弟姊妹，姐姐和弟弟常常会到他们家里来，打牌，摸麻将，聊天，一起包饺子，他们把大家庭延展了过来。而万水没有过这样的经历，怎么样都融不进去。她插不上嘴，也不会打牌，就躲到厨房里去帮阿姨做做饭，找一些活儿来干。几次三番，那兄弟姊妹几个就把她忘了似的，好像她是这个家里的客人。

万水和丈夫的夫妻生活也不是很和谐，她总是说疼。男女之间相交，应该是欢愉的。可是她总是疼，让他也出现了心理障碍。他把这事儿悄悄告诉了姐姐。姐姐是医生，医生对待病人的方式总是很直接。在他们眼里，没有人这个总体概念，只是一个个器官而已。他们再来家，姐姐在餐桌上像摆冷盘一样把这个问题摆了出来："水儿，你该去看看妇科大夫。你们这个年龄，夫妻生活应该是特别和谐的。"姐姐十三岁特招进部队，十六岁就在野战医院手术室备皮，什么没见过？她说出来的话本来没什么，可万水听着却是硬邦邦的有点伤人。万水看了丈夫一眼，羞愧得无地自容。这种事情怎好给别人讲。而且，姐姐即使是知道了，不该私下里跟她说吗？哪儿能在大庭广众之下公开夫妻的性生活呢？

万水不肯再和丈夫行夫妻之事，她碰都不想再让他碰。他们本来是在一个被窝里睡的，但她给自己另弄了一条被子。丈夫人真的特别好，他不强迫她。两个人生活得很不错，只是回避着不谈那件事。慢慢地，他的兄弟姊妹们不再来他们的家里聚了，丈夫也常常不回来吃晚饭。他本来不喝酒，可最近常常会带回来酒味。他们的衣服是阿姨负责清洗，万水也不是个有心眼的人，可她偏巧在丈夫的白衬衣上看见了口红印子。万水从不吵闹，有事就憋在心里，她借口两个人睡在一起相互影响，直接搬到客房里去了。丈夫是个敞亮人，什么事都快言快语说出来。可对万水这样没有缺点的女人，他一点办法都没有。口红是趴他肩上看牌的妹妹给弄上去的，他希望万水能和他吵一架。但是万水连吵架都不肯。两家是世交，两亲家处得特别好，离婚也是没有理由的。那个年代，不会有人因为夫妻生活不和谐离婚。

万水的丈夫变得和万水一样不爱讲话，跟他的兄弟姊妹在一起也不快乐了。他瘦得很厉害，吃不进东西，整夜睡不着。小两口到医院检查了身体，他好好的，没什么问题。可长期失眠也不是事儿。姐姐带着弟弟去看了精神科，医生说他患了严重的抑郁症。那时不叫抑郁症，只是说他精神方面出了问题。姐姐对万水说："怎么会呢？他这么快乐的一个人。"她并没有责备万水的意思，甚至还有点歉意。可万水听了，觉得责任完全在自己，因此心里更加惶惑了。

如果不是丈夫的身体出了问题，万水还没有"妻子"的意识。她那么爱干净的一个人，现在对一个病人一点都不嫌弃，努力尽一个妻子的责任。她每天把自己打理得很干净，把丈夫也打理得很干净。遵照医嘱，每天牵着他的手到公园里散步。他不说话，万水就刻意找些话题跟他说。她给他讲刚从书里看到的故事，她正在看马尔克斯的《霍乱时期的爱情》，每天看一章，然后再慢慢讲给他听。"弱者永远无法进入爱情的王国，因为那是一个严酷的、吝啬的国度。女人只会对意志坚强的男人俯首称臣，因为只有这样的男人才能带给她们安全感，以面对生活的挑战。"她想与丈夫一起，与书里的男女主人公共情。他听她讲故事的时候紧紧握着她的手，亲切地目视着自己的妻子。她娴静、温和，她讲述的时候是最美丽的。他越来越依赖她。

他的面色红润起来，吃很多饭，重新长出来的头发茂密得像五月的青草地。但一个新的问题出现了，万水发现丈夫越来越喜欢把自己关在洗手间里。她待他出来进去查看，一股新鲜的精液味道，新婚第一夜她就闻到这种味道。万水脸红了，她把自己的被褥搬回他们的婚床上，头一回主动要求丈夫做那件事情。可是丈夫不行了，他们无论如何努力，他一次都不能正常勃起。他哭了，像个孩子一样，他说："水儿，我对不起你。"万水呆呆地看着他，不知道该如何安慰。但更想不到的是，他的精神压力太大，很快就发现了第二种病，反流性食管炎。

妈妈开始日日盼着万水赶紧生个孩子，后来却怕她生出孩子来了，女婿有那种精神疾病，会不会遗传？

丈夫后来被二姐接到了美国，他在那里恢复得很不错。他在美国和妻子之间首鼠两端。他舍不得美国，在那里，他作为一个完整的男人满血复活。他也真心舍不得万水，他病了那么久，她都那么耐心陪伴他。他和姐姐都诚心说服她过去。万水拒绝了，她舍不得爸爸妈妈。

万水的丈夫在美国结识了一个热情似火的美国女孩，他们在一起一个月后，那个女孩就怀孕了。他告诉了万水。万水没有伤心，她为他感到高兴。接下来，离婚就是题中应有之义了，不管谁提出来都一样。万水直接在他寄来的申请书上签了字。离婚于她而言，是一种救赎，也是一种解脱。

妈妈再托人给万水介绍对象，她都一味拒绝，只说不合适。一直到死，妈妈都觉得放不下女儿，妈妈临去的时候，紧紧拉住女儿的手不舍地说："妞妞，妈妈走了你就成了一个孤儿。"她觉得妈妈说得对，不管她长多大，只要没有爸妈，她就是个孤儿。

妈妈心有不甘地闭上了眼睛。

除了爸爸妈妈，万水的心平和而宽厚。她不爱谁，也不恨谁。

九

万水关闭了微信，手机也调成飞行模式。只要她不找别人，没人会找她。至于张佑安，她不想让他知道她去三亚的事情。这是个人的隐私，干吗要让别人知道？

在美国的张佑安，也正在一场别人设计的激流里漂流。他没有反抗，只有顺流而下。两个儿子很想让父亲找个伴儿，他们认为父亲的前同事不错，开朗、活泼、快乐。同事在国内时叫赵明兰，在美国都称呼她兰。儿子们给父亲规划了旅游计划，他们请兰做父亲的导游。兰很愉快地接受了。兰出国差不多二十年了，行为方式很美国化。刚一出发她就提出："我们订一个房间如何？这样可以为你儿子节省费用。"说完大笑。张佑安也笑，他说："我自己可以支付费用。"

在费城的那一天，他们预订的旅馆可能搞错了，只给了他们一个双人间。兰笑着说道："这是命运的安排，没有办法。"张佑安也没过多说什么，反正入乡随俗就行了。人家说在美国，一男一女住一起正常，两个男人住一起才不正常呢。他索性就正常一次。简单地洗漱了，早早躺在自己的那张床上睡了。半夜里，兰钻进了他的被窝。张佑安礼貌地抱了她一下，她赖着不走，张佑安只好下床睡到另一张床上去了。他自嘲道："老了。过去有力无心，现在有心无力！"

兰说："安，你是介意我在国内的事情吗？"

"国内的事情？"张佑安像是很吃惊，"我不知道你国内有什么事情，你知道我的，从来不爱听人讲闲话。"

兰说："我出国是因为出轨，丈夫和我离婚而走的。当时闹得很厉害。"

张佑安说："哦。谁没年轻过，都几十年前的事情了，还提那干吗！"

兰叹口气说："我是个冲动型的人，一高兴就忍不住放纵自己。"说完，她像是什么都不曾发生，很快睡着了。她大概是太累，偶尔会发出一阵轻微的鼾声。张佑安心里怦怦跳动，兰要是再过来，他也许就控制不住了。他的下面硬挺挺地立着，他和妻子半辈子不和顺，自己都忘了这儿的功用。

兰过去的事儿他如何能不知？她业务能力很强，人缘也不错，热情，直爽，就是作风问题上屡犯错误。她和助理出去考察，一路上快活得形同夫妻，但是考察结束，她就坚决不肯继续了。她是有夫之妇，好像这是她回来之后才想起的。那助理还是个小伙子，爱喝酒，喝醉了就对她纠缠不休。后来单位把助理调到别的地方去了。丈夫原谅了她。中间她给丈夫生了一对龙凤胎，儿女双全。丈夫是个好人，从不提起过去的事儿，对她一如既往地好。孩子们上了小学，她竟然又和一个林业技术员好上了。她总是利用工作理由往山上跑，他们在林地的大树下疯狂做爱。她主动告诉了丈夫。她不想离婚。其实丈夫也不想离，他们从感情到肉体都很和谐。但这事儿毕竟纸里包不住火，丈夫家里的人接受不了，他们觉得出过两次这样的事，再过下去太丢脸了。婚终于还是离了，儿子给了丈夫，她带着女儿去了美国。

第二天起了床，兰像没事人一样。她依然简单，快乐，甚至在早餐时还取笑他："安，吃肉太少，又不喝牛奶，哪还有爬高上梯的能力？"说着，又往张佑安的盘子里放了几片培根。

那是次愉快的旅行，和兰这样的女人在一起，很难不被她的快乐点燃。儿子们期待着二人有个结果，但兰笑着告诉他们："你父亲不行，他不能满足我。"两个儿子也被她逗得哈哈大笑。他们想不到父亲一点都不介意。"这有什么？你母亲活着时我就不行，好多年喽！"

张佑安的相机里存了许多他和兰的合影，有时候她张开双臂搂着他，有时她踮起脚亲吻他的脸。这个女人，和她在一起随时都得接受被她抱一下亲一下，比握次手都随意。

张佑安在美国变得年轻了。兰说得没错，吃肉喝奶确实比吃面条喝粥更让人健壮。他想把这里发生的一切告诉万水，可是他打不通她的电话。他往她的信箱里发了许多照片，还给她写长邮件，讲兰的故事，包括他和兰的那个夜晚。

在邮件里，张佑安告诉万水，美国人大多不戴口罩。兰和她的女儿女婿都感染了新冠，不过，很快就好了。他没有，他的体魄是强健的。他劝万水，人一定要多运动，要晒太阳，要接受风。

张佑安几次提出来想回国。他惦记他的苗圃，春天来了，各种苗木都要发芽，他担心雇用的工人不知道怎么照顾它们。他打电话让学生们去看过几次。他们要他放心。他每次咨询落地政策，都说国内为保证不被外来人员感染，各种隔离措施相当到位，回来要隔离三四十天。他想，别说四十天，就是八十天他也无所谓。他只是担心万水的洁癖，估计一年之内她都不肯见他。他理解她，一个人孤独惯了，好像生活在真空里。他真心地同情起她来。

张佑安在儿子的家里被关得很无聊，他试着把上学时的那点英语捡起来。不久他能半看半猜地读英文报纸了，一个人出门也对付得来。他在商场给万水选一条围巾，开始挑了蓝的和白的，觉得万水肤白，哪一条都合适。想一想，突然就换成了洋红的，他觉得这个女人太需要颜色了。他想着她会拒绝收他的礼物，但先买了再说，毕竟这是一份心意。路过一个书店，他进去看了看，一本英文版蕾秋·乔伊斯的小说《一个人的朝圣》吸引住了他。书薄薄的，纸质柔软，拿在手中极其舒适。一个人，八十七天走了六百多英里。有关爱的回归、自我价值发现、自我救赎以及万物之美。从主人公迈开脚步的那一刻起，与他六百多英里旅程并行的，是他穿越时光隧道的另一场旅行。

他被简介吸引住了，多少年不看小说了。过去他开始读英文报纸只是为了学习英语。

张佑安开始读这部小说，他一边看一边查阅英语词典，深深地被书中的故事吸引住了。虽然过去他英文不差，但毕竟几十年不碰它了，开始一天只能看几页，后来速度变得快了一些。他感动着，忍不住写信给万水分享。到后来他每看一段就翻译成中文讲给她听。哈罗德走了八十七天，他分享了一个月零一天。他突然决定要回去，便在网上订了机票。也许隔离会很痛苦，可总比不上六百二十七英里更艰难。

张佑安要回国去了，而且说走就走，一天都不能等。儿子很奇怪，回到国内也是一个人，为什么这么着急呢？

大儿媳妇是个美国白人，她问："安，你在国内是不是有个心爱的人，她在等你吗？"

张佑安哈哈笑道："我有个苗圃，有几万棵心爱的树在等我。"

张佑安的英语口语比较难懂，儿媳妇问："几万个情人？"

儿子笑得眼泪都出来了："爸爸的情人，几万个，能装满一块巨大的土地。"

十

万水从三亚回来了，走的时候她克服万重困难，回来的时候也是如此。她上了家里的电梯，整个电梯都是抖的。满脑子只想着一个词：孤儿……

电梯门打开了，她过桥一样地跨出来，看到了门口放着两盆波光潋滟的玻璃海棠，花开得红艳艳的。打开门锁，天啊！那盆被她遗忘了的九重葛还旺生生地开着。这世上还有生命力如此旺盛的植物？难怪树能活上几千年。她走的时候在花盆下边放了一桶水，把一截用棉线包裹的橡皮管子插在花土里，管子的另一头放在水桶里。她那时只是试着安慰一下这株植物，让它知道，它没有被抛弃。现在桶里只剩下不多的一点水，可那根管子是潮湿的。九重葛，多么聪明的九重葛！它有九次重生的能耐吗？

万水第一次没有顾得上给自己消毒，她用沾着泥土的手打开了电脑。

哈罗德、奎妮，还有几乎被人忽略的哈罗德的妻子莫琳。

他在一个酒厂干了四十年微不足道的工作，他缺乏理想，没有信念，他给不了妻子和儿子想要的。没有亲近的人，没有朋友，他似乎就应当这样过完此后的生活，直至结束生命。

一个永远弯着腰活着的人。

人最深的孤独，是不被人理解。

奎妮只是哈罗德曾经的一个同事，算不上是朋友。哈罗德想不明白，奎妮为什么要写信给他？他甚至不知道该如何给她回信。她得了癌症，她就要死去了。

孤独——孤独——孤独——

奎妮是勇敢的，她给他，一个旧年还算熟悉的同事，写了一封信。否则她在这个世界上就是一个彻底被人遗忘的人。

在给奎妮邮寄回信的路上，他突然决定："我要一直走下去，走路去看她！"

他有了平生第一个信念："只要我走下去，奎妮就会活着。"

行走是艰难的，伴随着身体的疼痛，他想起生命中一些更疼痛的过往：

母亲离开他时，是那样的毅然决然；

酗酒的父亲把一个个女人带回家过夜，他是多么孤独而又无助；

儿子每一次犯病，他都束手无策地望着，他竟然没有想过给他一个拥抱或者一句安慰；

儿子离世后，妻子住进客房。他没有试着挽留她，没有做过哪怕一点点感情的修复。

一个人，八十七天，六百二十七英里的路程，注定是一场孤独的旅程。可正是这份孤独，让他经历蜕变，实现了自我救赎。

万水的父亲去世十多年后，母亲也因多器官衰竭离开了她。

她的世界从此孤独到绝望，她不信任任何人，更不相信爱情。她无数次地想到死，可又心有不甘地活着。她嫉妒别人的快乐，全世界的人都比她幸福。母亲刚去世那会儿，不停地有人给她介绍对象。有一个条件很不错的领导干部，丧偶。那个人对她很有好感。谁对她没有好感呢？一个洁净安详的女人，家世好，受过完备的大学教育。他们交往过一段时间，一起散步，一起吃饭。那人还邀请过她去家里度周末。家是阔大的、华丽的，温暖、舒适，阳光普照每一个角落。家里用着干净利索的阿姨。唯一的女儿在首都有一份令人羡慕的工作，她的丈夫和孩子也都体面。

一切皆好。她丝毫没有抗拒地接受着。有好几次，男人拥抱了她，她很顺从地让他接触她的身体。愉悦地，温暖地。万水有了一个亲人般的被珍惜的感觉，但她没有把她的感觉表达给他，她只是不擅长。有两回，男人要留她在家中过夜。他热切地、孩子一样地望着她的眼睛。"留下来，我们在一起。"

她迟疑地说："我们，再等等，会准备好的。"她微笑着，带着少女般的羞涩。

她准备好了，她喜欢这个兄长一样的男人。她没有兄长，兄长大概就是他这样的。

一切和顺，似乎一切顺理成章。

从春天开始。夏天就要过完了，那个人约了她去一个她喜欢的西餐厅吃饭。她去了，刻意穿了他喜欢的碎花连衣裙，漂亮、年轻、知性、优雅。

那个已经非常熟悉了的男人，依然用欣赏的目光打量她。他为她点了全熟的牛排，他自己则是七分熟。吃完了牛排，让服务员撤了盘子，换上热腾腾的咖啡。她的习惯，咖啡和茶一定得是热烫的。话虽然不多，但交流却是和悦的，他对她总是那样，带着些关怀和疼爱。她习惯了这份温暖。

男人突然说道："小水，我吧，对你的感觉是很好的。但是我也不能太自私。"

万水轻言慢语地笑着说："不，你不自私，你比我好很多。"

男人说："万水，我一直觉得，你对我似乎不完全满意的，至少你很犹豫。"

万水心里怔了一下，随后又笑道："我做得不够好，请你原谅。"她甚至有点撒娇地看着他。"我还是满意的，很久没有得到这样被人爱护的满足了。"他比她大六七岁，她那时才四十几岁。但是万水没把这句话说出来。

男人说："小水，有人又给我介绍了一个女人，她很主动，我们一共见了两次面。小水，你对我应该有所了解了，我不是个花心的人。她很主动，两次都是她主动约我的。我就是想征求一下你的意见。"

"征求我的意见？"万水犹如万箭穿心，她用力地抓住桌子才不让他看出什么来，"她肯定各方面都比我好。"说完她就觉出自己有点失言，她用力地掐了一下自己。

"不，她和你不是一般的差距，她就是个普通的女人。她男人出车祸去世了，她带着一个女儿过，比你还要大几岁。可是她……"

万水没听到他在说什么，她庆幸自己在悬崖边没有掉下去。"抱歉，我去趟洗手间。"

万水在洗手间抱着马桶把中午吃的所有东西，所有的，吐了个干净。她出来的时候照照镜子，看不出有任何异样。

男人说："小水，你没事吧？"

万水仍然是她惯常的微笑："没事儿。"

男人说："小水，哪怕你心里有一点爱我，都不会这样无动于衷。你真的让我恨。你为什么不哭？为什么不骂我？我在你心里一点分量都没有吗？"男人的眼泪出来了。

万水说："祝福你们！"

她拒绝男人送她回家，很友好地和他道别。回到家关上房门，她撕心裂肺地哭了一场，就像妈妈死去时一般。

她再一次被亲人抛弃了！

晚上，男人给她打过一个电话，他问她："我是不是可以去你那里看看你？"

万水说："不。我一个人挺好的。"

男人说："我的手机不关机，你随时可以打我电话。"

万水一个都没打过。

十一

这是一个晴朗的早晨，春光灿烂。张佑安大清早接到万水

段 2023 年河南文学作品选·中篇小说卷

的电话，她对他说："可以给我发个位置吗？我想去看看你的苗圃。"

张佑安说："你确定我不用去接你？"

万水说："我确定！"

万水把柜子里的衣服全翻出来了，每一件都是旧的，每一件都不能与这个春天相配。但是她顾不上太多，在旧的衬衣衬裤外面，套上了一件洗得发白的蓝帆布连衣裙，她第一次结婚时穿过的。戴了宽檐的灰色帽子，穿了半高筒的胶鞋。

一小时后，她被出租车送到了张佑安的小木屋。

张佑安打量着她，打趣说："要不是你提前打了电话，我还以为是夏洛蒂的简·爱穿越回来了。"

万水说："没有办法，我只有这些旧衣服，我就是一个陈旧的人。"她闭上眼睛低头嗅着木屋的栅栏上趴着的南瓜花，淘气地说："太阳每天都是新的。花每天都是新的。只有人是旧的——"

话还没说完，她的身后环过一股身体的热气。她猛地睁开眼睛，脖子上多了一条热烈的洋红围巾。她眼睛里漫出泪水，她说："你别再让我哭了，我昨晚已经哭了一夜。"

张佑安说："对不起对不起！简小姐，赶紧进屋参观一下。"

小木屋里弥漫着浓郁的松香。他看到万水眼睛里的疑惑，便解释道："芬兰原装进口的原木。订购后，人家派工人负责组装。"

万水里里外外看了一遍，低头对床上的被褥嗅了一下，说：

050

"刚换的。"

张佑安开心地笑了，说："您是本小屋接待的第一位女贵宾。接到你的电话，我快速换洗整理，不是怕被你嫌弃嘛！只是这原木，不能使用消毒喷剂。不然屋子就会失去木头的香味。"

万水端起桌子上的一杯白开水，不凉不热，温度刚刚好。她一口气喝了下去。张佑安说："我第一次遇到一个这样的女士，喝水一点声音都没有。"

万水说："你没见识的还多着呢！"

张佑安说："你不嫌弃我的杯子吗？也不问问消过毒没有。"

万水说："早看过了，厨房里有消毒柜，杯子上指头印都没有一个。"

"哦。还有我的手呢，需要消毒吗？"

"我看见了，门口的吧台上有酒精棉片。"

"你可以参观我的苗圃了吗？"他做了个请的姿势。

她挠挠头，做了个不好意思的表情。"不瞒阁下，我从昨晚下飞机，还没给自己洗个澡呢。你的卫生间可以借我用一下吗？"

张佑安笑道："浴者有其水，耕者有其田。我先去地里干活儿去了。这个房间只归你一人所有。"

万水洗了个澡。这个张佑安可真是个细心的人，毛巾拖鞋都是一次性的。她在卧室里擦干净自己，仍旧穿上自己的衬衣裤。

张佑安还没回来，这是个真正的绅士，他给她留下充裕的时间。但是困意袭来，她整整二十几个小时不曾合眼了。她躺到床上，钻进了被窝。在进入梦乡的一瞬间，她对自己说："真不可思议！"

她重新睁开眼睛的时候，天地全是黑的，什么都看不见。黄河岸边是没有灯光的，夜黑得彻底。她大声地说："有人吗？我这是在什么地方？"

外面的灯啪的一下亮了，有人说："我在客厅里！"

她套上外衣走出去："我这是怎么了？因为醉氧而昏倒？"

张佑安说："简小姐，你不是昏倒，是昏睡。你一口气睡了十几个小时，你把天地都睡昏了。"

"天，你该喊醒我啊！我要是一直这样睡，你就一直等着？"

"那还用说！"他指了一下旁边的餐桌，"我煮了鸡蛋秋葵汤，里面的叶子都是园子里的青菜，你能放心吃一点吗？"

"天，我快饿死了，你给我毒药我也吃。"

"毒药有。后悔药没有。"他说着去给她盛饭。

他看着她吃了一小碗大米、小米两掺的二米饭，喝了一大碗浓菜汤。然后任由她去洗碗，仔细放进消毒柜里摆好。

他说："是我走还是我送你走？"

她不回答，却问道："你的小木屋真是个睡觉的好地方。你肯卖给我吗？"

他嘿嘿嘿地笑了，说："可以卖，不过得连人一起买喽。"

然后他正了色又说："我走了你一个人会害怕吗？"

她说："当然会！"

他走到她跟前，带点坏笑地说："我陪你，你不更害怕吗？"

她笑着捶打他："我怕什么，你和几个女人睡一屋都坐怀不乱，我有什么怕的。"

张佑安拉着她的手打开了卧室的灯，做了个请的姿势。万水也眨眨眼睛做了个谁怕谁的鬼脸。她在卧室的门口呆住了，房间的木墙上挂满了应季的时尚衣服，还有帽子围巾。床前的柜子上放着乳白色的短靴子。崭新的，内敛而清新的颜色。

她喃喃地说："天！刚才你可是看见我向南瓜花祈祷了，这是它给我变出来的？"

"那可不！没有南瓜花我哪儿有恁大本事？看吧，南瓜花显灵了。"他拉开衣柜的抽屉，里面有换洗的内衣和睡衣。他说："你一直睡，我只好帮你洗干净晒干了。"他张着手，很被动的样子。

他们躺进了一床被子里。一个男人和一个女人。

男人没有坐怀不乱。女人也没有感觉到疼痛。屋外是黄澄澄的土地，沿着土地往前走，就是奔腾不息的黄河。

万水在他们最欢愉的一刻问道："我不是一个孤儿了？！"

她的语气分明是笃定的，自己已经给出了答案。

（选自《十月》2023年第2期）

谜与骨

赵大河

　　六大夫是在一个大雾天回来的。白色的雾像牛奶一样浓稠，睁大眼，看到的只是一片深深的白。房屋和树木都消失了，只有路在脚下隐隐约约地延伸。马和马上的人都很疑惑。他们竟然没有迷路，径直来到了贾赵村。

　　六匹马停在一个半开放的院子前，院子里面是一个草房子，马上五男一女。

　　一只黑狗朝他们叫几声，跑开了。

　　六大夫跳下马，去扶一个女人下马。其他四个男人端坐马上。其中一个朝六大夫"嘿"一声，朝他扔一袋银圆。六大夫伸手在空中接住。银圆发出清脆的声音。他掂了掂，大约有五十块。四个男人没有久留，牵上另外两匹马又上路了。

　　很快，六匹马和四个男人被大雾淹没了，马蹄声渐渐远去。

　　六大夫看着被搅乱的雾又恢复原样，这才回头。他惊讶地看到许多影影绰绰的身影，像幽灵一般从雾中浮现。黑狗又出现了，躲在歪脖的腿后，歪脖拍拍它的脑袋。人们认出了六大夫。六大夫穿着长衫，骑马的缘故，前后摆撩起掖在腰里。他和乡亲们打招呼，大伙笑着回应。六大夫离家多年，如今归来，穿上了长衫。在他们眼里，穿长衫的六大夫显得古怪而陌生。但毕竟是乡里乡亲，大多有血缘关系，一会儿工夫生疏感就一扫而空。他们开起了玩笑。大家更关心的是六大夫领回来的女人。

"哎哟，这女子俊得，像画儿一样。"

说话的，六大夫叫她三嫂，城里人，和木匠三哥好上，就嫁到了贾赵村。她说话好听。

说话不好听的是贾二嫂，她背后嘀咕："在哪儿弄了个妖精回来？"

很多人附和："是，妖精。"

农村哪儿有这样的女子，衣服小得紧紧箍在身上，两个奶子简直要把衣服撑破，腰细得一把能攥住，她也不羞。虽然好大雾，人们仍然注意到这个女人穿金戴银，红口白牙，目如流星。

六大夫向女子一一介绍乡邻，这个是二嫂，这个是三嫂，这个是九婶，等等。介绍到二流子歪脖，他一下子想不起他的大名，卡壳了。

贾二嫂说："歪脖啊，你不认识了吗？"

六大夫说："认识，认识。"

歪脖挑衅似的对六大夫说："那你说我叫什么？"

六大夫讪笑着说："兄弟，你瞧……"

他仍没想起歪脖大名。

贾二嫂说:"歪脖,你还有大名?我怎么没听说过?"

"那是你耳背,"歪脖说,"听不见。"

"你说你叫啥?"贾二嫂说,"恐怕你自己都不记得。"

三嫂添油加醋地说:"我也不知道歪脖还有大名。"

歪脖大声说:"我叫贾够梁,贾够梁,你们记好了!"

大家都笑,许多人是第一次听到歪脖的大名。人们说:"还是歪脖好听。"

说说笑笑,气氛轻松下来,雾也渐渐散去一些。

最后,六大夫介绍这个漂亮女人,说是他老婆,叫小梅。

歪脖毫不掩饰地歪着脖子看这个漂亮女子,恼恨眼前的雾,让他看不真切。歪脖这样看人是很失态的,但他不管。

贾二嫂说:"歪脖,你看地上是什么?"

歪脖说:"什么?"

贾二嫂说:"你眼珠子掉了。"

歪脖翻个白眼,说:"关你甚事。"

六大夫的草房久不住人,钥匙也找不到了,只好把锁撬开。歪脖帮忙撬锁,六大夫一再交代要小心,别把房屋弄倒。这房子看上去弱不禁风,一根手指头就能戳倒。房门打开,屋里丝丝络络全是蛛网和灰须溜,遍地老鼠屎。房顶有几个窟窿。

"能住吗?"贾二嫂说。

"拾掇拾掇,咋不能住?"六大夫看一眼小梅,充满信心地说,"能住。"

六大夫脱掉大褂,动手拾掇屋子。人们没想到的是,小梅也挽起袖子干活儿了。这么漂亮的女子竟然不怕脏不怕累，身手还很麻利。乡邻们一边夸赞她，一边加入其中，帮忙收拾。到雾散时，草房子已焕然一新，而每个人都变得灰头土脸。大家相视一笑。六大夫要去打水，歪脖把桶夺过去，说他来。水井就在屋后。歪脖前头走，黑狗跟在后面。

歪脖打来两桶水，大家都洗干净。

泼水时，六大夫发现墙角的连翘开了。几朵鲜嫩的小黄花。

乡邻走了之后，六大夫叫小梅来看小黄花。小梅蹲下，仔细看每个花瓣，看着看着眼泪落下来了。

六大夫对小梅说："委屈你了。"

小梅擦干眼泪说："委屈啥，不委屈，不用担心我，我没事。"

六大夫看天色不早，急匆匆出门，天擦黑时回来，背着一大包东西，手里拎着锅碗瓢盆。他像是有八只手，拿那么多东西。那一大包是置办的新被褥。

夜里，二人躺在床上，看着房顶的窟窿入睡了。半夜，小梅突然大叫一声跳起来，惊得房子都颤抖了。六大夫也跳起来，大叫一声。原来是老鼠钻进了被窝。他们再也无法入睡。静夜中，他们听到成群的老鼠跑来跑去，叽叽叽叫着。他们呵斥一声，老鼠消停一会儿，复又如故。六大夫打着火，眼前的景象吓他们一跳。遍地发光的小点点。定睛一看，全是老鼠的眼睛。

六大夫想找根棍子驱赶老鼠，拉开门，他撞到一个黑影身上，受到更大惊吓。

"谁?"

"我。"

"我是谁?"

"我是歪脖。"

那黑影也吓一跳,这时稳定下来,想好了说辞。他说他听到叫声,过来看看出什么事了。歪脖带着他的黑狗。六大夫能听到黑狗喉咙里发出的声音。他没戳穿歪脖的谎言。歪脖和他并非邻居,能听到他们的叫声,他可真是顺风耳。

"有事吗?"歪脖问。

"没事。"六大夫说。

"没事就好。"歪脖拍拍黑狗的头,和黑狗一起走了。

歪脖三十多了,没娶来媳妇,整天东游西荡,小偷小摸。他怎么会在院子里?听墙根还是偷东西?不管哪样,都叫六大夫恶心。他朝黑暗中啐一口。

第二天,六大夫到我们家借大狸猫。我们家的狸猫是猫中之王,逮老鼠可厉害了。它有很多传说,不但能捉老鼠,还能爬到树上捉鸟。说到这里,必须交代一下故事发生的时间,那是 1947 年。那时候,我奶奶还年轻,我父亲只有十来岁。

六大夫早年的故事都是前些年我父亲讲给我的。父亲记性特别好,讲起故事绘声绘色,但他以前对六大夫没有什么印象,可讲的并不多,因为六大夫总是在外游荡,很少回村,回来也是蜻蜓点水,点个卯就又走了。这次六大夫回来,看样子是要长住。

表面上看，六大夫很低调，大雾天悄然回家，不事张扬。但他带一个美丽女人回来的消息像一枚重磅炸弹，瞬间把村庄掀翻了。

村里人找各种借口来看六大夫带回来的女人。小梅一点也不害羞，看就看，你看我，我也看你，不吃亏。

六大夫到我们家借猫，找的就是我奶奶。狸猫是我奶奶养的。我奶奶二话没说就把狸猫借给六大夫。

第三天，六大夫到我们家还猫，说狸猫和群鼠大战三百回合，终于把群鼠降服。猫身上血迹斑斑，六大夫说那都是老鼠的血，猫没受伤。据说猫咬死了一堆老鼠，六大夫装了半筐子。六大夫送一斤盐给我奶奶，我奶奶说什么也不要。六大夫给我父亲几根甘草，我奶奶说拿着吧。父亲接过去，放一根在嘴里嚼。

没了老鼠，六大夫和小梅就躲在小院里卿卿我我过起了小日子。六大夫从不下地干活儿。客观原因是没有地，他的地让他哥种着。他靠什么生活，没有人晓得。他是大夫，可是没有什么人找他看病。村里人有病都找八大夫，不找他。八大夫为人和蔼，有钱没钱都给看。有时候，八大夫给病人说一个偏方，就把病治了。比如有人得了蛇胆疮，八大夫说，去，到坟园里，找那下垂的油柏，折几枝，拿回去烤干，研磨成粉末，用香油调和，抹上几次就好了。如此这般，怎么收钱？我这样一说，你就晓得人们为什么看病要找八大夫了。六大夫完全不看病吗？也不是。偶尔有外面来的人找六大夫看病。六大夫好用虎狼药，他给病人说到明处，这吃下去，要么好，要么死，你可要想好。病人思虑再三，最后一咬牙，说就这样吧，开药！结果是，有的好了，有的一命呜呼了。有一段时间，全是后一个结果。六大夫感慨，我手上带炮子儿，看一个死一个。这是后话。我小时候对六大夫印象最深的就是这句话。其他小孩也一样，谁身体不舒服，我们就起哄说："快，快去找六大夫给你看看，他手上带炮子儿，看一个好一个。"

六大夫长得丑，也没什么钱，却娶了一个如花似玉的姑娘，在乡里很是轰动。接连几天，来看新媳妇的人络绎不绝。借口各种各样。

六大夫脾气古怪，脸色阴晴不定。小梅却总是一脸笑，对谁都很热情。人们感觉和小梅更亲近，什么都对小梅说，恨不得把村里一草一木的来历都告诉她。事后，他们私下里聊天时，发现一个问题，那就是他们是透明的，可是对于小梅的身世，他们一无所知。他们不是没问过，但每次都被小梅巧妙地岔开了。他们唯一知道的是，小梅是洛阳人。

小梅很会来事，善于和邻里搞好关系。她的主要手段是借东西。有借就有还，还的时候，她总是加上利息。比如借一平碗面，她必定还冒高一碗。借一小勺盐，她必定还一大勺。借半个皂角，甚至会还半块洋碱。邻居们都说小梅大气。

小梅的好形象树立起来了。六大夫变成了小梅背后的男人，成了一个隐形的存在。六大夫深居简出，整天在屋里翻看古医书，《伤寒杂病论》《千金要方》等等。

不久，小梅的腰身变粗了，这时已是夏天，什么也藏不住，女人们猜测她有喜了。一问，果然是。过来人毫无保留地向她传授保胎秘诀。

六大夫和小梅的幸福生活让人嫉妒，不久就招来了流言。流言是关于小梅身世的，说小梅不是良家妇女，是窑姐儿，她怕人们知道她的底细，才故意隐瞒身世。谁说的？我们村的女人不轻易相信流言，一定要弄清出处。问来问去，最后全都指向歪脖。是歪脖说的。问歪脖可有证据，歪脖说他也是听别人说的。别人是谁？歪脖说是一个曾找六大夫看过病的商人说的。商人说他见过这个自称小梅的女人，在一家妓院里。人们对歪脖的说法嗤之以鼻。

小梅听到风声，也不出小院了。

更可怕的是，没多久小梅竟死了。六大夫说她得的是急性瘟病，吃了虎狼药没救过来。停尸在草房子中间。

有人嚼舌头，说是六大夫把小梅折磨死的。八大夫听到后，说："积点口德吧，小心舌头生疮。"

还有人说，是老鼠精报复。这又要说到我们家的狸猫。前面说过，六大夫说狸猫与群鼠大战三百回合，才打败群鼠。我奶奶听了撇撇嘴，不信，但是没反驳他。通常情况下，狸猫"喵"一声，老鼠都吓得屁滚尿流，哪儿还有胆量与狸猫战斗。六大夫信誓旦旦，说是他亲眼所见。据说，指挥群鼠与狸猫战斗的正是老鼠精。老鼠精不甘心自己的失败，想方设法让小梅得了瘟病。

瘟病是传染的，所以当天夜里就匆匆下葬了。

与其说这是个普通的葬礼，不如说是个草率的葬礼。如果不是后来发生的令人震惊的事件，这个葬礼不会再被人们提起。

葬礼之后，六大夫就消失了。我是经过慎重考虑才用"消失"这个词的，因为，六大夫没有告诉任何人他要出门，更不用说去哪里了。就这样活不见人，死不见尸。起初，人们以为他到外村出诊了，多日不见回来，才意识到他又"消失"了。

六大夫以前就干过这样的事——突然出走，在外游荡几个月或几年，在大家将要把他忘却的时候又突然归来——所以大家不以为意。人们猜测，他妻子的死对他打击太大，导致他离家出走。他这人虽然古怪，但对小梅却是疼爱有加。我奶奶说她有一次去六大夫家，看到六大夫正在给小梅吹眼睛，可能小梅眼里进灰尘了。吹眼睛不算什么，六大夫那种疼爱关切的表情给我奶奶留下了深刻印象。我奶奶说，没见过男人那样。贾二嫂说，小梅是六大夫的心尖肉。再说了，小梅死的时候，大着肚子，这是一尸两命，哪个男人能受得了这样的打击？

几个月过去了。六大夫没有回来，回来的是那四个骑马的男人。也就是春上大雾天送六大夫和小梅回家的那四个人。当初那么大雾，谁也没看清那四人长什么样。他们完全是揣测。

这是个冬日，还有大雾。人们正是从这一点判断这四个人与当初那四个是同一拨儿人。云从龙，风从虎，雾从这四个男人。雾因他们而起。他们身穿黑衣，腰里别着盒子炮，一个戴着礼帽，两个光头，还有一个留着长发。这日虽然还是大雾，但比春上那场雾差远了。

他们在六大夫院门前勒住缰绳。四匹高头大马喷着鼻息，踢腾着腿。

六大夫的院子没有门，是一个半敞开的空间。四匹马如果都进到院子里，会将院子挤爆。

戴礼帽的男子打马进去，在院子里转一圈。草房子的门上挂着锁。他挥舞马鞭朝屋檐抽一鞭，腐朽的屋檐掉下一大块，尘灰飞扬。

他跳下马，一脚踹开门。门连同门框向里倒去，砸起一股呛人的烟尘。草房子摇晃几下，差点倒掉。等烟尘散去，他进到屋里看了看，空空如也，也没有近期生活的痕迹。他从院子里出来，翻身上马。

看热闹的村民呈弧形散开，与他们保持五步距离。

戴礼帽的男子问村民："六大夫去哪里了？"没有人回答他。他又问："他带回的女人呢？"还是没人回答。他腿一夹，马往前两步，马头快顶住贾二嫂，贾二嫂往后退一步。他用马鞭指着贾二嫂："你说！"

"死了。"贾二嫂说。

"谁死了？"

"你说的那个女人死了。"

戴礼帽的男人嘟囔一句："怎么会死呢？"他不相信，又用马鞭指着歪脖。

歪脖后退一步，手放在黑狗的头上，不让它叫。歪脖也说那个女人死了。"真的，"他说，"坟园里那个新坟就是她的。"

戴礼帽的男人盯着歪脖，歪脖又后退一步。

"你的脖子怎么啦?"戴礼帽的男人问道。

"生来就这样。"歪脖说。

"真的吗?"

"真的。"

"没骗我?"

"没骗你。"

那男人突然一马鞭抽过来，歪脖猝不及防，马鞭正抽在脖子上，抽出一条红印。歪脖跳起来，哎哟一声，脖子仍是歪的。黑狗朝戴礼帽的男人吠叫起来。那男人说："果然没骗我。带我去看坟!"

坟园就在村边。新坟也不新了，但能看出那一抔土与别的坟不同。歪脖指着这个土堆说："这个就是!"

戴礼帽的男人问："那个女人是怎么死的?"

歪脖说是瘟病。

那男人又问："死时什么样子?"歪脖不明白他的话，说就那样。

那男人进一步问："她肚子大吗?"

歪脖说："大。"他比画一下，"肚子上像扣个锅。"

戴礼帽的男人跳下马。其他三个男人也跳下马。他们围着坟看来看去。一个土堆，有什么好看的? 村民们脸上满是疑惑的表情。

戴礼帽的男人用马鞭顶了顶礼帽，吩咐另外三个男人："去，找几个镢头或铁锨。"

这是要干什么？人们纷纷猜测，心头有不祥预感。有人悄悄离开，去叫族长。

族长是我们本家的，辈分很高，我父亲管他叫大爷。

三个男人拿来镢头和铁锨，就要动手刨坟。族长带着一群人及时赶到，阻止他们。

长发男人掏出枪说："谁拦打死谁。"他抬手一枪，树上一只麻雀应声而落。

族长没退缩。

戴礼帽的男人说："这女人是我老婆，托付给六大夫，她，我活要见人，死要见尸，谁拦，别怪我不客气。"他眼中杀气腾腾。

族长还要说什么，被族中几个中年人拉走了。他们劝族长，为一个死人，搭上活人的命，不值当。族长骂他们没种，叫几杆破枪吓住了。

几个人开始挖坟，因是新土，挖起来不费力，一会儿工夫，棺材就露出来了。戴礼帽的男人一努嘴，两个光头男子跳进墓穴，用镢头撬棺材盖。镢头很难卡入棺材盖与棺材板的缝隙，二人便用蛮力狠砸棺材板，发出嘭嘭嘭的沉闷声响，仿佛死人在诅咒。人们纷纷掩鼻，后退，别过脸去。大人将小孩赶走，不让看。赖着不走的小孩，被大人捂住眼睛。镢头终于嵌入棺材缝隙，用力一撬，棺材盖打开了。

围观的村民们都愕然，四个男人也目瞪口呆：棺材里并无女人的尸体，只有三块土坯。怎么回事，谁也搞不清楚。死人不翼而飞，土遁了。有人说："也许那个女人根本没死。"帮助六大夫料理后事的三奶奶说："死了，死了，我帮着入殓的，怎么会没死呢？"

那四个男人看着空棺材。戴礼帽的男子铁青着脸踹一脚棺材盖，放狠话说："你们告诉六大夫，他死定了。"

说罢，四个男人翻身上马，徐徐而去，走出百步之后，身影在雾中渐渐模糊，以至消失。

这一幕是父亲讲给我的。父亲那时十一岁，他属于被赶开的对象。他太小，大人们不让他往前去，说那不是小孩该看的。可他管不住自己的好奇心，被赶开后又悄悄从大人们的腿缝里钻到前面。棺材打开的时候，他第一时间看到棺材里没有尸体，只有三块土坯。父亲说他看到三块土坯时笑了。他的笑很不合时宜。但他忍不住。这些人大费周章得到了什么？三块土坯！这不是很好笑吗？可是其他人都不笑，他们不但不笑，表情还像铁一样冰冷。戴礼帽的人狠狠瞪他一眼，他就不敢笑了。父亲说那种感觉太怪了，笑声在肚子里窜来窜去。父亲说："你不知道那有多难受，肚子里仿佛有一群鹅在打架。"父亲看清了那个戴礼帽的人，他很帅气，五官清秀，如果不是拿着盒子炮，你会把他当成秀才。看得出来，那个长发的和两个光头的都怕他。"长得帅气的人也会很厉害,"父亲说,"人不可貌相。"

四个人走后,村里人都晓得六大夫惹祸了。那女人究竟是死是活,没有人知道。有人说是尸遁,说得神乎其神。什么叫尸遁?就是死尸会自己遁逃,从棺材里消失。有人相信,有人半信半疑,更多的人不信。

歪脖爱刨根问底,非弄清楚不可。他先问三奶奶:"你帮着入殓的,你说实话,那个女人死了没有?"

三奶奶说:"千真万确,死得透透的。"她又说:"我过的桥,比你走的路都多,我还能分不清死人活人?"

歪脖又问抬棺人:"抬棺有什么异样吗?"

抬棺人说:"棺材轻,当时就觉得奇怪,心想这个女人肯定瘦得像芦苇。"

歪脖又问当天夜里谁守灵。这明摆着,六大夫守灵,没有其他人。于是,他得出结论:六大夫根本没把女人埋进坟墓里。

有人问歪脖:"那你说六大夫把她埋哪儿了?"

歪脖歪着脖子,带着嘲讽的表情看着问话人,反问道:"我说他埋他女人了吗?"

那人不服,喊了一声:"死了不埋,尸体呢?"

歪脖继续嘲弄道:"我说过她死了吗?"

那人说:"咦,三奶奶亲自入殓的,还能没死?"

歪脖说:"我也没说她没死。"

那人说:"你这不是抬杠吗?依你说,她到底死了还是没死？"

歪脖说："我哪儿知道。"

说罢，他吹着呼哨，晃着膀子走了。瞧他那样子，仿佛他知晓秘密似的。

那人在背后骂他："傻样儿！"

歪脖又找八大夫探讨真相。六大夫和八大夫都是大夫，也许八大夫能知道点什么。可是从八大夫那里，他一无所获。他问八大夫那个女人得的什么病，八大夫说他不知道，他没给那个女人看过病，六大夫就是大夫，不需要他去给他女人看病。

对于空棺，八大夫也没什么好说的。

"你相信尸遁吗？"歪脖问道。

"听说过，"八大夫说，"但是没见过。"

挖出空棺之后不久，村里诞生了一个传说，说六大夫的女人没死，变成了一只火红的狐狸。

见过这只狐狸的人很多。因为它掉到了天坑里。天坑在寨外，是自然塌陷的一个坑，有四五米深，像一口巨大的锅。刚下过雪。可能是雪的缘故，狐狸才掉进去的吧。天坑四壁湿滑，狐狸没有着力点，上不来，狼狈的爪子在四壁留下许多划痕。最先发现这只狐狸的人是歪脖。他知道狐狸皮值钱，想把狐狸打死，剥皮卖钱。他用石头砸狐狸，狐狸跳跃着躲闪，他一次也没砸中。一会儿工夫，围上来许多人，都用石头和土块砸狐狸。有几次险些砸中。狐狸腾挪闪避，狼狈不堪。

八大夫路过，看到人们在闹哄哄地往天坑里扔石头和土块，伸头一看，看到那只红狐狸。他喊停，让人们别砸了。

八大夫和六大夫是亲兄弟，六大夫是老六，他是老八，管六大夫叫六哥。他和六大夫反差巨大：八大夫高大帅气，六大夫矮小丑陋；八大夫亲切随和，六大夫古怪严厉；八大夫按部就班，六大夫来去如风……总之，看到其中一个，往他的反面想，就是另一个人。八大夫是我们村很有威望的人，他的话没人敢不听。

八大夫喊停，人们停下来，他们以为八大夫能有好办法抓住狐狸。

八大夫说："你们看看它。"

狐狸已经跳累了，站立在天坑中间，打量着天坑上面的人。

大家都盯着狐狸，八大夫让他们看什么？

"看它的表情。"八大夫说。

狐狸几乎绝望了，这么多人要置它于死地，它躲无可躲，避无可避。

接下来，奇怪的一幕发生了，狐狸前爪合十，朝人们作揖。

人们说："成精了成精了，这狐狸成精了。"

他们搞不清成精的狐狸会不会带来灾祸，要不要把它打死。

八大夫说："你们还要打吗？"

人们不说话。

八大夫又说："谁要打狐狸，以后别找我看病。"

人们悄悄将手里的石头和土块扔掉。

歪脖说："是我先看到的。"

他的意思是，这个狐狸属于他。

八大夫严厉地看了他一眼。

八大夫一贯很和善，人们从没见过他有这么严厉的眼神。

歪脖也扔掉手里的石头。

八大夫让人们散去。他那么严肃，人们只好听他的，陆陆续续离开。但都没走太远，而是躲在墙角、树后，偷看八大夫干什么。

八大夫找来一根长木杆，斜着放入天坑，狐狸明白八大夫在搭救它，它顺着木杆爬上天坑，如一道红色的闪电，瞬间消失了。

后来，不知从哪里冒出来的传说，说这个红狐狸是六大夫的女人变的。六大夫的女人爱穿红衣服。还有人说，那表情也是六大夫女人的表情。这就太玄虚了。还说八大夫每天早上打开门，都发现门口有一枚鸡蛋，那是狐狸在报答他的救命之恩。父亲说他问过八大夫有没有狐狸报恩的事，八大夫笑了笑，没说有，也没说没有。

六大夫一走，泥牛入海，再无消息，是死是活，没人知道。有一点可以肯定，就是那一伙人还在找他，而且还没找到。那些人时不时来村里打听六大夫，每次都失望而归。有一次，长头发要烧草房子，戴礼帽的男人制止，烧了房子他就更不会回来了。几个月后，他们最后一次出现在我们村。这次，还有雾。

雾不大，如轻纱缭绕。有心人回顾之前他们出现的情景，得出结论，他们出现的时候全有雾。莫非他们只挑选雾天出没？

四个男人心事重重，蹲在草房子前吸烟，打发时间。他们在等六大夫吗？当然不是。六大夫哪儿会这时候出现。马拴在树上。四匹马瞪着空洞的大眼睛。村民们躲得远远的。歪脖曾被抽过一马鞭，鞭痕还在，他更不敢上前。他抱着黑狗，不让它叫。

三个男人在说着什么，戴礼帽的男人一言不发，只是抽烟。最后，他站起来，把烟头在脚下跺灭，又打量一眼六大夫的草房子，朝长发男人点点头。长发男人打着火，先点燃一把干麦秸，再用麦秸去点草房子。草房子并不像想象的那么易燃，好一会儿才点着。草房子已经腐朽，只是焖燃，冒出很大的烟，像蒸笼一样，过了多时，终于腾起一股火苗，然后一发而不可收拾，熊熊燃烧起来。

四个男人看到火焰冲天而起，这才打马离去。

村民们冲出来救火，已经迟了，草房子一会儿工夫就化为灰烬。

六大夫院里有棵皂角树，皂角成熟时，人们就把皂角打下来，用来洗衣服。皂角树被烧了半边，人们惋惜不已。

不久，宛西解放了。

这年冬天，一个寒风刺骨的日子，新成立的县政府在竹林寺村召开宣判大会。十二个男人被五花大绑，押上临时搭建的台子。县长亲自宣读了对他们的死刑判决，罪名是反革命和抢劫杀人。我们村歪脖在现场。他指着其中三个人说："那三个家伙来过我们村。"旁边的人问他："他们到你们村干吗？""找六大夫的麻烦。""他们为什么要找六大夫麻烦？""你问他们。"旁边的人"嘁"一下，翻个白眼。歪脖指的那三个犯人，就是戴礼帽、挎盒子炮来村里找六大夫的那个头儿，以及他手下那两个光头。这天，头儿没戴礼帽，露着打油的偏分头；两个光头还是光头。他们背上都插着牌子，上面写着他们的名字，用红笔打个叉。其他罪犯都低着头，只有头儿仰头望着人群，从他的眼中看不出恐惧。宣判后，要把他们押到七里河滩，执行枪决。士兵推头儿一把，头儿身子一拧，对押他的人说："别推，我自己能走。"押解士兵仍然抓着他的胳膊。两个光头互相看一眼，梗着脖子，大踏步往前走。早死早托生。走在最后的大个子罪犯，胆量与他的块头很不相符，吓得尿了裤子，押解士兵推他，他瘫软下来，两个士兵竟然架不住。押解士兵征得县长同意，对他就地执行了枪决。人们哗啦啦跟着看杀人。大块头被枪毙后，他们绕着大块头走。大块头的死法让他们感到失望，他哪儿像个杀人越货的强盗，这么尿。有人朝大块头的尸体吐唾沫。

歪脖回到村里神神秘秘地说："你们猜我在竹林寺看到谁了？"

他说话无头无脑，大家怎么猜。

贾二嫂说："有话快说，有屁快放。"

歪脖说:"和六大夫有关,你们猜猜。"

贾二嫂说:"那个红狐狸女人。"

歪脖说:"猜对了一半。"

贾二嫂猜不出。其他人也猜不出。歪脖不再卖关子,讲了三个男人被枪毙的事:"他们被押到河滩。枪毙人,都是让跪下,枪对着后脑勺打。不跪?就在腿窝踹一脚,自然就跪了。戴礼帽那个,就是头儿,他不跪,士兵踹他腿窝,他有防备,竟没踹倒。他死到临头,昂首挺胸,丝毫不怕,嘴角挂着笑……枪毙他的时候,他大叫:'二十年后又是一条好汉!'"

歪脖说那个头儿叫庞一坤,牌上写的是这个名字。他被枪毙后,六大夫就领着女人回来了。这次他没穿长衫,小梅也没穿红袄。他们更没骑高头大马。他们背着两个大包袱——全部的行李,从东边走过来,黄昏时悄然进村。

我父亲那年十四岁,在村边拾柴,远远看到一男一女两个人,觉得奇怪。谁会背着大包袱呢?本村人不会,走亲戚的也不会。他们走到跟前,父亲还没认出他们。六大夫和小梅都变化很大,满脸沧桑。父亲问他们找谁,他们说回家。回家?父亲很疑惑。六大夫也没认出眼前这个后生,他问:"你是谁家的孩子?"父亲回答后,他说:"我是六大夫,你六叔。"

父亲这才认出他们,赶快帮他们拿行李。

多年之后,父亲仍然清晰地记得那个黄昏。天很冷,刮着小北风,外面没什么人。六大夫和小梅走得满头大汗,身上热气腾腾。父亲接过小梅的行李。她道声谢，开始活动肩膀。父亲刚走几步，有些犹豫了。

"你们家……"父亲说。

六大夫说："我知道，烧了。"

父亲说："去我们家吧。"

六大夫说："你当家吗？"

父亲说："我爹我妈肯定同意。"

父亲将六大夫和小梅带到我们家，我爷我奶很热情，又是做饭，又是收拾床铺。我们家住房很紧张，但有一个磨坊。我爷我奶准备搬到磨坊去住，把他们的房间让给六大夫和小梅。

正吃饭时，八大夫来到我们家，要让六大夫住他那里。他说他有一间空房。我爷我奶说已经收拾好房间了。八大夫说他看到了，磨坊。我爷说磨坊他和我奶住，六大夫和小梅住屋里。八大夫说："他会忍心把你们赶到磨坊？"

六大夫接话说："是，哪儿能让你们住磨坊。"

我爷还要坚持，八大夫说："别争了，就这么定。"于是，六大夫和小梅住进了八大夫家。

六大夫回来，人们自然要问他与庞一坤的恩怨过节。六大夫说他不认识庞一坤。这明显是瞎话，你不认识，人家会来找你，会扒你老婆的坟？你把我们都当傻子吗？六大夫咬定他不认识庞一坤。他说他连这个名字都没听说过。

大家明白六大夫不愿提这桩事，既然如此，也就不问了。

可有一个人偏不，你越是不想说，他越要刨根问底。这个人就是歪脖。他刚加入农会，是积极分子，走路时头仰得很高，像打鸣的公鸡。

歪脖问六大夫，六大夫回答仍是那句："我不认识庞一坤。"

歪脖提醒六大夫，说庞一坤送他和小梅回来的那天他在场，他都看见了。就是那个大雾天，六匹马，庞一坤走的时候把你们骑的两匹马也牵走了。"那马本来就是庞一坤的吧?"

六大夫不言。

歪脖循循善诱："你是受压迫者，你应该站出来控诉庞一坤一伙的罪行。那一伙中还有一个长头发的在逃，我们一定会抓住他的。"

六大夫不言。

歪脖说："庞一坤已经死了，你还怕啥，有啥不能说的?"

六大夫沉默一会儿，回了一句："我不认识他。"

歪脖又问六大夫的女人小梅，小梅也说不认识庞一坤。"真的不认识吗?"歪脖直勾勾地看着小梅。小梅被看得心里发毛，但她坚定地摇摇头说不认识。

歪脖去找八大夫打听。毕竟六大夫住在他家，说不定他知道一些六大夫的秘密。八大夫一句话就把他怼回去了："你管人家的闲事干啥?!"

歪脖说："要没什么见不得人的，为啥不愿说?"

八大夫说："各人自扫门前雪，莫管他人瓦上霜。"

歪脖哼一声，说他会弄清楚的，没什么能瞒得过他。现在，他说话的语气比以前自信一万倍。

没多久，歪脖当上了民兵队队长。他不但有枪，还有四个队员。他被工作队授予重任：斗地主，分田地。

我们村最大的地主是贾克让。他抽大烟，家都快抽败了，地也卖得差不多，只剩下两顷。他没有民愤，要不早枪毙了。他有一个儿子，叫贾容迪，大学毕业，在县里给民团司令胡为民当参谋，并成了胡为民的女婿。县城解放后，他跟着胡为民进山当土匪。乡里枪毙地主恶霸时，贾克让也被绑了。大家都以为他完了。然而他只是"陪斩"，不在枪毙名单里，虽然也被押到河滩，但没吃枪子。他吓破胆，屙了一裤裆。

歪脖以前见贾克让，低三下四，贾克让都不正眼看他。现在，反过来了，他指着鼻子训斥贾克让，贾克让像孙子一样乖乖听着。

贾克让的地被分了，房子也被分了。其中一间瓦房分给了六大夫。村里基本上都是草房，六大夫住上瓦房，令很多人羡慕，说他是因祸得福。

歪脖向工作队汇报了六大夫的情况。工作队的孔队长没当回事，他不认为这有什么问题。他问歪脖："六大夫是穷人吗？"

歪脖说："是穷人。"

"是受压迫者吗？"

"是受压迫者。"

"他没做不利于革命的事吧？"

"没做。"

"那他就是我们团结的对象。"孔队长说。

有一天，孔队长偶然走到六大夫家门口，犹豫一下，进去了。六大夫诚惶诚恐，递过去凳子，请孔队长坐。

孔队长坐下，也让六大夫坐，六大夫也坐下。这是要长谈的架势。六大夫缺乏准备，很紧张，手压在大腿上。

寒暄几句，孔队长问六大夫可有困难，六大夫说没有困难，一切都是最好的，政府给分了房分了地，他很满意。孔队长想说什么欲言又止，最后还是开口了："有件事不知该不该问。"

六大夫知道他想问什么，说："你瞧，我是个大夫，我没做过坏事……"

"没人说你做过坏事。"孔队长诚恳地说，"你不想回答可以不回答，不用勉强。"

孔队长是少有的儒雅之人，表情充满善意，眼神十分真诚，六大夫不能不对他产生信任。他说："你是要问庞一坤吗？"

孔队长点点头。

六大夫在思忖要不要说，如果说，怎么说。

"庞一坤为什么烧你的房子？"

六大夫说："我给他看过病，没看好。"

孔队长感到奇怪："没看好，他就烧你的房子，还扬言要你的命？"

六大夫沉默片刻，下了决心要吐露实情似的说："我拐了他女人，就是小梅。"

孔队长盯着他。

六大夫看一眼孔队长，又补充道："小梅是我抢去的。"

孔队长说："你说的……"

六大夫说："完全属实。"

孔队长点点头，起身要走。六大夫说他有个请求："能不能替我保密？我不想让别人知道。"

孔队长说："又不是见不得人的事，别人知道怕啥。"

这个秘密很快全村人都知道了。人们说六大夫有两下子，土匪的压寨夫人他也敢拐。也有质疑的声音，说六大夫长得那个样儿，压寨夫人会看上他？要是八大夫，还差不多。最坚决的质疑者是歪脖，他一点儿也不相信六大夫的说辞。

"拐？"歪脖说，"拿棒槌往人眼里杵，以为别人都是瞎子。漏洞也太明显了，小梅是土匪送来的，好吧？"

俗话说，不怕贼偷，就怕贼惦记。歪脖惦记上了六大夫，时不时往他家跑。不久，村里就有闲话了。歪脖再来时，六大夫堵在门口，不让歪脖进去。歪脖强装笑脸说："不请我进去喝杯茶吗？"

"不请。"六大夫生硬地说。

歪脖自从当上民兵队队长，还没人敢这样对他。他看到小梅在屋里，对六大夫说："我有公务。"

"公务就在这儿说。"

歪脖看看六大夫，看看屋里的小梅，二人僵持着。

"真要这样吗?"歪脖说。

"是。"六大夫答。

歪脖冷笑一声，威胁六大夫："知道我是谁吗?"

六大夫说："知道。"

"知道就好，"歪脖翻着白眼说，"我手里有枪。"他下意识地摸了摸腰里。那天他没带枪。但他是有枪的，六大夫晓得，他也知道六大夫晓得。黑狗跟着他，通常黑狗能得到一点食物。这次黑狗什么也没得到。

歪脖临走撂下一句话："你会后悔的。"

六大夫看着歪脖和黑狗走远。

小梅来到六大夫身边说："你干吗要得罪他?"

六大夫突然变脸，厉声说："回去!"

半小时后，歪脖又出现了。这次他带着枪，他背后还跟着三个民兵，民兵也都背着枪，其中一个手里还拎着绳索。黑狗跟在后面，吐着舌头。

六大夫又站到门口，堵住门。

歪脖与六大夫脸对脸，说："这叫敬酒不吃吃罚酒。"

六大夫不言。

歪脖指使民兵把六大夫捆起来。

小梅说："慢!"

她把一件棉袄给六大夫穿上。

民兵把六大夫捆起来游街，吆喝他和土匪是一伙的，他与土匪头子共用一个老婆，他是漏网之鱼……

人们都从家里出来，远远地，冷冷地，看着他们。有人悄悄骂："什么东西！"歪脖听到，指着那人问："你骂谁?"那人说："我骂谁谁知道。"歪脖不依不饶，一定要他说清楚是骂谁，否则也捆起来游街。那人只好指指六大夫，说是骂他。其他人也纷纷骂："什么东西，什么东西……"一浪高过一浪。歪脖问："你们骂谁?"都指指六大夫，意思是我们骂他，总行吧。歪脖无话可说。人们骂得更起劲了，声音更高了。

"什么东西，什么东西……"

歪脖看众怒难犯，匆匆游一圈就将六大夫放了。

六大夫回到家，满头大汗，他脱下棉袄扔给小梅。

"热死我了。"他说。

小梅抚摸他的勒痕，问："疼吗?"

"不疼，"他说，"幸亏有这件棉袄，明天还穿。"

游街，照例是要游三天。所以第二天六大夫早早穿上棉袄在家等着。歪脖果然又来了。意外的是，他没有带枪，后面也没有民兵跟着，只有那条黑狗跟着他。

六大夫又堵到门口。

歪脖在六大夫面前停下来，回头踢黑狗一脚。

"去！"

黑狗委屈地叫着，跑开了。

六大夫不知道歪脖要干什么。他看着歪脖，歪脖看着他。

歪脖勾下头，看着脚尖，说："昨天的事，我……有些过分，我给你道歉，请你原谅。"

六大夫说："真是热，我可以脱下棉袄了。"

歪脖看着六大夫脱下棉袄，交给小梅。

六大夫没有看出歪脖道歉的诚意。歪脖的眼睛中没有歉意，只有应付。他感到奇怪，今天的歪脖明明和昨天的歪脖是同一个人，他怎么会来道歉呢？他搞不明白。

歪脖脚尖在地上画个圈。

六大夫说："你走吧。"

歪脖转身走了。

后来六大夫得知，是孔队长听说此事，批评了歪脖，责令他登门道歉，否则就要撤他的职。歪脖怕了，这才硬着头皮来给六大夫道歉。

这之后几年，歪脖见六大夫都绕着走。

日子流水一般过着，小梅生了两个孩子，大的是男孩，小的是女孩，都遗传了母亲的优点，长得很漂亮，可谓金童玉女。人们想起小梅诈死时是怀孕的，问她，那个孩子呢？小梅说生下来就死了。那年月医疗条件很差，这是很正常的现象，人们听到这样的事，只会"噢"一声，表示知道了，连一声叹息都没有。

那几年六大夫没怎么行医。村里人看病都找八大夫，不找六大夫。外村有人找到六大夫，六大夫也大都介绍给八大夫。

据说有需要出诊的或疑难杂症，六大夫才亲自去。本村人往往看到六大夫外出，看到六大夫归来，并不知道他在外面的事情。只是偶尔听外村人说起六大夫看好了某某的病，我们村的人才略知一二。

六大夫依旧显得古怪。他不怎么到饭场吃饭。夏天，人们都在大白果树下乘凉，下棋，喷瞎话，那里也没他的身影。他在哪儿呢？他在被烧掉的房屋废墟上转悠。草房被烧后，灰烬也被雨水冲得干干净净，原先低矮的院墙变得更低矮了。没有院门。猪在院子里拱土，鸡在草丛中刨食，偶尔还有黄鼠狼出没。

有一天，六大夫说他要建房。一穷二白，怎么建房，这不是吹牛吗？没有人相信他能把房子建起来。不过，六大夫是认真的。让人吃惊的是，他要盖的不是草房，而是瓦房，不是一间，而是三间。最终怎么样？在人们错愕的目光中，他把三间瓦房竖了起来。

这事并不像我们说得这么简单。过程相当艰辛。地基是用石头垒的，石头是六大夫一块一块从灵山上背下来的，这个过程持续了半年。土坯是六大夫请人脱的。三个人——请来的两个男人加上六大夫——挖土，和泥，加麦糠，踩泥，脱坯，整整干了三天。房梁是从老北山买的，过竹木检查站时被扣住，一条烟解决了问题。笆，是六大夫割来荆条，请人打的。瓦，有一个村庄要搬迁，六大夫得知，买了三间房的二手瓦，便宜是便宜，但路程远，拉回来费了老大劲。墙垒到一半时，被歪脖叫停了。这时候，歪脖是支书，说话没人敢不听。六大夫去找孔队长，孔队长调走了。下雨了，没有东西遮挡，墙被淋坏了。小梅去求歪脖，歪脖说："你早来找我，就没事了，说让盖不让盖，就我一句话。"歪脖看着小梅，叹口气，说："盖吧。"六大夫又重新脱坯，再次垒墙，终于把房子竖起来了。住进新房的第一个夜晚，六大夫和小梅喝了点酒，又哭又笑。

小梅洗尽铅华，穿上宽大的灰布衣服，变成了不折不扣的村妇。尽管如此，还是能透出几分妩媚。

她喜欢养花。院子里种了许多花，草本木本都有。兰花、月季、牡丹、芍药、指甲花、百日红、梅花、丁香花、夹竹桃、栀子花、连翘、玫瑰、百合花等等。一年四季，都有鲜花。尤其是春天，满院花开，紫的，粉的，红的，黄的，蓝的，白的……煞是好看，蜜蜂和蝴蝶来了，在花丛中流连。小梅养了一只小花猫，在花丛中蹦跳。小孩们一放学就到六大夫家院子里看花。女孩特别喜欢指甲花。小梅允许她们用指甲花包指甲，看谁的指甲染得好看。有人想养花，向小梅讨要，小梅来者不拒，都免费奉送。可是没有几个人能养得好，往往是养着养着花就蔫了。

大炼钢铁时，在歪脖的带领下，村民把村里的树砍了。村子变得光秃秃的，像一个人没穿衣服。村东头有棵大白果树，据说有几百年的树龄，在十几里外都能看到树冠。这棵树是我们村子的灵魂，老人们说早成精了。关于这棵树有许多传说，人们遇到难事就在树下烧纸，敬拜这棵树，希望得到保佑。别的树砍光了，只剩下这一棵，村民希望保住这棵树。歪脖说大炼钢铁，这棵树必须砍，谁要拦挡谁就是反革命。民兵背着枪，准备抓人。六大夫说："砍了这棵树，全村人都要倒霉。"歪脖指着六大夫说："抓起来！"

六大夫被抓去游街。

歪脖吩咐人们砍树，没人行动。他说记双倍工分，终于有两个小青年动手砍树。大树的树干坚硬似铁，斧子砍下去，只是一道印子。反复砍，才砍出一个口子。

八大夫第二天一大早来到大树下，给大树作揖。他对人们说，他做了个梦，梦到树精找他看病，说是腿受伤了，让他给包扎一下，他看树精腿上有道小伤口，用碘酒消毒后，用白纱布给包扎起来……他留了个心眼，系了个蝴蝶结……天亮后，他来看看，蝴蝶结还在。他还对人们说："树精说他会报复的。"

歪脖再要砍树时，一个男劳力也找不到，他说谁砍树奖励三倍工分，还是没人响应。歪脖破口大骂一阵，自己抄起斧子砍起来。

他爹劝他别砍了，他不听。他爹说："你回去照照镜子，看看你的头。"

歪脖摸摸头，他摸到几个疙瘩，吓一跳。一照镜子，他恨恨地骂道："不就是头上长疮吗，老子不怕。"说是这样说，他终于没敢再去砍白果树。白果树保存下来了，至今犹在，仍是我们村的标志。

歪脖是支书，看病就不能在村里看，要到乡卫生院看，那才符合他的身份。卫生院给他开四环素，他吃得牙全黄了，头上的包却越来越多。且一个个溃烂，恶臭难闻，人们见他都躲得远远的。他为了维护形象，无论冬夏，常常戴一顶长檐帽。

歪脖头上长疮之后，性情大变。原来还多少有点人情味，现在是铁石心肠，六亲不认。

六大夫私下里对八大夫说，他能治好歪脖头上的疮。

八大夫说："他找你看病了吗？"

"没有。"

"他也没找我。"八大夫说，"这说明什么？说明他不信任你，也不信任我。"

"无所谓，我不在乎。"

八大夫说："他捆你游街，你还要给他看病？"

"他臭烘烘的，也有碍观瞻，我受不了。"

"你呀……"八大夫说。

过几天，六大夫再次见到八大夫，叹息一声。他对歪脖说了治毒疮的方子，歪脖把他臭骂一顿。

八大夫哈哈一笑，说："幸亏他没听你的。"

"听我的，疮就治好了。"

"那样更糟。"八大夫说，"那就不是骂一顿的事了。"

后来，歪脖被"拔钉子"了。那时是集体大食堂，有些基层干部多吃多占，侵害了集体和村民的利益，他们是"钉子"，要把他们拔掉。歪脖被绳捆索绑送到县里，说是要法办。县里关押二百多名大队干部。他们惶惶不可终日，度过两个月的难熬时光，又被释放了。歪脖回到村里，继续当支书。

不知道是歪脖想通了，还是听了别人的劝说，回来后，他就找到六大夫，让六大夫给他治头上的恶疮。六大夫被歪脖游过两次街，心有余悸。他说："你信我能治好你吗？"

歪脖盯着六大夫好一会儿，说："信。"

"你以前不信。"

"现在信。"

六大夫让歪脖去弄一抔母猪屎来。往年村里不缺猪，可现在一头也没有，更不要说母猪。歪脖想起公社养猪场，那里应该有。他来到公社养猪场，向场长李大炮讨要一抔刚拉的母猪屎。李大炮问他干什么，他说往头上糊，治疮。

李大炮说："开玩笑的吧，这你也信？"

歪脖说："病急乱投医，不试试怎么知道？"

正好有一头母猪拉屎，好大一抔，热气腾腾，臭不可闻。歪脖捏着鼻子将猪屎铲进筐子里，筐子里面垫着荷叶。

李大炮问："谁的主意？"

"六大夫。"

李大炮笑得嘎嘎的，把树上一群麻雀吓得飞走了。"没听说他手上带炮子，看一个死一个吗？"他指着歪脖说，"你行，敢找他看!"

这话让歪脖心里腻歪。他批斗过六大夫,莫非六大夫想害他?他要把猪屎扔掉,转念一想,六大夫要是敢害他,他就逼六大夫把猪屎吃下去,吃得连个渣儿都不剩。

歪脖捏着鼻子回去,把装猪屎的筐子放到六大夫面前,黑着脸说:"你要给我治不好,有你好看。"

六大夫在院外用石头支个简易灶,放上瓦片,点上火,用木片把猪屎铲到瓦片上,慢慢焙干。

猪屎本来就很臭,经火烘焙,简直是臭气熏天,引得藏在各个角落的苍蝇倾巢出动,漫天飞舞。许多小孩又想看又怕臭,远远地捏着鼻子偷看。

八大夫闻到臭味,从屋里出来,弄清楚怎么回事后,叹息一声,说了一个字:"傻。"

六大夫费了好一番工夫,才把一抔猪屎焙干。他将焙干的猪屎用水搅拌,调成糊糊,示意歪脖蹲下。

"你记住,我说话可不是放屁。治不好,有你好看。"歪脖说。

"蹲下。"六大夫说。

歪脖犹犹豫豫蹲下,冲着一群孩子吼道:"滚!"

孩子们一哄而散。

六大夫摘掉歪脖的帽子,用木片把猪屎糊到歪脖头上,糊了厚厚一层。

"一个时辰不要动它。"六大夫说。

"它要掉了呢?"

"明天再糊,连糊三天。"

三天后,歪脖头上的恶疮消失了,代之以新鲜的肉芽,又过几天,彻底好了。

你们晓得歪脖怎么报答六大夫的吗?他送六大夫八尺布票、五斤粮票、一斤糖票。

歪脖前脚刚走,八大夫后脚进门。他看到桌上的布票、粮票、糖票,说:"一抔猪屎换的?"

六大夫皱着眉,不吭声。

八大夫说:"三年恶疮,一朝治好,了不起!"

"你别笑话我。"

"我笑话你什么?"

"我该给他治吗?"

"你认为呢?"

六大夫说:"我不确定。"

八大夫说:"他受了三年罪,积聚了三年怨气,这怨气往哪儿撒?"

六大夫说:"我不明白,要往我身上撒吗?"

八大夫说:"君子记德,小人记怨。"

事情发展果如八大夫所言。没多久,六大夫两口子被打成坏分子,一有运动就把他们拉出去挂上牌子批斗,牌子上写着"坏分子某某某",打个大大的叉。

六大夫两口子怎么就成了坏分子呢？当然是歪脖干的。

说来话长，当年"空棺下葬"的事早已成为传说，随风而逝，不再有人提起。现在，歪脖内联外调，竟然把这桩秘密揭开了。歪脖说，小梅是土匪头子庞一坤的小老婆，土匪头子不会生育，与六大夫达成协议，六大夫带走小梅，待小梅怀孕生产后再将小梅和婴儿还给他。小梅怀孕后，事情起了变化。她对六大夫说出实情：庞一坤没打算让六大夫活着。于是就有了前面说的小梅诈死、空棺出殡、六大夫销声匿迹那一幕。六大夫领着小梅躲到开封，孩子生下来，是个男孩。这个男孩呢？据说三岁时在街上玩耍被人贩子拐走了。

且不说故事是真是假，单凭这件事，怎么就把六大夫两口子都划为坏分子了呢？歪脖说："他们和土匪庞一坤是一根绳上的蚂蚱。"

有证据吗？歪脖说有。他说他找到了庞一坤的同伙，就是那个留长发的人，名字就叫王长发，烧六大夫的草房就是他点的火。抓捕庞一坤团伙时，他漏网了，隐姓埋名躲在四川郫县。他在那里娶妻生子，过得还算安稳。起初，他很谨慎，编了一套谎话，把自己说成是孤儿，没有任何社会关系，几次运动，他都安然渡过，没人找他麻烦。时间一久，他有些麻痹大意，一次酒后，吹牛说他干过刀口舔血的勾当。酒醒后，他很后悔，不该喝那么多酒，也不记得自己都说了些什么，心中忐忑不安，不知道是不是该丢下老婆孩子溜之大吉。俗话说，怕处有鬼，痒处有虱，他果然被人举报了。公安来抓他时，他没有反抗，束手就擒。归案后，他将罪行都推到庞一坤身上，自己则是误入歧途，反正死无对证。最后，他被判了十年。他最怕的是枪毙，在法庭上听到判决，很是庆幸。法官问他上诉吗？他说不上诉。

歪脖在监狱里找到王长发，询问庞一坤和六大夫的过节。王长发怕抖搂出来的事多，加长他的刑期，不肯说。狱警反复做工作，他才讲了那个令人难以置信的故事。狱警不相信有这么荒唐的事，说他是吃荆条屙笋头——编的。王长发赌咒发誓，有半句假话天打雷霹。歪脖不管真假，他要王长发签字画押。有这张签字画押的纸，六大夫就跑不了。

六大夫归入"地富反坏右"后，并不见他沮丧。有人甚至还看到他偷偷笑过。这太不可思议了。六大夫平常都很少笑，打成"坏分子"为什么会笑呢？莫不是精神受到刺激，有些失常？

六大夫对歪脖的态度也是 180 度的转变。以前，他对歪脖敬而远之，现在，他见到歪脖就往跟前凑。歪脖走哪儿，他跟哪儿，歪脖走，他也走，歪脖停，他也停，像是粘上了。歪脖威胁要把他捆起来游街，也没吓倒他。

歪脖说："你到底想干什么？"

他说："我想知道那个土匪关在哪里。"

歪脖不告诉他，说这是机密。歪脖又说："你找他干吗？想翻案吗？"

"不是。"六大夫说，"有别的事。"

歪脖问他别的什么事，他却不说，只是追问王长发的所在。

"我不会告诉你。"歪脖说，"你爱怎么跟就怎么跟。"

六大夫跟了三天，一无所获。他想到孔队长。"如果孔队长在就好了，"他想，"孔队长会告诉自己。"

七八年后，六大夫听说王长发出狱了。出狱后去了哪里，谁也说不清。六大夫在三省交界处的三岔路口设一茶摊，免费给往来行人提供茶水，趁人们喝茶休息时打听王长发。功夫不负有心人，还真给他打听到了：王长发住在一个小山村里。

六大夫立即赶往那个村子。接近村子时，他捡了块石头装进口袋，又捡了一根木棍拎在手里。他在村边大树下看到一个人坐在椅子里，眼斜嘴歪。即使不是大夫，也晓得这是中风后遗症。那人也看到他。他从那人身边走过去，又返回来，站到那人面前，端详着。眼前的人头发稀疏，像一丛乱草。他说："你是王长发？"

那人翻起眼看着他，嘴角流下口水。六大夫确定了他就是自己要找的人。

"你是王长发！"六大夫说，"你认识我吗？"

那人摇头。

"我是六大夫，你去过我家，烧了我的房子，还记得吗？"

那人嘴角抽搐一下。

"你去过开封，我在开封街上见过你，就在那天，我儿子丢了。"六大夫说，"是你干的吧？"

六大夫其实并不确定他那天见过王长发，他只看到一个背影，当时觉得似曾见过。儿子丢了之后，他反复回想，才悚然一惊，觉得是他。他并不能断定是他偷走儿子的，但他认为世上没有什么巧合，所有巧合都事出有因。他相信王长发一定与他儿子丢失有关。多年来，这个念头在头脑里生根了，日久天长就被他当成了事实。他必须找到王长发。

王长发听了他的话，没有回应。

两个人陷入无边无际的沉默。

六大夫原本猜想王长发会否认，不管他干了没有，他都会给他一个否定的答案。面对否定的答案，自己将无所作为。可是王长发却没有反应，既没有认，也没有不认。六大夫在漫长的沉默里犹豫不决，报仇和不报仇也都同时变得既有必要，也无意义。不知道过了多久，六大夫扔掉手中的棍子，在颓唐中准备离去。这时王长发冲他点了点头。六大夫便又站住了脚步。

"你是说，你去过开封?"六大夫追问。

王长发点头。

"我的儿子丢了，也是你干的?"六大夫的声音有些颤抖，他竭力保持语调平稳，以免影响王长发的回答。

王长发又点点头。

六大夫真想冲上去把他掐死。这时候周围也没人，仿佛是上天给他提供机会，让他报仇雪恨。他看到从自己身体中分离出来一个人，一个愤怒的孔武有力的人，坚定地上前一步，伸出铁钳般的双手，搦住王长发的脖子，王长发的眼睛鼓出来，嘴张得很大却发不出声音……六大夫摇摇头，甩掉想象，询问孩子的下落。他的声音颤抖了，巨大的不可知像一个深渊，他不敢凝视，害怕掉进去。

王长发脸上没有表情，不知道是心肠冷漠，还是中风让他无法在脸上呈现表情，只是艰难地、一个字一个字地说："把孩子卖给了驻马店一个货郎。"

"驻马店哪里？"

王长发摇头，说："不知道。"

"货郎叫什么？"

王长发又摇头。

"货郎长什么样？"

"是个背锅，个子不高，瘦，年龄四五十岁。"

六大夫陷入了绝望。他在绝望中问了最后一个问题："卖了多少钱？"

王长发伸出一个巴掌，说："五块大洋。"

六大夫把口袋里的石头掏出来。王长发看着他。他把石头在手里掂了掂，扔掉了。

打从我记事的时候起，六大夫就是一个神龙见首不见尾的人。他总在外面游荡，给人看病，差不多算是游医。他看的病都稀奇古怪，所以他的名声也有着可疑的味道。据说有一个人正在变成蛤蟆，脖子越来越粗，像一面鼓，叫声也像蛤蟆，呱呱的，走路也有些不正常，但还没像蛤蟆那样跳跃。六大夫把他治好了。还有一个人快变成牛了，头上长出两个角，医院说是骨癌，只能锯掉，但锯掉还会长。六大夫也把他治好了。还有一个人说自己肚里有条蛇，医生说他是精神病，他肚里根本没蛇，那人很痛苦，一天天瘦下去，快要死了。也是六大夫把他治好的，他吐出了肚里的蛇。诸如此类。六大夫采用的手法我也听说过，但不是亲见，又没有验证，就不在这里详述了。

我管六大夫的妻子小梅叫六奶奶。我记事的时候，她还不到六十岁，已是满头银发。她脸上没有多少皱纹，是一个漂亮的奶奶。我和小伙伴们常去她院里看花，她有时会给我们瓜子或枣子吃。她的手小巧白皙，很好看。她的笑温暖和善，让你觉得她是天底下最好的人。

她一刻不闲着，总是在莳花、松土、施肥、浇水、剪枝，等等。她的花也报答她，对她笑，妩媚地看着她。

她和村里所有的奶奶都不一样，她像是外星来的。

后来我才知道六大夫当游医是为了寻找他丢失的大儿子。他大儿子丢那么多年了，怎么可能找回来呢？六大夫也没告诉家人，家人会说他疯了。

不久，恢复了高考，六大夫的两个孩子同时考上了大学，而且都学医。大学生，头上是有光环的，一家同时出两个大学生，轰动一时。我那时刚上小学，对他们羡慕得不得了。六大夫送两个孩子上学后，就又出门了，继续去驻马店寻找他那个丢失多年的大儿子。

没有人觉得他能找到，有人说这是大海捞针，六大夫说大海里只要有针，早晚能捞到。谁的规劝他也听不进去。老婆和孩子们都想劝他放弃，往往是刚张嘴就被他堵了回去。他让他们别管他。他的语气生硬得像一块铁。

让人惊讶的是，六大夫真找到了他大儿子，并把大儿子背了回来。只不过，他大儿子早已是一堆枯骨。尸骨装在一个包袱里。他在皂角树下将他大儿子的尸骨重新拼成一个完整的人形。那是我第一次见到一具人的骨头架子，既好奇又震撼：人的骨头原来是这样的！

很多人围观。歪脖也在其中，他还带着黑狗。不过这只黑狗已不是多年前那只了，那只早死了。之后，他又养了一只黑狗，也死了，这是第三只。他喜欢黑狗。这时歪脖已经不是支书了。他不再趾高气扬，看上去矮了半截。人们都不愿理睬他。只有那只黑狗不嫌弃他，与他相依为命。

六大夫说他大儿子死于 1960 年，死时只有十二岁，身体还没有完全发育，个子也不高。他管他大儿子叫大宝。

六大夫在树荫下铺一个床单。他往骨头和床单上洒了一碗黄酒。他戴着白手套，不让其他人帮忙，除了八大夫。八大夫也戴着白手套。

八大夫从包袱里往外拿骨头，六大夫负责摆放。六奶奶在旁边看着，偶尔提醒这个一句提醒那个一句。这是一项严肃认真的工作，他们神情肃穆。

最一目了然的是头骨。先把头骨摆放好，然后按照由上到下的次序依次摆放。大的骨头一看就知道怎么摆，比如胸骨、肋骨、肱骨、尺骨、髋骨、大腿骨、胫骨等等，那一堆小骨头要摆对位置可不容易。六大夫拿着一本有图解的书，与八大夫一起研究每一块骨头叫什么名字，应该摆在哪个地方，一丝不苟。我第一次知道人有那么多骨头，也第一次知道每个部位的骨头都有名字。最后，一块不多，一块不少，各就其位。尽管已是一堆白骨，但还是有味道。一股难以说清的味道弥散在空气中。蝉在树上嘶叫，苍蝇在头顶嗡鸣，人们心头飘荡着一点若有若无的不安。我想象一个小孩躺在那里，他的血肉瞬间消失，变成了我们眼前这个样子。他睡着了，梦到自己变成一具白骨。我们看到的是他的梦。我不知道自己为什么会有这么奇怪的想象。那时我还无法把白骨和死亡联系到一起。

一个白色的棺材摆放在尸骨旁边。六大夫和八大夫小心翼翼地抓住床单的四个角，将尸骨抬起来，连床单一起放进棺材里。这个过程中，他们辛辛苦苦拼凑起来的骨架又乱了。可是，他们已不在意，并没在棺材里将尸骨重新复位。六奶奶往棺材里放几件衣服。然后，几个抓钉砸进去，将棺材盖封死。

黄昏时，几个男人将棺材抬到墓地。

墓穴已经挖好，就在当年埋空棺的下手偏东边的位置。落棺后，准备填土时，六奶奶突然爆发出撕心裂肺的哭声。她要跳进墓穴随她儿子一起去，被人拉住了。六大夫也落泪了。他控制着不让自己哭出来，挥挥手，叫人们填土。一锹锹土填进去，一会儿就将棺材盖住了，再一会儿，一个新坟就隆起来。

六大夫在坟前烧纸，然后跪下说："儿啊，先死为大，爹给你磕个头吧。"他嘭嘭嘭磕三个头，额头上沾了一些泥土，他用手擦掉。

六大夫上大学的一双儿女没有参加这次葬礼，据说他们在实习。

之后，六大夫成了非常有名的骨科大夫，声名远播，外省的人都来找他看病。外面传得神乎其神，说他长着一双透视眼，能隔着皮肉看到人的骨骼，哪里错位，哪里扭伤，甚至哪里断了，他都一目了然，小的毛病，他一摸一捏一推一抻就好了。断骨之类，他给复位上夹板，月儿四十也就痊愈了。再也没人提六大夫当年那句广为流传的话了："我手上带炮子儿，看一个死一个。"

六大夫的儿子、女儿参加工作后，在城里安家，要接他们老两口进城，他们不去。他们喜欢农村。

六大夫是2019年10月去世的，他的后事办得很风光。六奶奶把院里的菊花都剪了，每个来吊唁的，她都给他们一枝花，让他们把花放到棺材上。于是，吊唁的程序就变成了上香，烧纸，献花，颇有点中西结合的味道。六大夫下葬之后，菊花摆满了坟头。

一个月后，六奶奶也去世了。她的后事也办得很风光，参加葬礼的人跟参加六大夫葬礼的人一样多。小村的日子平淡得像白开水，他们夫妻是唯一的传奇，大家望着他们合葬的坟墓，无不感慨，仿佛是一个时代结束了。

（选自《莽原》2023 年第 1 期）

长生

李清源

仙人抚我顶，结发受长生。

一

教授对维也纳并无特别感情。他平素也听音乐，但只是休息时放松神经，说不上喜好，自然也不会为之移情，对这个音乐之都心生敬慕。维也纳的人文环境倒是不错，有许多地方值得一游，比如圣·斯蒂芬大教堂和奥匈帝国的冬夏二宫，但看一回就够了，他早年跟随导师来讲学时便已看过，况且这些年在欧陆各国来来去去，各种风格的欧式建筑都已见惯，实无重游的兴致。倘若只有他一个人来开会，议程一结束他就飞回北京了，他不喜欢在陌生的地方孤身停留，没意思。

然而此行还有三个同伴：他的夫人、女儿，以及博士——他的得意门生和助手。博士随行是工作所需，夫人和女儿则是借机来游玩。夫人管理着一个庞大的家族企业，终日忙碌，教授也把过多的时间和精力用在他的研究上，都未善尽陪伴孩子的责任，一直心存歉疚。教授收到国际脑科学峰会邀请的那晚，他们难得都有空，便一起陪女儿吃饭，又陪她看动画片。老片，迪士尼的《飞屋环游记》。女儿最爱看迪士尼的动画片，最爱玩的地方则是迪士尼乐园。片头照例先出迪士尼的 logo（标志）：璀璨烟花之下的新天鹅堡。女儿按了暂停，望着屏幕上的城堡郁郁不乐。教授和夫人想起曾经答应过带她去新天鹅堡，顿感羞愧，夫人当即决定推开工作，给自己放个假，带女儿跟随丈夫去欧洲。

按照两人的计划，教授开会期间，夫人和女儿先在维也纳游玩，等会议结束，再一起前往新天鹅堡。夫人也有一个小小的心愿：去霍夫堡游览茜茜公主博物馆，再到美泉宫参观茜茜公主生活过的房间。她奶奶喜欢茜茜公主，在那个一切都匮乏的年代，守着黑白电视追看长达五十二集的《茜茜公主》，是她老人家童年最快乐的事。夫人母亲早逝，是奶奶将她带大，奶奶总是以茜茜公主的形象来打扮她，给她穿洋气的蓬蓬裙，戴洛可可小花帽或星星发饰。此时来了维也纳，正好去拜访一下茜茜公主的宫殿，替奶奶看看她偶像生前的住所，以此向故去的奶奶致敬。

会议如期结束，夫人和女儿也游遍了全城。教授带她们去一家餐厅，共进在维也纳的最后一次晚餐。餐厅在格拉本大街，靠近骑士团教堂，门庭不大，也不甚著名。上次来开会时，一个曾长期在维也纳生活的巴黎同人做东，带教授去吃过一次，教授对那里的烤肉和苹果卷印象深刻。刚要出发，忽有一人来访。那人是欧洲科学院的院士，早年与教授有过几次通信，神交已久，素未谋面，此次听闻教授来维也纳参加学术会议，特地赶来拜访。教授连称幸会，邀请院士共进晚餐。院士欣然应邀。院士谈兴甚浓，晚餐后意犹未尽，教授便让夫人、女儿和博士先回酒店，自己与院士找了间酒吧，继续叙话。教授要了杯干邑白兰地；院士嗜好波希米亚风苦艾酒，先来了一杯，然后又要了一杯杜松子酒，与教授促膝谈心。

院士再次回忆起两人的相识。院士以前也是生物学家，任教于维也纳大学，在基因工程领域颇有建树。教授则师从著名基因学家刘肇之先生，致力于人寿基因的研究。2026 年，教授在 *Nature*（《自然》杂志）发表一篇名为《基因谜题与文明困境》的论文，详细论述了他的最新研究成果，并对人类文明的前景做出悲观判断。人类的寿命已经接近极限，人类的文明创造却持续以几何裂变的速度迅猛积累；一个人要掌握足够的知识以胜任未来的工作，已经越来越难，终将有一天，人们穷尽一生，也学不完最基础的专业知识，更遑论进一步的文明发展和创新。

"人生也有涯，而知也无涯，当有涯的人生最终不能胜任无涯的知识，人类的文明也就走到了尽头。"教授在文章中说，"锁死人类文明的，不是外星人的智子，而是人类自身的寿限。"

彼时的院士正在研究染色体端粒酶。他和他的团队试图人工合成这种酶，用以干预新陈代谢，延缓细胞衰老，却一直没有突破。他读了教授的文章，心有戚戚，披衣走出实验室，仰望浩瀚星空，生出无边惆怅。几天后，他便宣布解散团队，跨界去研究脑机了。

"正如先生所言，人类寿命的增长，已经远远赶不上知识的累积。面对人类生命那个可怜的天花板，一切旨在延长寿限的努力都显得幼稚而徒劳。"院士在写给教授的邮件中说，"解决这一终极困境的唯一办法，或许就是脑机革命。"

院士所谓的脑机革命，就是炒作已久的脑机互联，借由电脑超强的存储、检索和运算能力，一劳永逸地解决人类知识传习的短板。院士认为这是未来的方向，如果成功，将是人类进化史上的伟大飞跃，其意义不亚于直立行走和使用工具，因此称之为脑机革命。院士进入这一领域时，全球大大小小同类科研机构已不下五十家。他不认为自己是盲目跟风，也不认为自己起步太晚，只要是对的事，什么时候做都不迟。

院士退出基因工程领域后，便从国际生物学界消失了，与教授也再没有过邮件往来。不料时隔九年，他却忽然在现实中现身，教授在惊讶之余，隐约有一点不安。教授那个基于生物学的悲观论调发出后，收到不少批评，尤其是虔诚的宗教人士，指责他是在贩卖智能焦虑，为日益邪乎的脑机研究推波助澜。单从院士的转行来看，这种指责并不冤枉。然而教授仅仅是在自己的专业领域做出自己的专业判断，既不接受其他领域施加的影响，也无意对其他领域施加自己的影响；而且正是因为对热炒的脑机并不看好，他才会对人类的未来那么悲观。人生在世，总有些骂挨得莫名其妙，教授只能一笑了之，但也因此对脑机有了更多关注。可是这么多年来，他并未见过院士有任何科研成果的报道，反而多次在社会新闻上看到一些不太正面的消息：八年前，院士的团队涉嫌以不人道的方式使用恒河猴做实验，被欧洲动物保护组织告上法庭；五年前，又因非法使用倭黑猩猩做实验，被奥地利农业部告上法庭；去年春天，再次因为使用脑障流浪汉进行人体实验，被巴伐利亚残障权益联合会告上法庭。至于院士的个人情况，教授并不了解，直到今晚叙话，才得知他生于奥地利因河畔的布劳瑙市，早年信奉天主教，业余喜欢绘画，有个相爱三十六年的妻子。他的研发总部设在慕尼黑，平常沉溺于工作，很少外出走动，也不怎么运动。

"看看我现在，成了什么样子。"

院士抚摸肥硕的肚子，又取下半旧的渔夫帽，拍拍光亮的脑壳。教授看过他十几年前的照片，穿英式塔士多礼服，侧袋插一条白丝帕，脸有棱角，眼有光芒，俨然一个英俊倜傥的绅士。眼前的院士却是一个不修边幅的半老胖子，言谈举止也有些神经质，脸上的肌肉偶尔抽动几下，仿佛西西里黑帮退休的师爷。在餐厅时，他总是因为说话而忘记进食，需要教授提醒，才拿起刀叉慢腾腾地吃一点。而他所讲的话题，翻来覆去只有一个，就是与教授相识的缘起与经历，说完还要教授予以认证，两只略显僵硬的眼睛盯着教授，以商榷的口吻询问："我没说错吧？"他说的基本都对，但也有些是无中生有，比如他与教授关于脑机革命的一些讨论，以及教授多年来对他的关心和支持，大概是他为了拉近关系或烘托气氛而进行的善意虚构。晚餐将近结束时，他又打翻了自己的苏格兰威士忌。那是他点的酒，他嫌红酒不够劲儿。他将今晚的失态归因于太激动，不但见到了神交已久的老友，还见到气质不凡的夫人和他们宛如天使的女儿，实在是太美好了。教授看他一边手忙脚乱地擦拭溅到身上的酒液，一边用力地解释，颇有一些伤感。他觉得院士已经有老年性痴呆的征兆了。

酒吧不大，吧台占去了三分之一的空间，没什么客人，除了教授和院士，仅有几张桌外喁喁私语的一对情侣。吧内装修是十九世纪工业风，搪瓷灯罩吊得很低，几乎要碰到人的脑袋，灯光却不甚明亮。灯罩偶尔晃动几下，灯光跟着摇荡，仿佛幽灵在眼前追逐。教授略感不适。他问院士的研究有何进展。院士说基本成功了，他们研发的新系统已在志愿者身上进行实验，植入系统后的志愿者表现出了惊人的学习和创造能力，在不远的将来，人类知识传习的天限可望得到彻底解决。

教授大惊。他一直认为脑机结合只是一种设想，实现的可能性微乎其微。那些科研机构发布的所谓成果，更像是营销的话术，以此谋求资本的青睐，并无实际的应用价值。不料院士团队竟然后发先至，悄无声息地做成了。教授难以置信。

"我的风格就是默默做事，不喜欢大肆张扬。"院士说，"我讨厌应付那些无聊的人。"

院士所谓无聊的人，是指无病呻吟的社会人士、吹毛求疵的伦理专家、伪善的动物保护主义者、无事生非的媒体人，以及仇视现代文明的科技恐惧症患者。这些人遍布全球，如果他们听到消息，一定会兴风作浪百般纠缠。正如让·保尔·里特克所言，一个人泄露了秘密，就再也不得安宁。

教授仍在震惊之中，举杯向院士表示祝贺。两人刚碰了杯，夫人便打来电话。她叫教授早些回去，也不要多喝酒，新天鹅堡在德国巴伐利亚州，路途遥远，明天得一早出发。院士立即起身，不再耽搁教授的时间，以免误了行程，不尽之言后续再讲。两人在酒吧外作别。院士紧握教授的手，叮嘱他有空时评判一下那幅油画。院士傍晚去酒店拜访时，携带了一幅新作，送给教授作为见面礼。

"您是饱学之士，定有高超的艺术审美。等您看过后，务请告诉我您的感受。"院士说，"这对我很重要。"

二

教授未能如期起程。回到酒店不久，他就腹中不适，很快开始腹痛胀气，继而腹泻如注，只好紧急去住院。医生的诊断与教授夫妻的判断一致：乳糖不耐受。教授先天性乳糖酶缺乏，幼儿时几乎因此夭折，成年后严格控制饮食，未有大碍，然而一旦犯病，总会比别人更严重。夫人与博士仔细回忆，确定教授晚餐时并未触犯饮食禁忌，教授则坚称在酒吧只喝了一点白兰地，没碰其他东西。他们都感到纳闷。好在不是要紧的病，补充补充体液，调整一下水电解质，休养几天就好了。

只是次日已笃定不能成行。夫人必须在三天后赶回北京，与一个重要客户进行商务洽谈。这是煞费周章敲定的日程，不宜更改，倘若留在医院陪伴教授，只能取消新天鹅堡之行。女儿有点沮丧，但她愿意放弃新天鹅堡陪爸爸。女儿的懂事和体贴令教授愈感愧疚，要求夫人继续既定的行程，带她去完成心愿。夫人同意了，留博士照顾教授。教授却担心她们的安全，叫博士陪她一起去。两人争执不下。院士忽然打来电话。他去酒店为教授送行，没见到人，询问前台，方知教授不幸染病了，深感忧心，要来医院探望。教授表示感谢，小恙而已，没什么要紧，不必劳烦大驾。院士却不由分说赶来了。他建议夫人接受教授的安排，这里有他，必能照顾教授周全，请夫人毋庸担心。然后冲教授女儿努起嘴，两只手掌竖在耳朵边，捏起嗓门模仿米老鼠的腔调："欢迎来到新天鹅堡！祝你在新天鹅堡玩得愉快！"

女儿被逗得咯咯笑。院士以东道主的姿态替他们做了决定，夫人也就不再坚持。夫人他们走后，教授请院士也回去。院士不是闲人，有繁忙的工作，连累他浪费宝贵的时间，实在过意不去。院士叫他不必客气，能多陪陪教授是他的荣幸，昨晚时间有限，未能畅谈，正好借此机会好好聊聊。

午后，教授病情略有好转，精神也不再那么萎靡。院士提起那幅油画，问他可曾看过。教授很抱歉，还没顾上看。油画就在随身的公文箱里，院士主动帮他取出来，两手展开给他看。院士的手有些颤抖，教授接过来，靠在病床上欣赏。那是一幅后现代风格的作品：云雾迷蒙的天空日月交替，城市和远山皆如废墟，一只鹰鹫喙衔一枝槲寄生，在城市上空孤独盘旋；破碎的大地密布无数灰点，仿佛破土而出的草木，又似在时光中枯萎的人群。教授随喜赞叹，称其兼具西方的抽象美学和东方的物哀气质。他对院士心存感激，因此不吝溢美之词。

"您觉得它是不是在传达某种思想？"院士问。

教授笑了笑，说："是的。"

"那么，您觉得它在传达什么思想？"

教授再次审视油画。"似乎是在描述一种宿命，物种的替代或轮回，试图在暴力和混乱中重建秩序。"教授说着，抬头望向院士。

院士并无喜悦之色，反而神情愀然，似乎有满腹心事。他帮教授收起油画，装进公文箱，从衣袋里掏出一只威士忌随身酒壶。他向教授自嘲，他是个无趣的人，平生没有别的嗜好，只喜欢此物。教授昨晚已经看出他酗酒，想劝他节制，但看他情绪不佳，喝两口可能会好些，也就不说了。教授在病中，不能陪饮，院士便自顾自喝。他接续昨夜未完的话题，向教授讲起他的脑机系统。这个已升级至第三代的系统有个好听的名字：Kuckuck。院士的外婆是巴伐利亚人，院士的童年也在巴伐利亚度过，乡村森林里布谷鸟清越的鸣叫，是他最美好的童年回忆之一。那时候布谷鸟还很多，森林和山谷之间啼声相闻，如今却难得一见了。有一年他去那边隐居，整个春天都没有听到一声。院士深以为憾。当他们开始着手研发新系统，需要为之命名时，他说他脑际忽然响起一声布谷鸟的啼叫，声音洪亮而悠扬，仿佛来自童年的梦境，于是当即决定叫它 Kuckuck。Kuckuck 系统不但可以解决人类知识学习的天限，还可取代因伤病致残的大脑，使患者恢复如常人。

"试想一下，亲爱的教授，一个原本已经报废的人，在 Kuckuck 的帮助下，不但可以完全康复，还具有了超强的大脑。"院士说，"用你们中国话讲，就叫变废为宝。"

"变废为宝"是用汉语发音，院士把"废"字咬得重，唾沫飞溅到肆意生长的胡须上，仿佛几点白色的污渍。教授身子后仰，疲惫地靠在病床上。

"原来你不只是做脑机结合。"教授说，"Kuckuck 能替代失智者的大脑，自然也能控制正常人的大脑，这种喧宾夺主的系统，是不是有木马的嫌疑？万一落入野心家的手里，怕是有不测的风险。"

"您多虑了。我们研发 Kuckuck 只为解决问题，造福人类，无意干涉人的思想和意志。"院士说，"真有野心家要这么做，也用不着 Kuckuck。古往今来的独裁者已经做了数千年，他们没有 Kuckuck，一样做得很成功。"

"有了 Kuckuck，他们会更便利，也更高效。"教授说，"一切文明创造，最根本的使命，是让人更加独立和自由，而不是相反。任何有碍人的独立与自由的风险，都需要慎重考量。"

院士脸上浮起一层浅淡的笑意。"药物可以救人，也可以杀人，是不是因为有杀人的风险，就不研发药物呢？我是做科研的，信奉科技无罪，有人要拿科技去犯罪，就让历史和法律惩罚犯罪的人好了。"他说，"实不相瞒，我来拜访您，除了向您表达敬意，还有更重要的事情与您商谈。"

院士希望与教授合作。院士的 Kuckuck 系统虽然成功，但在植入人脑后，会产生严重的排斥反应，参与实验的三只倭黑猩猩和五个失智志愿者均在十天之内死亡，现有的免疫抑制剂全无效用。排斥反应是介入式脑机无法回避的问题，院士对此已有预判，但未料到如此棘手，以至于整个项目都陷入停顿。教授在院士转行之后不久，也放弃了长寿基因研究，转攻脑组织移植，并取得了巨大成就，经由他的手术恢复健康的病人数以百计。这与他独创的脑基因免疫疗法密不可分。院士想邀请教授加盟，借助他的脑移植专长和脑基因免疫技术，克服 Kuckuck 的排异问题，共同开创人类文明的新纪元。

教授婉拒了邀请，理由是手头有几个课题在做，无暇分身，且不懂脑机，也对脑机不感兴趣。这显然是推托之词。院士许以重酬，愿与教授平分利益和荣誉，甚至在发表论文时，可以将教授的名字放在自己前面。这几乎是将 Kuckuck 拱手相送。教授感谢厚爱，仍然拒绝了。院士盯着教授的眼睛。据说眼睛是心灵的窗户，他试图通过这扇窗户窥探教授的真实意图：他的拒绝究竟是谈判的技巧，旨在谋求更多好处，还是发自内心的决定，没有讨价还价的余地？他最终相信了后者，冲教授点点头。

"我尊重您的选择。"他说。

病房里的气氛有点尴尬。教授再次恳请院士回去，他的病已好了许多，再浪费院士的宝贵时间，内心将会非常不安。院士明白自己的存在已经给他造成了精神困扰，不便强留，于是起身告辞。离开病房之前，他问教授："您知道那幅画是谁画的吗？"

教授说："不是您的手笔吗？"

院士摇头，说："是 Kuckuck。"

那幅画是 Kuckuck 在前天晚上绘制的。院士来见教授之前，要准备个聊表心意的礼物。他对教授的个人情况也不甚了解，不知送什么东西方能投其所好，向 Kuckuck 征求意见。Kuckuck 便画了这幅油画。院士将画看了又看，不觉间入了境，心头渐渐涌起难以言喻的苍凉与悲怆。他仿佛看到另一种形式的思考，听到另一种生命的呼吸。那是另外一种完全陌生却又无比熟悉的灵与在，借由画布上的图案和色彩，向他伸出它的食指。院士不由自主伸出了自己的食指，指向画布上灰烬一样的人群。指尖触及画布的瞬间，院士猛然回过神。他问 Kuckuck 油画的名字，Kuckuck 驱动机械手，在画布下写了一个词：schicksal（宿命）。院士瞠目结舌，脑海中轰轰作响，仿佛有个坚如磐石的东西突然之间溃散了。

"谢谢您拒绝了合作。"院士对教授说。

他将一只手揣进风衣，触碰到那支药液。那是一针特制的毒剂，提取自哥伦比亚热带雨林的箭毒蛙，半毫升即可致死，没有解药。他用另一只手与教授握别："祝你好运！"

院士的话令教授摸不着头脑。他目送院士离去，取出油画又看了一会儿，闭目思考片刻，隐约明白了院士的意思。他将画丢到床头，昏昏沉沉地睡了一觉。傍晚时分，他被电话惊醒，是夫人打来的。她叫教授打开全息影像，查看了教授的精神和气色，确有好转，方才放下心。她们已经游玩了新天鹅堡，女儿仍然处于兴奋之中，喋喋不休地给爸爸讲述堡中奇遇。最令她开心的是，今日的城堡之行，让她集齐了迪士尼的十五位公主。她将新买的公主抱出来，向爸爸一一讲解她们的名字和事迹，直到夫人提醒她爸爸仍在病中，需要休息，才依依不舍地向爸爸说再见。夫人指挥她去刷牙，自己则有事与教授商量：她有个好莱坞的朋友，美籍罗马尼亚人，近日回国省亲，在社交媒体上看到她发的图片，得知她们来了欧洲，极力邀请她们去罗马尼亚一游。尤其是那里的派勒斯城堡，有罗马尼亚的新天鹅堡之称，必须让小公主来看看，否则此行就是不完整的，也是不完美的。夫人与这位朋友久未谋面，也想借机一见。她计算时程，明日一早从慕尼黑机场出发，两个小时即达罗马尼亚首都布加勒斯特，在那边游玩一天多，再直飞北京，时间上是足够的，不会误了会议。但她挂心教授，怕他一人太孤单，因此犹豫不决。她还没告诉女儿，怕不能成行，又会成为女儿的心事。夫人虽未表现出渴望之情，但听她的语气，显然是想去的，况且可以让女儿多玩一个天鹅堡，也是美事。教授便强烈支持她去。他叮嘱她们早些休息，养足精神好出发。挂断电话前，他对夫人说："记得帮我要个签名，我一个同事是你朋友的影迷。"

三

　　夫人的朋友比她大九岁，曾经很红，跟莱昂纳多、汤姆·汉克斯、皮特等传奇影星都有过合作，好莱坞星光大道上也有属于她的手印。这些年虽已逐渐过气，但毕竟辉煌过，出演的电影仍然都是大制作。夫人与她是在迪拜一个酒会上认识的。去年秋天，夫人去迪拜参加医药博览会，弄到一张阿布扎比亲王私人宴会的邀请函，盛装前往结识名流。一名女士听闻她是中国长生制药的董事长，特地过来与她寒暄，自称是沙特王妃，一直在用长生公司的 NAD+，效果非常好。她弹弹浓妆艳抹的脸颊，又展示一下身材，请夫人猜她的年龄。夫人认真打量一番，说最多三十岁。王妃夸张地笑起来，说她已经三十五岁了。夫人回以夸张的表情，连称不可思议，这已经不是药物的功劳，而是王妃天生丽质。两人尬聊数语，王妃欢喜而去。旁边一个女人说："Bumpkin（土包子）！"

　　那女人发音很轻，但夫人仍然听到了。她盯住那女人："Excuse me（什么）？"那女人朝王妃的背影仰一仰下巴，意思是说她，然后朝夫人举了举手中的高脚杯。夫人觉得她眼熟，问她是不是好莱坞的某明星。女人矜持一笑，算是承认。夫人忙说："Glad to meet you（很高兴认识你）！"两人就这样聊起来。女星认识那个所谓的王妃。沙特有上万王子，也有上万王妃，她夫家只是微不足道的旁系后裔，丈夫又在家族权斗中落败，仅有的一个小油田也早已抽干了，明明穷得要死，偏又喜欢蹭场装上流。这些土包子只懂炫富，有钱时摆阔，没钱时装阔，永远学不会优雅。夫人笑说："我们的 NAD+早已迭代，多年前就不生产了，她却说一直在用，显然是撒谎。"女星说："你们的 NAD+还可以，我以前也用过，有点效果。"

夫人心中不悦。她的 NAD+在销售期间口碑良好，市场表现也很亮眼，理应受到更高的赞誉。她保持礼貌的微笑，向女星推荐一款新药。这种药可以修复 DNA 损伤，延缓细胞代谢，具有良好的抗衰老效果。女星笑而不语。夫人更加不悦，准备优雅告退。女星看出她的心思，举起残存了一点慕西尼干红的杯子与她干杯，请她不要误会，不是他们的药不好，长生制药是个杰出的公司，药品研发和商业运营都非常成功，她对夫人和她的公司充满敬意，但是她有效果更好的东西，或者说是更适合她的东西，对别的东西就不感兴趣了。

夫人的自尊严重受损。在抗衰老药物的研发上，没有哪个公司比长生制药更专注，也没有谁比夫人家族更用心。他们创办这家公司的初衷，不只是为了造福人类，更是为了自救。夫人家族有个奇怪的遗传病——短命，且传女不传男。自有记录以来，活得最长的一个女子，也不过四十五岁。无数世代以来，他们家族饱受此病困扰，往往要付出更多嫁妆，才能把女儿嫁出去。如果遭逢凶年，或者家道不昌，备不起嫁妆，他们便会把女儿送到寺庵为尼，求庇于佛门。夫人的外公是南洋人，在香港读书时认识外婆，相爱至深，不顾家人劝诫，执意娶她为妻。外婆生下母亲不久，便以不明原因溘然离世了。外公悲痛不已，深恐女儿也会夭折，便创办了长生制药公司，致力于长寿药物的研发。外公家是南洋富商，祖上做过兰芳共和国总长，在东南亚各岛经营着庞大的橡胶园，有充裕的财力支持他为自己的女儿对抗命运。女儿也在他的监督下过着自律的生活，坚持健身和养生，以令人敬畏的毅力保持着近乎极端的科学饮食和作息。但她最终未能逃脱早逝的宿命，在生下夫人的第三年溺死于泳池之内。外公一夕白头，几年后便也撒手人寰，将公司交给夫人的父亲。夫人的父亲也是情种，妻子之死对他打击巨大，幼小的夫人常常看到他手捧母亲的照片，在孤独的夜晚黯然垂泪。持久不散的悲伤最终击垮了这个健硕的男人，他患上了严重的抑郁症，在为女儿物色到一个满意的丈夫，并为他们举办了隆重的婚礼后，独自前往与妻子相识的金光寺，为女儿诵经祈福后吞枪自杀。

家族的悲剧和自身的宿命，使夫人对研发长寿药物迸发出近乎偏执的激情。她的公司几乎网罗了这一领域最顶尖的专家，推出的各类抗衰老产品皆有不俗的口碑和市场表现。夫人亦颇以此自矜。不料今日却被这个行将过气的半老女星如此贬低。夫人按捺怒火，向女星请教她说的是什么神药，哪个公司出品的。女星笑而不答，转与夫人聊起灵修。夫人刚才跟一个满身咖啡味的印度人聊这个，她听到了。

灵修是夫人近年最痴迷的事。在之前，她对抗宿命的方式与早逝的母亲一样，严格遵从科学的准则，早上瑜伽，晚上跑步，定时去健身房，饮食则是高蛋白和低碳水，搭配以计量精确的微量元素和维生素，并坚持服用本公司研发的药物。三十岁那年，她又信了佛教，热衷起坐禅和吃素。据族谱记载，送去做尼姑的先人大多得享高寿，可知是佛法殊胜，破了短命的族业。后来又结识了一位密宗活佛，在他的引领下接触了灵修，从此着迷，不时与活佛和他推荐的几个仁波切探讨觉性明心、通往灵境的法门。教授批评她走火入魔，身为全球顶尖的生物科技公司董事长，居然信那些怪力乱神的东西。夫人不以为然。科学的终点是神学，早已是尽人皆知的道理，伟大如牛顿和爱因斯坦，晚年无不皈依宗教，她这个科技公司董事长做做灵修，又有何不可？教授反驳，科学没有终点，只有尚未到达的地方，那里是神秘主义的领地，神秘主义产生了神学，你可以与人探讨神学，但不宜结交神棍。夫人不睬他，继续灵修不辍。刚才她听那个印度人向几位北欧女士大谈灵修，忍不住参与进去。深聊之下，才发现印度人并不真懂，只是拿这个神秘的话题泡白妞。女星嘲笑印度人，他们能把自己最伟大的成就——佛教——都弄丢，还能指望他们做好什么？他们的灵修也不行，活佛更不可靠，跟他们修，搞不好半道迷路，把你带进地狱去了。她向夫人讲起自己奉行的灵修：那是东欧一个古老教派的修行之术。该教派是东方亚述教会的一个分支，自十六世纪起流行于包括巴尔干半岛在内的广大地区。他们的修行方法，可以让奉行者净化灵魂，直接与上帝、基督、圣母玛利亚乃至路西法对话，从他们那里获取生命的力量。夫人问她效果如何。

女星说非常好，每次修行过后，身心都极大满足，仿佛换了一个人，得了新生。她今年已经五十岁，可从相貌看，也就三十多岁的样子，这便是修行的结果。夫人打量女星，的确肌肉紧致，皮肤水滑，神采也奕奕动人，绝不像五十岁的人。女星询问夫人年龄，得知才四十一岁，意味深长地笑了笑。夫人被她笑得心慌，想是自己这段时间太累了，状态不好，过于憔悴，看上去有点老。她对女星的灵修甚感兴趣，不知可有缘分学习一下，长长见识。女星想了想，给她推荐了一个罗马尼亚修女。该修女负责这个教区的接待事务，让夫人直接跟她谈。

回国后，夫人联系修女，却总联系不上。半月之后的晚上，女星来电问候。两人在迪拜相谈甚欢，分别后仍不断联络，聊一聊彼此的奇葩遭遇或有趣事物。这次聊天，女星分享了在好莱坞大麻餐厅的一场私密宴会，参加的人里有好几个过气大牌，比如卷福和唐尼。不过话说回来，这几个老家伙虽已年迈，但因是灵修常客，一点也不显老。夫人顿时想起修女，告诉女星她联系不上。女星说修女一般不接陌生人的电话，能否联系上，全看运气。她祝夫人好运。通话结束后，夫人试着又联系了一次。女星的祝福果然有用，视频电话接通了。那是位五十多岁的嬷嬷，穿一件黑色亚麻长袍，头戴白纱巾和黑头帽，面带笑容，看上去慈祥而和蔼。她问了夫人一些情况，建议她多关注身边人的幸福，力所能及地帮助需要帮助的人，这比任何修行都更接近上帝，也更有福报。夫人心生羞愧，连声道谢，声称受到了触及灵魂的教育。

　　与嬷嬷结束会话，夫人立即呼叫女星，抱怨她瞎引荐，害自己被批评。她已与女星建立良好的友谊，可以无所顾忌地说话。女星十分讶异，沉吟片刻，直言可能是夫人不够资格，被嬷嬷刷掉了。能参加这个灵修的，都是世界级的显贵和名人，寻常人根本不得其门，甚至听都没听说过。她之前说的"更好的药"，就是在这个圈子里得到的，属于绝密之物，不得让外人知晓。她向夫人表示遗憾。夫人不服，叫女星举几个人名，果然都是如雷贯耳，相比之下，自己的确不够格，一时心灰意冷，觉得所谓人生其实也没什么意义。女星看到了她的沮丧，劝她别心急，等她丈夫获得诺贝尔生理学或医学奖，她就可以沾光，跟丈夫一起去体验了。夫人知道她是在调侃自己，更没好气，朝女星做了个抹脖子的动作。女星大笑。夫人如果真想体验，她可以亲自带她去一次。女星二十一岁离开祖国，去好莱坞闯荡，成名之后，被家乡视为骄傲和荣光，因此获邀参加了灵修团，与主教关系密切。她带夫人去，即使他们不乐意，也会通融一下。正好几天后便有一场灵修，她已预约参加，夫人若有时间，可以同行。夫人大喜，立即准备行程。不料几个分公司相继生事，集团本部也因一个副总公关失误，搞出一波舆论危机，夫人不得不亲自坐镇掌控大局，忙碌数月，才一一处理停当。大好的机会就这样错过了。

　　此次欧洲之行，夫人并未想到罗马尼亚的灵修。罗马尼亚虽已加入申根区，但在欧洲版图属偏远之地。女星恰好回国休假，发现她来了欧洲，极力邀请去罗马尼亚一游。三个月前，女星随剧组到中国拍戏，抽空与夫人见了个面，受到夫人极其隆重的招待，感铭于心，说这次一定要给她个机会，让她回报一下友情。夫人觉得时间太紧，一两天也玩不了什么，况且丈夫还在维也纳孤身卧病，不想去，等以后方便了，再带女儿去派勒斯城堡。女星表示理解，只是很可惜，她又要错过一次灵修了。有三个重要人物要加入灵修团——一个英国王子，一个韩国财阀，另一个则是华尔街新贵——主教安排了一场仪式，邀请女星参加。女星有意带夫人同往，以弥补之前未能成行的遗憾，倘若运气好，说不定还能说服主教，让夫人趁此机会一并加入。既然夫人不方便，那就算了。

夫人立即改了主意。

四

博士意识到问题时已经晚了。

博士陪同夫人母女来到布加勒斯特，受到女星热情接待，先去参观派勒斯城堡，又带他们看了革命广场和人民宫，在市街里随便走了走，太阳便已偏西。女星请他们去著名网红餐厅吃了晚餐，让博士先回酒店，她要带夫人母女去参加一个私密活动。博士要陪同，女星说那是女士们找乐子的地方，谢绝男生参观，然后开夫人的玩笑，是不是教授不放心她，特派学生来监督。博士顿觉尴尬。夫人笑骂女星无聊，让博士回去休息，这两天鞍前马后，他也辛苦了。

打发走博士，三人上车直奔城北一个修道院。据女星讲，该修道院建于十四世纪，是瓦拉几亚大公接受东方亚述教会后的修行之地。她取出两瓶饮料，递给夫人和她的女儿。瓶子一大一小，外观与商超里的普通饮料并无不同。女星俯到夫人耳边，悄声告诉她，她那瓶里含有那种神奇的药水。夫人先呷一小口，含在嘴中细品，有点清爽的香甜，似是含有玫瑰和薄荷，回味又有一点酸，令她联想到尼古拉斯鸡尾酒上加糖的柠檬片。女星在旁边看着她，脸上洋溢着迷人的微笑。这是她招牌式的笑容，经常出现在她参演的电影里。在外面行走，女星总是戴着花丝面巾和雷朋眼镜，以防被人认出来，只有在私密空间才会现出真容。她是典型的北巴尔干人，兼有斯拉夫人的长脸和突厥人的高鼻梁，褐色的眼睛风情流溢，薄嘴唇上涂了玖红色口红，视觉上有种高级的性感。夫人在她迷人的注视下喝光饮料，不知不觉睡着了，等她醒来，已被捆缚在一把沉重的中世纪哥特式三尖高背椅上。

博士回到酒店时，布加勒斯特时间才晚上八点钟，现在就睡未免太早，便去参观附近的老王宫，然后信步而行，来到旁边的圣安东尼教堂。教堂内很冷清，灯光也不甚明亮，博士打量着内部装饰和布置，走到圣像前。圣像眼眶内微光闪烁，潋滟若有泪，仔细分辨，的确是有水珠。博士惊奇，指给旁边做祷告的妇人看。妇人愕然失色，身体剧烈颤抖起来。她的儿子罹患重病，圣安东尼是孩童的守护神，所以前来祈求保佑，圣人流泪，说明他也无能为力，她的儿子必死无疑了。博士想告诉她这不过是偶然的物理现象,一时不明原因而已,并不是什么神迹,她却已号啕而去。博士哭笑不得,继续观察圣像,只见眼中液体越来越多,最终溢眶而出,倏然滑落下去。博士忽然感到一阵心慌,仿佛有事要发生,待了片刻,怅然走出教堂。他给夫人打电话,再三不接,愈加心慌,改打给女星。女星很快接了,说是夫人在做花浴,不方便接听。博士让夫人的女儿接,女星说她也在里头,叫博士早些休息,不必担心。说完就挂了。

博士忧虑难消,用 ChatGPT(人工智能技术驱动的自然语言处理工具)搜索女星。女星是隐士型人格,不喜交际,很少用社交媒体,也基本不与粉丝互动,在 Facebook(脸书)上最近一次更新已是半年之前,她作为慈善大使去看望里约热内卢一个得了艾滋病的变性女歌手。与她有关的新闻,除了早年与有妇之夫长达八年的绯闻,基本上都与她的电影有关。博士没有找到有用的信息,再次给女星打电话,却已关机了,打给夫人,同样提示关机。博士立即报警。值班的副警长是女星的影迷,听闻女星回国,欣喜若狂,但就博士所说的情况,尚不足以立案,让博士回去等候,如果到了法定时间仍无音讯,他会比博士更急于把人找回来。博士失望而归,午夜已过,仍无夫人她们的消息。他记得那辆车的牌号,于是侵入布加勒斯特的交通系统,从监控网络里抓取那辆车的去向,发现它于两个小时前进入城北一座破旧的庄园,然后就再未出现。博士急忙赶过去。那个庄园废弃已久,在月光下破败不堪,哥特式的老楼藏在茂密的巨树后，犹如电影里德古拉伯爵的城堡。博士在楼前找到了那辆车。车内空无一人，楼上也无灯光，偶有几声怪叫从树丛里传来，不知是什么鸟发出的。博士不敢贸然进楼，藏在树后打电话报警。警察少顷即至，带博士上楼搜查，除了两个不知已死去多久的流浪汉——警察从现场判断，应该是吸毒过量致死的摩尔多瓦人——并无夫人一行的踪迹。

警察接下来的行为令博士惊愕：他们逮捕了他，理由是非法入侵政府交通系统。博士没料到他们在这件事上效率如此之高，证据确凿，只能束手就擒，被投入警局羁押室，手机亦被没收，想通知教授也来不及了。

教授当晚一直在与院士交谈。医院晚上不许外人探视，院士就在维也纳自己的家中与教授视讯对话。但他未开语音，而是用脑电波交流，理由是怕吵到别人，但从他心事重重的神情看，更可能是不想让别人听到他们的对话。他要跟教授探讨一个问题：上帝创造了人类，为什么当人类要建造通天的高塔时，上帝却感到威胁？在教授看来，这是个不需要回答的问题，《圣经》中已经给出答案："如今他们既然能做起这事，以后他们想要做的事就没有不成功的了。"

"上帝未必比人类更强大，他创造的物种，是有可能超越他的。"教授说，"所以上帝要出手阻止。"

"上帝为什么会害怕人类比他更强大？佛教宣称众生皆可成佛，你们中国也说人人可以为尧舜，为什么上帝却不能容许人类超越他？"

"因为佛没有创造众生，尧舜也只是人人口中的圣贤，佛和众生，尧舜和人人，都在同一个宇宙秩序内。"教授说，"上帝则不然，是他创造了人类，并亲手设定了宇宙秩序，他是超越人类和宇宙秩序的绝对存在，处在人类的上一个维度。如果人类突破了维度的天限，进入了上帝的领地，不仅人类的宇宙秩序轰然倒塌，上帝的领地也可能遭受巨大的破坏。上帝是不能容许人类突破这个边界的。"

院士脸上浮现出奇怪的表情，既像是欣慰，又像是忧愁。"很高兴在这个问题上与您达成共识。"他说，"我不知道您对人工智能挑战人类是什么态度，想必是一样的。"

教授摇头："我只是说上帝不容许人类突破他设定的边界，并没有说人类突破这个边界是错的。人类和宇宙，也许是上帝为了解决某个问题而建立的模型，人类突破了，说明解决了上帝的难题，未必不是好事。"

院士不以为然："既然是好事，上帝为什么会害怕？"

"因为上帝不一定比人类更聪明，正像人类不一定比人工智能更聪明。造物者的判断未必都是正确的，在人类面前，上帝也会犯错。"

"如果上帝没有错呢？"

教授摊了一下手，笑说："那就要问薛定谔的猫了。"

院士也笑了。他端起桌上那杯苦艾酒，朝教授举杯示敬，然后一口吞下。院士虽然研究人工智能，却又对人工智能充满戒心。他与教授一样，认为科技的进步，是要打破人类的枷锁——疾病、交通、物质生存、大脑记忆和运算等等——从而使人类更加自由。这也是他研发 Kuckuck 的初衷。然而令他震惊的是，Kuckuck 竟然有了自主意识。他是从 Kuckuck 创作的那幅画作中发现并从教授的观画感受中确认的：Kuckuck 在描述人类的宿命——灰飞烟灭，被新的物种取代。这是一种悲观的预言，包含耐人寻味的信息。更令他恐惧的是，Kuckuck 的这种自我进化，是在严密监视之下悄然完成的，他们对整个过程毫无觉察。

"人工智能的自我意识，就像人类的通天塔，一旦让它成功，人类将被剥夺造物者的权威，人类的文明秩序也将彻底崩溃。"院士说，"我不知道新的秩序对人类来说是好是坏，可以确定的是，人类将会变得无比脆弱。"

院士有意毁掉 Kuckuck，就像上帝毁掉通天塔。这是个帕斯卡的赌注，唯一的损失，是他这些年的心血，但在人类命运面前，这不算什么。教授这才明白为什么自己拒绝了合作，他却表示感谢。但他既然已不信任 Kuckuck，又何必多此一举，来找自己谈合作呢？

院士摊了一下手，表示很无奈："我创造了它，但我并不是它的主人，它的知识产权属于我们的金主。找你合作，也是金主的意思……"院士那边传来并线的声音，院士看了一下，脸色突变，告诉教授他要接个电话。教授请他自便。院士在挂断前，沉吟了一下，对教授说："上帝是不会错的！"

教授以为院士会再打过来，继续他们的讨论，他也有自己的观点尚未表达，需要与院士进一步商榷。然而等候多时，院士并未再来电。教授略感无趣，给夫人打电话询问行程，夫人却关机了，打给博士，也一直不接。教授有些纳闷，却也未曾多想，以为是他们都累了，已经休息。布加勒斯特与维也纳有一个小时的时差，那边已经很晚了。次日早上，教授醒来，看到一条院士的留言："我很抱歉！"

留言是半夜两点发的。教授莫名其妙，跟院士打电话询问何意。另外他身体已基本康复，准备办理出院，然后就回国了，跟院士道个别，欢迎他方便时去中国访问。不料拨打过去，院士的号码居然变成了空号。护工送来早餐，顺手替他打开电视。电视中正播报一条本埠新闻：

　　欧洲科学院院士、维也纳大学教授、极具争议的脑机科学家威廉·弗里德里希于半夜 1 点 35 分于迈德灵区家中自杀身亡，所用毒剂提取自哥伦比亚热带雨林的箭毒蛙，该毒剂至今仍无解药。

教授大骇，饭也不吃了，立即办理出院手续，打算尽快离开此地。在办理手续的间歇，他给夫人打电话，叮嘱她们务必注意安全，最好立即回国。不料夫人仍未开机。再打博士，也一直不接。教授心头涌起强烈的不祥之感。来自阿尔巴尼亚的护工收了他丰厚的小费，用最快的速度为他找来一台老爷出租车，无自动驾驶，无车载导航，也不能连接网络，司机是打黑工的巴尔干老乡。在赶往机场的路上，教授不停拨打夫人和博士的手机。在他将要绝望时，夫人的手机突然接通了。对方是名女警官，人在罗马尼亚伊尔福夫县警局。她告知教授，他的夫人和女儿被骗子骗入邪教组织，女儿已不幸遇害，夫人则因刺激过度，心智失常，已送入医院救治，目前仍在应激状态，请教授尽快赶来善后。

教授蒙了。

五

那名女警官就是夫人联系过的"嬷嬷"。

她向教授详细讲述了案情：近数年来，罗马尼亚儿童失踪案越来越多，仅在布加勒斯特-伊尔夫区，今年便已有十二名儿童不知所终。女警官的外孙女也在四年前失踪，她的女儿久寻无果，得了严重的抑郁症，在一个凄风冷雨的夜晚割腕自杀。女警官密查两年多，发现儿童失踪案与一个邪教组织有关，便化身为嬷嬷潜入该组织。该组织形迹诡秘，警惕性极高，她冒着生命危险调查很久，最终确认那些孩子是被他们杀害了。他们猎杀孩童的目的，是获取一种名为"肾上腺素红"的东西。这种简称"肾红"的物质，是最优良的益寿药，可以使人长葆青春。它还是天然的兴奋剂，服食后有极致的快感，比任何一种毒品都要好，并且无任何副作用。但其来源却非常恐怖，只能从人体中提取。顶级的肾红，来自未成年的孩童，先向孩童施加极端的痛苦和恐惧，使其体内肾上腺素飙升，然后取其松果体，从中萃炼而成。

这一行径显然是受了匿名者 Q 的启发。Q 是多年前网络上名噪一时的阴谋论者，保守主义者，愤世嫉俗，坚信世界已被邪恶精英控制，这些人残忍嗜血、骄奢淫逸，拜撒旦，酷爱肾上腺素红，每年杀害无数儿童供其享用。他们内部又以肾红为纽带，结为坚不可摧的同盟，共同统治世界。教授也曾看到这些高论，哑然失笑。这世界上只有肾上腺素，没有什么肾上腺素红。肾上腺素则是由肾上腺髓质分泌的，而不是大脑松果体，且肾上腺素早已可以人工合成，价廉易得，不需要从人身上提取。网络是谣言胜地，种种谣传层出不穷，教授笑过之后，也便置之脑后，却不知这个看似渐趋消亡的论调，正以吊诡的逻辑在现实中悄然演化。Q 敌视的精英们未必相信肾红这东西，与 Q 一起敌视精英的红脖子和世界各地的阴谋论爱好者却深信不疑。一些无知的权贵和富人便不甘心：凭什么邪恶的精英可以吃肾红，我却不能吃？于是在暗网和黑市放话，愿出高价购买。有人下单，便有人供应；有人供应，便有更多人下单。买卖就这样做了起来。

这个邪教组织便是以这种买卖起家。后来有野心家加入，全盘盗用了 Q 的故事，借用古老的东方亚述宗教之名，以灵修为幌子，以肾红为诱饵，将许多权贵和名人拉下水，以此为把柄控制了他们。那个所谓的女星是骗子，因为长相与正主有几分相似，且正主十分低调，外人难以得知她的行踪，便做了整容手术，以她的名义到处行骗。她也信了肾红的鬼话，千方百计混入灵修团，诈骗来的钱财大多花到了这里。她盯上夫人，则是听从主教的指令，要将夫人诱骗入教。

女警官打入该组织后，因职阶较低，只是作为修女为灵修服务，无权进入杀害儿童的现场。她告诉教授，数月前夫人刚联系她时，她看到号码来自遥远的中国，料想没有好事，故意不接，结果被主教得知，痛斥一顿。后来夫人又打，她只好接了。在跟夫人通话时，她看到夫人身边可爱的女儿，想起自己被害的外孙女，不忍悲剧发生在她们身上，便进行了劝阻。她为此彻底激怒了主教，只好逃离组织，前功尽弃。还好她已策反了一个执事，此次行动，便是这名执事提供的情报：当晚十二点将有一场杀童取肾红的仪式，地点在伊尔福夫县的斯纳科夫修道院。修道院在斯纳科夫湖畔，周围是幽深的森林，据说吸血鬼鼻祖弗拉德三世战死后，脑袋被奥斯曼人带走，身躯则埋葬在了这里，有他的灵魂加赐，提取的肾红将更加纯粹。女警官带人突袭，才发现受害者是夫人母女。他们到得晚了，女儿已经被杀害，夫人则被囚禁在密牢里。女警官不胜唏嘘。然而令她不解的是，女儿只是被害，并未开颅摘取松果体，尸体也盛放在一个看上去很高级的冷柜内。她在布加勒斯特最好的医院见过那种冷柜，可以保持死者的生物活性，为医疗救治或器官移植争取时间。主教和假女星已闻风逃遁，他们只抓到两个行刑者。女警官怀疑警局里有内鬼，跟教授谈话时，特别约在附近一家小酒馆里。

"他们对您的夫人和女儿应该另有图谋。"女警官对教授说，"希望您能为我们提供一些线索。"

教授并没有线索可以提供。他通过中国驻罗马尼亚大使馆保释出博士，带上女儿的遗体和仍未恢复正常的夫人，乘坐大使馆安排的专机飞回北京。夫人目睹了女儿被害的全过程，心灵遭受严重的创伤，由北京顶尖的精神病专家和心理治疗师会同诊治了半个月，才慢慢好转过来。教授杜门谢客，每天抽出三个小时陪夫人，其余时间都守在女儿的冷柜旁，默然独坐，夜以继日。

博士没有保护好师母和师妹，自责甚深，发誓要为她们报仇。他只身返回布加勒斯特，找那位女警官寻求帮助，却被告知在他们离开罗马尼亚的第二天晚上，女警官已遭遇车祸，不治身亡了。警长哀叹不已，女警官是局里最优秀的警察，再过两个月就该退休了，却在荣退前遭遇这样的不幸。博士询问案情进展，警长说已经审讯明白，那晚的罪行是一个黑帮所为：该黑帮是东南欧跨国贩毒集团的一个分支，在特兰西瓦尼亚地区犯下许多重案；两个凶手则是无业游民，分别来自塞尔维亚和匈牙利，他们要加入黑帮，那晚的杀童行为，是他们的入帮仪式。两个凶手自知犯下死罪，已于昨晚在狱中畏罪自杀。至于那个假女星，据警方的调查，与该贩毒集团关系密切，他们正在全力追缉之中。

博士听警长讲完，知道警方已不可靠。他以吊唁女警官为名，来到女警官的家。女警官丈夫早逝，与患有阿尔茨海默病的父亲一起生活。博士走进她的房间,在床头看到一本亚麻布封面的笔记本,取起翻阅,发现上面记录了五十六名失踪儿童的相关信息和追查情况。最后一个名字是夫人的女儿,女警官详尽描述了她所亲历的案情,推断此案不是为了猎取肾红,甚至不是为了控制长生集团董事长以牟取其庞大的财富,而是另有不为人知的阴谋。

博士将笔记本塞进背包,带出女警官的家。他在罗马尼亚查访多日,毫无头绪,只好先回北京。在他前往罗马尼亚的那天下午,长生集团总部来了一个加拿大人,自称是失踪儿童家长,求见董事长阁下,有重要事情相商。夫人正在住院疗养,不见外人,教授替代妻子在私邸会见了他。那人自报家门:来自加拿大魁北克省,与妻子育有一儿。妻子酷爱高空跳伞,于五年前失事遇难,只剩他与儿子相依为命。妻子是罗马尼亚移民,父母都在罗马尼亚老家,三年前,他带儿子去探望外公外婆,在布加勒斯特街头与儿子走散,从此音讯全无。前天他在网上看到董事长母女的新闻,怀疑自己的儿子也是被邪教杀害了,特来寻找董事长夫妇,一起深挖此案。教授神情颓唐,他的妻子还未康复,他也身心交瘁,无力去做复仇之事,警方已经在查,静候警方的消息就好。魁北克人失望而去。几天之后,他又来找。此时夫人刚刚出院,伊尔福夫县警方对案情也有了新说辞,夫人看到新闻,几乎再次发病。魁北克人向夫人吐露心声,凶手能够收买伊尔福夫县警方,可知势力庞大,以他个人之力,绝无复仇的可能,只有借助董事长阁下的力量,才有希望完成心愿。夫人已不再相信任何陌生人，推说身体未愈，婉拒了他。

博士返京后，向教授和夫人汇报调查情况。夫人翻看女警官的笔记本，发现了魁北克人的名字，他的儿子果然于三年前在布加勒斯特市失踪。夫人立即与他联系。魁北克人又去了罗马尼亚，此时正在布兰城堡附近徒劳地寻找线索。他们开通全息影像，以脑电波模式对话。得知夫人同意合作，魁北克人激动得热泪盈眶。为表诚意，他向夫人坦白了自己的底细，自称毕业于麻省理工学院脑与认知科学系，曾在马斯克的 Neuralink 公司任职多年，并有卓越的成就。这些资料网上都有，他们可以去查。三年前，院士的 Kuckuck 团队曾经与他接触，试图把他挖过去，被他拒绝了。不久之后，他的儿子便告失踪；他也从马斯克的公司辞职，集中精力寻找儿子。他向夫人分享了这三年的调查结果，高度怀疑是院士团队在实施报复。院士是技术男，干不出这种事，真正下手的，必定是在幕后操纵一切的金主。

魁北克人这一判断与教授夫妇的推论不谋而合。他们已基本认定，他们的遭遇全是院士的金主所为：先是派假女星诱骗夫人入教，企图用她控制教授；诱骗未果，便又派院士游说教授，请求合作；得知教授无意合作，金主便下了毒手，把夫人母女骗到罗马尼亚，将女儿杀害，却又保全她的身体，逼迫教授使用 Kuckuck 系统来挽救她的生命，从而达到获取脑基因免疫技术的目的。只是实施过程出现意外，院士不堪压力自杀了，修道院那边也被女警官突袭，将教授女儿身体和夫人抢夺回来，才使他的阴谋未能得逞。夫人矢志复仇，杀掉金主和他的帮凶，再把 Kuckuck 系统夺过来，解救自己的女儿。

夫人将长生集团做得风生水起，靠的不是祖荫和运气，而是敏锐的判断力、强大的执行力和坚韧的意志力。她的判断力在骗子那里出现致命错误，不仅是因为骗子有好莱坞级的演技，更因为她抓住了夫人的命门，使夫人不自觉而入其彀中。现在，夫人不光要报仇雪恨，还要洗刷智商被骗子蹂躏的耻辱。在博士和魁北克人的技术支持下，她很快查到骗子的踪迹。三人直奔爱琴海，在传说中的克里特岛迷宫——实为米诺斯王朝的克诺索斯王宫——遗址里将假女星抓获。他们把假女星挟持到海岛东部的锡蒂亚沙漠，将其用保鲜膜层层缠裹起来，仿佛一个僵硬的木乃伊，然后像栽树一样埋进烈日暴晒的黄沙里。夫人走出五十步，弯弓射之，箭箭都射中了她的身体，却无一箭命中要害。假女星惨叫不绝，主动供述了她知道的一切，夫人这才扣弦瞄准，一箭射穿了她的咽喉。整个过程持续了半个小时，博士不忍直视，魁北克人则指责夫人过于残忍。夫人平静地向他讲述了自己眼睁睁看着女儿被杀害的情景，告诉魁北克人，他儿子之死只可能更残酷更血腥。魁北克人目眦俱裂，拔出随身携带的 Staccato CS 手枪，朝假女星的尸体清空了弹夹。

假女星的供词与他们的推断基本一致。这更坚定了他们复仇的决心。两个月后，金主的死讯登上新闻：他和儿子驾驶私人游艇去加勒比海钓蓝鳍金枪鱼，在圣马丁岛海域遭遇极端风暴，双双坠海溺亡。又过了半个月，罗马尼亚伊尔福夫县警长在下班路上遭遇车祸，两腿截肢；女警官的父亲则被送到了荷兰 Hogewey 养老院——那是欧洲最好的养老院之一，专为阿尔茨海默病患者而设，以专业和温馨著称，收费也很高。

中秋那天，夫人一行风尘仆仆回到北京。他们完成了计划中的所有任务，包括盗取院士的 Kuckuck 系统。这多亏有魁北克人。博士虽说精通网络技术，但对脑机并无研究，要从庞大的数据库中盗取经过重重伪置和加密的 Kuckuck 系统，无疑难如登天。魁北克人则是脑机界的翘楚，在之前的数年调查中，更曾多次黑进院士团队的数据库——他的解释是试图报复院士和他的金主，毁掉他们的系统，终究还是理智战胜，未能真正下手。此时在博士的协助下，魁北克人稍费周章，便成功得手了。夫人诚恳邀请魁北克人加盟长生。接下来的抗排斥实验和为女儿进行植入手术，都需要魁北克人的参与，若没有他鼎力相助，自家空有脑基因免疫技术，也无济于事。魁北克人不愿再碰脑机，大仇已报，他只想周游世界，荒废余生。夫人许以厚利，百般恳求，他都不为所动。夫人无奈，只好怏然作罢。但在各奔前途的最后一刻，魁北克人又改变了主意，愿意帮夫人挽救她的女儿，他相信这也是他儿子的心愿。夫人欣喜万分。

"等我女儿恢复生命，认你做义父吧，以后你就是我们的家人，长生集团也会有你的一份。"她对魁北克人说，"你意下如何？"

魁北克人笑了笑。他是法国高卢人后裔，另有四分之一越南血统，亚欧混血的棕色眼睛看上去总是饱含深情，想必迷倒过不少女人。即使在复仇的路上，他也没少露水姻缘，天南地北处处留情。

"能做令爱的义父，是我的荣幸。"他说，"这就是对我最好的回报。"

六

夫人与博士、魁北克人见到教授时，他正枯坐在女儿旁边，望着院士生前所赠那幅油画出神。他又梦到了女儿和杜鹃。不光院士外婆家的原野有杜鹃，教授老家也有。农历五月初三是他父亲的生日，每年这时候他都会带女儿回去给父亲祝寿，然后在乡村住上几天。父亲一直住在农村，房子前后有木制的篱笆和大片的竹林，田野里麦浪翻涌，四声杜鹃的鸣叫在润朗的天空悠扬回荡。女儿面朝田野和天空，也"布谷布谷"地叫，与杜鹃一唱一和，仿佛在进行一场灵魂的对话。女儿叫了一会儿，回头问教授："爸爸，你确定'鸠占鹊巢'的'鸠'，就是杜鹃吗？"

女儿的话让教授陷入深思。他在深思中醒来，说不出的疲惫，忽然想起那幅 Kuckuck 的作品，便翻找了出来。数月不见，教授又憔悴了许多，仿佛时光在他身上多倍速地流逝，全世界都无明显改变，独他苍老了。他听博士讲述了复仇的过程，神色无喜亦无悲，只是叹了口气。夫人抚摸着冷柜，打量僵卧其间的女儿。教授把女儿的身体保护得很好，组织器官的生物活性皆未恶化，就连在生命最后一刻凝固到脸上的苍白脸色和惊恐表情，也仍是原先的样子。那种脸色和表情令人心碎，夫人看了又看，泪水簌然而落。她告诉教授，要立即成立新部门，尽快解决 Kuckuck 系统的排斥反应，用 Kuckuck 把女儿唤醒。教授默不作声。夫人心生不悦。

"你不同意吗？"她问。

教授把那幅油画递给他们。"这是 Kuckuck 的作品，它命名为《宿命》。"教授说，"院士据此认为它已经进化出了自我意识。你们怎么看？"

夫人接过去瞟几眼，看不出什么，递给旁边的魁北克人。魁北克人反复审视，也看不出端倪。AI（人工智能）绘画和写作早已不是新鲜事，书店里 AI 写的书越来越多，也越来越畅销，AI 编剧的影视作品更是在许多国家连年霸榜。相比自诩为感情动物的人类，没有感情的 AI 似乎更懂得人类的精神需求和情感规律。Kuckuck 这幅作品虽说有些意境，但放在无数同类作品中间，并无非凡奇异之处，不知院士何以拿它作为 Kuckuck 具有自我意识的证据。他把油画递给旁边侧身观看的博士。

博士对魁北克人的话不太苟同。判断 Kuckuck 是否具备自我意识，不是看它画得好不好，或者画了什么，而是看它是不是独立的创作，有没有倾注自己的情感和思想。在他看来，这幅画不过是折中了西方的立体主义与东方的大写意，不论是风格技巧还是思想情感，都没有真正独特的地方，很难证明是自我意识的产物。

"不过也难说，即使是我们人类，也大多没有独立的思想和情感，他们的自我意识，不过是自我的大众意识，或者大众的自我意识。"博士说，"AI 肯定也会存在这样的情况，甚至更严重。所以，即使这幅画没有表达出独特的思想和情感，也不代表 Kuckuck 就一定没有自我意识。"

魁北克人说："究竟有没有，试一下就知道了。"

魁北克人的主意是，命令 Kuckuck 自毁：如果它按照指令自毁了，说明没有自我意识；如果拒绝自毁，则证明有。但问题是，在发出自毁指令之前，要不要备份它。如果不备份，而它没有自我意识，遵从指令自毁了，系统将不复存在；如果先备份，而它又有自我意识，它会知道自毁没有关系，也会选择自毁来迷惑人类。所以魁北克人的主意并非良策。博士望向教授，问他怎么看。

教授的头发已斑白，额上皱纹深如沟壑，眼角鱼尾成簇，偶尔笑一下，神色间也有掩饰不住的落寞和忧伤，令博士十分难过。教授调出几张网图给他们看。都是他的新闻照，有在办公室的，有在书房的，有在他家客厅的。

"发现什么没有？"教授问。

博士和魁北克人只看一眼，便已明白了 Kuckuck 那幅画的出处：三个房间都挂有大师的画作，客厅是毕加索的《格尔尼卡》，书房是吴冠中的《残荷新柳》，办公室则是莫奈的《日出印象》。这三幅画都是仿的：《残荷新柳》是夫人的朋友、前任央美院长所摹，作为生日礼物送给她；《格尔尼卡》和《日出印象》出自德国赝画师沃夫冈 · 贝特莱奇之手，得之于伦敦一个犹太收藏家。夫人将它们拿来做装饰，一幅放在客厅，另两幅则自作主张挂到教授的书房和办公室，理由是让教授不要沉溺于科学，也接受一下文艺的熏陶。

"我很赞同你的观点。判断文艺作品是不是自我意识的产物，要看它是不是独立的创作，有没有倾注自己的情感和思想。"教授对博士说，"到目前为止，AI 的文艺输出都是作，而不是创，是在主题命令之下，把所有的材料进行最优化组合，而不是建立在个体情感和独立精神上的创造。Kuckuck 这幅画明显就是拼凑的产物，它以为这三幅画挂在这三个最重要的地方，一定代表了我的个人审美和志趣，却不知道这都是我夫人挂的，并不代表我的意志。信息的偏差让它产生了错误的判断。至于它把画命名为《宿命》，是因为我和院士的相识，就是起因于我对人类天限的宿命式言论。所以，从这幅画上是不能判断出 Kuckuck 具有自主意识的。相反，如果 Kuckuck 能在院士的严密监控下进化出自我意识，它一定明白让院士知情是危险的，首先要做的就是隐藏自己，而不是自我暴露。"

博士点头，说："所以 Kuckuck 根本没有自主意识。"

"是的。院士对人工智能充满警惕，不可能给 Kuckuck 自由进化的权限。在有自由权限之前，AI 就只是工具，工具服务于思想，而不会产生思想。没有思想的东西，是不会有自主意识的。"教授从博士手里接过那幅画，扫了一眼，轻轻折起来。

"院士是酗酒的人，身体已经有科萨科夫综合征的征兆，这是慢性酒精中毒的表现。他认为 Kuckuck 有了自我意识，只是酒精脑病所致的幻觉。"他轻抚着折好的画布，叹了口气说，"我本想劝他戒酒，可惜啊，再也没有机会了。"

魁北克人点燃一支雪茄，旁若无人地抽起来。此时的他已不是当初登门求援的可怜人，而是掌握着董事长一家幸福和希望的救星，魁北克人桀骜不驯的性情不由自主流露了出来。他对教授说："你也不用太伤感，据我所知，院士是个心胸狭隘的人，自负，孤僻，不愿承认不如别人，更不愿别人争功。一定是金主要求他与你合作，他就编出这个故事，意图吓退你。他对你并没有真诚的友谊。"

教授沉默片刻，说："也许吧。"

夫人不喜欢别人在她面前吞云吐雾，但为了女儿，她愿意暂时忍受。她说："祝贺你们在无视我的情况下探讨出这么伟大的成果。"她目视教授，"但这跟救治女儿有什么关系？"

教授说："院士亲自创造的 Kuckuck，他都不愿相信，我们为什么要相信它？"

"你不是说他的大脑被酒精烧坏了吗？"

"我们怎么保证我们的意识就是正常的，而不是在某种执念下产生的幻觉？"教授说，"让 Kuckuck 接管女儿的大脑，女儿还是女儿吗？即使她的主体意识仍然存在，但在 Kuckuck 掌控一切身体资源的条件下，如何保证她的意志可以独立自主地发挥作用，而不是被 Kuckuck 挟持和篡改？"

夫人有些不耐烦，说："Kuckuck 本身没有自我意识，又掌控在咱们手里，谁能挟持和篡改她的意志？"

"你呢？"教授说，"你能保证不动她的意识吗？"

夫人语塞。她想起了两人为要不要在女儿身上植入追踪器而产生的分歧，以及偷看女儿的个人设备被抓住时与女儿发生的剧烈争吵。她的确侵入了女儿的空间，但她不认为自己是错的，相反，她是为了女儿好。

"就算我用 Kuckuck 修改了她的意志，目的也是让她更好地成长。我们母女息息同心，难道不比她叛逆顶撞、惹是生非强？"夫人说。

"你这是在她身上复制你自己，而不是让她成为她。"教授说，"你这么做，不是在挽救她的生命，而是试图在她身上延续你的生命。"

教授的当众指责令夫人难堪，夫人起身拂袖而去。气氛顿时尴尬起来。魁北克人瞧了瞧教授和博士，尾随夫人离去。夫人来到三楼健身房，换过健身服，在沙袋上狂打一阵，气才渐渐消了些。魁北克人歪在旁边的跑步机上，手捏雪茄，意味深长地望着她。

"看来做不成了。"他说，"我也该走了。欢迎你方便时去魁北克，我带你去劳伦蒂德攀冰，或者去汤布朗山玩直升机滑雪。那里有很多刺激又好玩的地方，你一定会喜欢。"

夫人说："谁说做不成了？长生的董事长是我，拍板做决定的人也是我，不是别人。"

魁北克人面露为难之色："可是您先生不允许对令爱使用。"

"那就给我用。"

"您用?"

"是的，我用。"

魁北克人不可思议地打量夫人，觉得她在开玩笑，或是赌气。她人好好的，完全没有使用 Kuckuck 的必要。夫人脱下拳击手套，接了一杯水，向魁北克人讲起他们家族女人短命的宿命。她已经四十二岁，倘若宿命不可打破，也没有几年时间了。如果 Kuckuck 能够成功，不仅可以挽救女儿的命，还可以续她的命。魁北克人悚然动容，愿意帮她对抗不公的命运。

"您如此美丽，又如此优秀，如果任由撒旦夺走您绚烂的生命，我将犯下不可饶恕的罪。"他拉起夫人的手，在其手背上深情一吻，"我起誓，尊贵的夫人，我亲爱的朋友，我将以 Kuckuck 为剑，终结您和您家族的不幸宿命!"

夫人被他这番假正经的话逗乐了，也效仿起中世纪的贵妇人："谢谢您，我勇敢的骑士，等您成功之日，我将与您分享我的财富和权力。"

说罢两人皆大笑。博士自外而入，看到他们如此快乐，眉头些微皱了下。夫人收敛笑容，恢复了高冷的姿态，问他教授想干吗，是不是不打算救治女儿了。博士说："不是的，老师只是认为 Kuckuck 不可靠，他想采用别的方式。"

七

教授要从女儿的灵魂着手。

博士听到"灵魂"二字，第一反应是教授要皈依宗教，试图从玄学中得到超脱。这显然不是教授的本意，教授要做的是意识转移。二十年前，意识转移便已成为显学，无数人寄望通过它获得永生。那时教授还年轻，听闻此论，戏称之为新时代的求仙术。他认为人的意识可以控制，但不能转移，能转移的只是记忆——通过感官接受、情感反应和思维运作而获得并记录于大脑中的信息。这些信息是死的，需要意识驱动思维、情感和意志进行处理和应用。但因意识不可转移，只转移这些信息是没用的。现在他不这么想了。他认为意识未必不能转移，只是需要特定的验证码。每个人都有自己的验证码，这个验证码就是"灵魂"。

"你之成为你，不是因为你的肉身，也不是因为你的身世和记忆，而是因为你的意识，或者说是因为你的验证码——你独有的灵魂。"教授对博士说，"没有独有的灵魂，你便是物。"

女儿大脑的生理活性仍然完好，教授相信她的意识仍在，与记忆一起冷冻在大脑里。他试图转移女儿的全部记忆，再找到她的验证码，在宿体上重启女儿的意识，使她在另一个躯壳里得到重生。这几乎是不可能的任务，即使最简单的记忆转移，炒作了这么多年，也没有实质的进展。人类最智慧的地方，恰恰是人类最陌生的地方，现有科学对大脑的了解，并不比对外太空更多。大脑有上千亿个神经元，每个神经元有八千个突触，如此浩瀚的神经网络，对于至今连蛋白质折叠都没能真正解决的人类智能来说，实在是太过庞大和复杂。教授认为，要完成记忆转移和意识重启，凭借人类现有的智能，是根本做不到的。

"这是造物给我们设置的天限，"教授说，"要突破它，需要上一维度的智能。"

教授把希望押在了量子计算上。经典电子计算遵从的是执行逻辑，只会按照设定的规则去运行，本质上只是个工具，连真随机数都不可生成，即使赋予它完全的自由权限，也不可能进化出高于人类的自我意识，进而帮助人类突破造物的天限。而量子的叠加态并行计算和不确定性原理，不仅具有经典计算无法企及的运算能力，也具备了衍生主观意识的条件和可能。

教授有个高中同学是做量子计算的，麻省理工的高才生，博士毕业后留美发展，在硅谷创办盘古量子计算中心，自任主任。两人在高中时并无交情，各奔东西多年后才重新以棋会友，经常相约在网上手谈，关系也越来越亲密起来。主任在光量子领域成就非凡，颇受瞩目。教授联络主任，讲明合作意向。主任对他的遭遇深表同情，至于合作，当然欢迎，问题是教授能出多少钱。他创办盘古量子计算中心是有金主支持的，金主是矿业大亨，握有南美某国铜矿百分之八十五的份额。不料年前该国爆发革命，新政权上台，将矿场全部国有化，金主一夜之间破产了。量子计算研发耗资巨大，主任拉了几个风投，仍不敷用。长生制药是全球闻名的大企业，此时主动寻求合作，无疑是雪中送炭。

教授返回家与夫人商量。夫人的脑机实验室正在紧锣密鼓地筹建中，由魁北克人和博士共同主持。博士是夫人要过去的，教授原本打算让他在这边帮自己，他让博士自己选，博士默不作声，他就让博士去夫人那边了。夫人则忙于改造房子。为了维护身体的生理活性，女儿和她的冷柜一直放在公司特护室，夫人想把她接回家来。她把别墅主体改成新天鹅堡的造型，依据女儿的医学需要重新布置房间，并将三楼清空，做成一个游乐场，用一条故事线将她喜欢的卡通玩偶全部串联起来。她听了教授的话，不置可否。教授要她给个明话，同不同意，他得给人家回复。

"我不懂量子计算，只知道各大机构已经研发了几十年，隔三岔五就嚷嚷有重大突破，断言几年后就能商用。几年又几年，咋呼了这么久，商用在哪里？风投不是疯投，我脑子还没有坏掉。"夫人摆摆手，打断试图辩解的教授，"如果你真想救女儿，就去实验室帮帮忙。他们两个配合得不太好，谁也不服谁，动不动就得我去调解。你最好能去主持工作，就算不去，也劝劝你的学生，叫他摆正自己的态度。"

魁北克人端了一个玻璃杯走进来。今天是他儿子的生日，夫人怕他伤感，特地邀他来家里共进晚餐。杯子里盛满红色液体，看上去黏黏的，顶上浮了一层细微的泡沫。他向教授打个招呼，将杯子递给夫人，问教授要不要也来一杯。教授问是什么东西，他说是一种被称为红衣主教的鸡尾酒，用红酒和黑醋栗利口酒以八二比例加冰调成，口感不太好，但可清除氧自由基，有益心脑血管健康，且有美颜之效，如果教授要喝，他再去调一杯。教授谢绝。魁北克人看出他们夫妻有事要谈，他不方便在场，便下楼去了。

重阳那日，教授去大悲寺看菊。博士已在大雄宝殿前等候。两人瞻仰了诸佛宝相，在香火箱里投了功德，然后去殿后观赏菊花。博士神情不舒，仿佛有重重心事。教授询问他与魁北克人是否有矛盾，他默然不语。他的确不喜欢魁北克人。那个自负的家伙为人强势，凡事自作主张，从不与博士协商，甚至经常把博士当下属使唤。更让博士难以容忍的，是他对夫人的态度。他自恃功高，又吃定脑机实验非他不可，在夫人面前甚是轻薄。夫人非但不怒，反而颇有纵容之意，时常以各种名目邀请他去家里吃饭。加拿大感恩节那天，夫人特意请来西餐名厨做了烤火鸡和南瓜派，又买了魁北克人喜欢的云岭冰酒，与他欢庆他们祖国的佳节。夫人陪他喝了许多酒，还在他执拗的邀请下跳了一小段康康舞。作为回报，魁北克人则扭了十分钟秧歌。博士去得晚，到夫人家时，他们已经都醉了，魁北克人匍匐在床上，夫人则坐在旁边的沙发上喝醒酒茶。那天之后，魁北克人与夫人的关系日益亲密。魁北克人身材高大，胡须不常刮，衣着也很随意，衬衣只系下面的两三颗扣子，袒露出布满卷毛的胸膛。博士最讨厌在大庭广众之下袒露胸毛，觉得恶心。但夫人似乎并不反感，对魁北克人的一些粗犷做派也表现出毫不掩饰的欣赏。博士郁郁不乐，为老师忧虑，却又不便告诉教授。

"家里已经改造好，师妹也搬回去了，她一定希望你多回家陪她。"博士对教授说，"她一个人在家，会很孤单，也不安全。"

教授点头。夫人不注资，他与主任的合作便无从谈起，他的构想也只能沦为空想，他唯一能为女儿做的事，也就是多陪陪她了。夫人督促紧急，长生脑机实验室迅速建成并投入使用。博士也以大局为重，忍气吞声，全力配合魁北克人。魁北克人虽说讨厌，却是个不折不扣的工作狂，夜以继日不知疲倦。这种令人敬畏的工作态度感动了夫人，夫人亲切称之为"拼命三郎"。有长生集团雄厚的财力和科研实力做后盾，他们的进展犹如热刀切黄油一般顺利，仅仅用了两个月，即在恒河猴和黑猩猩身上完成了抗排斥实验。之后进行人体实验，相继将 Kuckuck 植入一名脑瘫儿童和一名 MR（二尖瓣关闭不全）患者脑内，皆未发生严重的排斥反应。手术半月后，脑瘫患儿的症状便已明显好转，MR 患者也表现出近乎常人的精神和智力反应。实验大获成功。夫人欣喜欲狂，在家开设私宴，为实验室团队庆功。她的第一杯酒敬给魁北克人。没有谁比她更急于成功，但是成功来得这么快，是她始料不及的，她代表她和女儿，向魁北克人致以崇高的敬意和诚挚的感谢。魁北克人今天破例穿了礼服，胡须也剃了，肆意生长的头发打了发蜡，梳理得油光服帖。他左手捏雪茄，右手持杯与夫人碰了一下。

"我比你更急。"他嬉笑说，"拖得越久，风险越大，我可是不喜欢冒险的人。"

夫人打趣："哎哟，那是谁声称玩遍了所有极限运动？又是谁豪言要去百慕大探险？原来都是吹牛呀！"众人大笑，魁北克人笑得尤其响亮。夫人等大家笑罢，话锋一转，对魁北克人说："我知道你是担心你的义女，这份情谊，我记下了。"将杯里的红酒一饮而尽。魁北克人说："我相信你一定会记住我。"也将酒干了。

夫人兴致高昂，团队所有成员皆予重奖。大家欢饮至午夜方尽兴而散。次日上午，博士照常上班。魁北克人还没有来，大概是昨晚喝太多，还没有醒酒。博士打开主机，准备开始今天的工作，却发现数据库一片空白。博士冷笑，命人撬开魁北克人的办公室。室内一切如常，只是往日堆满桌子的文件和日志都已不见，干净的桌面上只有一张字条，上面压着一个微小如跳蚤的追踪器。博士大惊失色，捏起字条，将追踪器倒入手心，望着纸上那行字，汗珠从鬓角和额头滚滚涌出来。

"不是自己的东西不要拿！"

八

那枚追踪器本应该在魁北克人身上。

夫人和博士一开始就知道魁北克人有鬼。博士在女警官家找到那本亚麻布封面的记事本时，本来安静呆痴的警官父亲突然焦躁起来，口齿不清地嚷叫他快拿走，别伤害到他女儿。博士急忙塞进背包。老先生喃喃不休，说他女儿不能碰亚麻布，会过敏：女儿五岁生日时，他给她买了一件漂亮的亚麻布裙子，女儿很开心，唱着《老爷爷赶鹅》跳起了舞，结果下午就出了一身疹子，瘙痒难忍，害她哭了很久。博士仔细观察，他们家的确没有亚麻物品，查看女警官的衣柜，也没有亚麻布料的衣服。他向夫人汇报了这一情况。夫人记得与"嬷嬷"视讯时，她身上的修女袍便是亚麻的。她在家里不用亚麻物品，想必是安抚患了阿尔茨海默病的父亲：阿尔茨海默病患者往往对近期的事没有记忆，反而对年深日久的事记忆如新。据博士在警局观察，警察用的并不是这种亚麻布封面笔记本，再去商场调查，这种本子也并非主流，女警官要买记事本，谅不至于偏选这一种。再仔细观察，会发现笔记本有人为作旧的痕迹。显然是有人故意放进去，却不知道女警官在家并不用亚麻的东西。他们不知背后的人意欲何为，直到他们发现魁北克人的名字就在那个本子里。他们决定将计就计。加拿大感恩节那天，夫人将魁北克人灌醉，由博士将追踪器植入他体内，具体位置在背部两肩胛骨之间，那里是最不容易被发现的地方。

不料他们还是低估了魁北克人。博士立即查看暗中备份的数据，果然也被破坏了。他们不但没能得到对方的脑机技术，反而免费给对方培训了自家的脑基因免疫技术。夫人盯着那枚追踪器，只觉热血上涌，扶着桌子定了定神，嘿嘿笑起来。

"这个魁北克人，真是了不起！"她说，"我必须找到他，向他表达我的敬意!"

次日上午,夫人召开董事会,任命她的心腹助理为副总裁,全权负责集团事务。会议结束后,夫人就不见了。博士也有任务,夫人命他收拾残局,再造一个 Kuckuck。博士与魁北克人共事期间疯狂偷师,魁北克人虽有保留,也被他学去不少,山寨 Kuckuck 虽然困难,但未必做不到。他重组团队,重金礼聘一批顶尖脑机专家,依据 Kuckuck 开始了他们的研发。

一日中午,博士正在忙碌,教授打来电话,叫他过去一下。博士这才意识到已经很久没有见过老师了。在魁北克人逃走之前,他是有意不见教授。他知道夫人对魁北克人轻薄之行的纵容,不过是安抚其心,虚与委蛇而已,但在他看来,未免有点太过了。他为教授难过,也感到愧疚,觉得自己参与了对恩师的羞辱,因此无颜去见他。魁北克人逃走后,他又肩负重任,急于弥补错误,无暇去探望教授。另外还有一个原因,是他不忍看到教授忧伤的面孔。背负短命诅咒的夫人尚且没有屈服于命运,教授先被命运打败了,憔悴得不像样子。他绕道商超买了些食材,要给老师烧几道他爱吃的菜,再陪他小酌几杯。

教授仍在三楼陪女儿,精神却很振奋。他方才接到盘古量子计算中心主任的电话:有个财团大佬听闻了他们的构想,极感兴趣,愿意出资支持,约两人见面详谈。他要去赴约,把女儿托付给博士,叫他好生照管。博士本想劝教授与自己一起山寨 Kuckuck——山寨是自家话,他会再起个名字,比如"骑士",对外则宣称是具有自主知识产权的全新系统——此时教授的构想忽然有了希望，自然不会跟自己做，便也没有张口。

会晤地点在南太平洋一座私人岛屿。这是财团老板的产业，他派他的私人飞机来接主任和教授。据主任讲，这位大佬出自神秘的罗斯柴尔德家族，可能还是共济会的长老，生平极为传奇，寻常人根本见不到。岛上风景如画，港口停泊游艇和帆船，密林深处建有一座古印加风格的宫殿，周边泳池、网球场、停机坪一应俱全，又有许多美少年追逐嬉戏，乍一观之，仿佛是个奢华的夏令营。大佬在泳池边的椰树下接见了他们。他六十来岁，络腮胡，头发斑白，鼻头大得夸张，张嘴说话，一口纯正的伦敦腔。教授向他详尽阐述了记忆转移和意识重启的构想。

"意识寄生于大脑，也禁锢于大脑，意识是灵魂的承载之体，所以大脑也是灵魂的囚禁之地。"教授说，"这是人类最后的禁区，必然也会有造物的封印。"

教授坚信，人类智能已经不能胜任如此宏大而复杂的命题，正像再聪明的猫狗，也无法胜任微积分教学和互联网开发。倘若继续在人类智能的框架内求解，恐将永无破解之日。而具备自我思维与创造能力的量子计算，才是打开困境唯一的钥匙。当然，这只是理论上的可能，搞科研不只靠资源、智慧和毅力，还要看运气，究竟能否成功，何时成功，就像量子力学的本质一样，是随机的和不确定的。

教授最后几句话是向大佬打预防针，万一做不成，不要抱怨浪费了他的钱。大佬自然听得懂他的弦外之音，表示认同。交谈期间，有医生来给大佬做检查，两人对话，都是洛杉矶口音的美式英语。之后大佬又接了一个德国副财长的电话，用高地德语与那位来自萨克森州的政客谈了几句基准国债的问题。继续交谈时，教授便故意用汉语，大佬果然也说起了汉语，只是略显生硬，不如其他几种语言收放自如。他说他身体不好，"三高"，非特异性哮喘，兼有强直性脊椎炎和椎管狭窄，令他饱受痛苦。一名仆人端来一杯药水，请大佬服用。药水有点怪异的红，仿佛混合了羊血的西瓜汁。大佬将药喝完，眉头拧了片刻，想必是滋味不好，令他不快。

"你们中国的老子有句话：'吾所以有大患者，为吾有身，及吾无身，吾有何患？'"大佬说，"你们的构想很好，一旦成功，人就可以脱离肉身，获得大自由。"

"也就是永生了。"主任说，"超脱生死、病痛和轮回，才是真正的大自由。"

教授说："永生是不可能的，宇宙终将毁灭，万物皆有竟时，没有什么东西可以永恒。我们的努力，不过是试图打破造物的天限，在这个造物体系之内得其长生与自由。造物之上有造物，轮回之上有轮回，所谓的永生和大自由，不是我们能奢及的，那是宿命之上的宿命。"

主任吓了一跳，暗怪教授太耿直，说这种扫兴的话。还好大佬的心情并不受影响，反而认为教授想得更深邃。大佬决定资助他们，首轮注资一亿欧元。这天晚上，教授和主任留宿岛上。管家循例安排了声色之娱，各种各样的选项不一而足。教授心生警惕，劝主任自律。主任哂笑："这些超级大佬，哪个没有点私人的怪癖，不用大惊小怪。"他打发走教授，跟一个阿根廷超模聊了一夜 LGBT（性少数人群）的话题。

接下来要面对的问题是，盘古量子计算中心远在柏林，而教授需要陪伴女儿，虽说交通发达，来来往往终究不便。他提议把中心迁到北京。主任正有此意。科学没有国界，但科学家有自己的祖国，他要搬回来为国争光，这样既可报效国家，又能方便教授，两全其美。教授笑他虚伪，他愿意搬迁，无非是看上了政府的扶持政策，逐利而已，说得那么高尚。主任不以为然。

"正是因为国家的政策好，才让人热爱嘛。"主任说，"如果是清王朝，你会爱它吗？"

女儿有精选的特护照管，教授很放心，只需工作之余来陪陪她，隔着玻璃跟她说说话。博士也会抽时间过来，除了看望师妹，也为了陪老师。夫人已经很久没有消息，也追踪不到她在哪儿，不免令博士担忧。其实夫人并未失踪，只是不愿让人知道她的踪迹，她每天都会通过加密网络看一看女儿。十亿像素的摄像头足以让她看清女儿皮肤上的每一根汗毛和每一条纹理。博士的进展不太顺利。他依据 Kuckuck 的架构和策略山寨出一个版本，觉得没什么差别，但在实验中屡屡受挫。毫无疑问，魁北克人向他们隐瞒了最核心的东西，并在实验中对他们进行了误导。脑机不是他们擅长的东西，在一群外行面前瞒天过海，不算什么困难的事，毕竟他也是这样对付魁北克人，并成功瞒过他的。他对药物名称和剂量都动了手脚，所用容器和设备也都是特制的，魁北克人盗走的只是一堆虚假的药名和错误的数据。他用不了魁北克人的 Kuckuck，魁北克人也休想用他的脑基因免疫技术。

魁北克人显然没有料到这一点。他交差之后，获得极为丰厚的报酬，然而还没开始过上挥金如土的生活，金主派遣的杀手就到了。金主对系统的成功应用有着迫切的需要，魁北克人未能完成任务，反而差点害死他，令他怒不可遏。杀手奉命而来，既要追回巨款，又要取他性命。魁北克人生性警惕，逃过一劫，大恨金主无情，一怒之下黑入数据库，把 Kuckuck 摧毁了。金主本已有些回心转意，只等他求饶认错，便放他一马，容他戴罪立功；至此彻底翻脸，定要杀他不可。魁北克人从此踏上亡命生涯，在金主和夫人的双重追击下东躲西藏。夫人也发现了他在被金主追杀。她不容许别人抢在她前头杀死魁北克人，兼之对金主的仇恨，她反而数次干掉金主的杀手，让魁北克人侥幸逃脱。相比于魁北克人，夫人更想杀金主，但她穷尽所能，仍然找不到任何有用的线索，只能先杀魁北克人出气。两年后，她终于在卢安瓜河谷追到魁北克人。魁北克人在马达加斯加有个庄园，以前自由的时候，每年都要去住一段时间。那时的他最喜欢两件事：要么去马达加斯加东部雨林保护狐猴，猎杀令人讨厌的偷猎者；要么去非洲大陆偷猎大象和犀牛，截了牙和角卖给财大气粗的东南亚商人。具体做哪个视心情而定。夫人发现他时，他正在卢安瓜河谷里追赶一只落单的公象，皮卡碾过干燥的大地，飞荡起高高的烟尘。夫人在一棵猴面包树下拦截住他。夫人并非单身，还带了两个精心挑选的女助手：一个来自格鲁吉亚，一个来自芬兰，都是出身贫寒的天才狙击手。三人各持自带消音的高倍镜狙击步枪，夫人还背了一张长弓和一壶利箭。魁北克人看到对面敞篷吉普上的三位女士，并未惊慌，反而取下头上的迷彩奔尼帽，向老友致以热情的问候。夫人心生警惕，扫视四周，没有发现异常，仍不敢轻心，暗示两个女助手做好戒备。

"我还以为你逃去火星了，害我白跑一趟。"她对魁北克人说，"原来躲在这里偷猎大象。"

魁北克人不是没想过逃往火星，只是无法伪造身份，上不了飞船。夫人追到他，是他故意暴露的。这两年丧家犬般的逃亡生活，耗尽了他对世界的眷恋之情，觉得活着已不划算。既然要死，他宁愿死在夫人手下。他点燃身上最后一支雪茄，冲夫人嬉笑。"托你的福，佣金被老板冻结了，总得吃饭，搞几只象牙赚点小钱。你要不要？看在老交情的分上，给你打八折。"

魁北克人死到临头，仍然嬉皮笑脸，令夫人心生烦恼。她不想再多废话，但在杀死他之前，愿意给他一个辩解的机会，为什么要背叛她。

"你明知道我是卧底，谈什么背叛？"魁北克人说，"至于我为什么做卧底，当然是为钱。你们中国有句古话，人为财死，鸟为食亡。我不为钱，难道要为世界和平？"

夫人更加恼火，却也佩服他的坦诚。她站在吉普上，左手挽弓，右手拔出一支长箭。"你为什么要跑那么快？"她说，"如果唤醒了我女儿再走，我也不会这么恨你。"

魁北克人说："再用一句你们中国的古话回答你：飞鸟尽，良弓藏，狡兔死，走狗烹。你已经知道我的底细，等我把你女儿唤醒，我还跑得了吗？"

魁北克人一边说，一边把右手伸下方向盘。格鲁吉亚女助手立即开枪，子弹穿过挡风玻璃，命中魁北克人的眉心，在脑后崩开一朵血腥的花。

九

夫人成功之后，回了一趟北京。她先回家看女儿，隔着玻璃送给女儿十二个吻，然后前往集团总部，视察总公司工作，听取各部门主管及子公司负责人业务汇报。然后又去脑机实验室调研，检视他们的工作成效。博士已经准备好了挨骂。他虽组建了一支一流的团队，并以令人生畏的态度疯狂工作，至今仍未有关键突破。夫人已经四十四岁了，他能理解她的焦虑、失望以及由此而衍生的愤怒。然而夫人却没有发火，只是给予了鼓励和期待。博士把新系统定名为"骑士"，她觉得很好，希望大家都发扬骑士精神，勇往直前，无惧无畏，克服一切困难，早日完成系统的研发。

会后，她叫博士跟她一起回家。途中绕道一家花店，亲自去选了一束花：主要是三十枝保加利亚香槟玫瑰和二十二枝荷兰郁金香。今天是教授五十二岁生日，三十枝玫瑰代表两人结婚时教授的年龄，二十二枝郁金香则是婚后二十二年的岁月。这两年教授忙于工作，精气神反而比以前好了些。他接过夫人的花，一时有点不知所措。

"你回来就好！"他说，"这么久不在家，女儿都要忘记你的模样了。"

丈夫的话令夫人心碎。但她还不能留在家陪伴女儿。魁北克人死了，金主还没死，仇仍然未报。况且他手里还有她需要的东西。博士的研发进展缓慢，她没有太多时间去等候，自己做总不如抢现成来得快。她在家只待了三天，便又带上她的女助手出发了。

盘古量子计算中心的量子计算研究仍然进展缓慢，真正的奇点似乎依旧遥遥无期。主任仍然信心满满，教授却越来越沉不住气。他的女儿不能在冷柜中无限期地沉睡下去，她应该在阳光下的田野里奔跑，在细雨中的街市里撒欢，与同龄人一起学习与玩乐，在时光流转中感受四季的变化和万物的荣枯。还有他的妻子。他当年研究人寿基因，便是试图破解基因之谜，打破妻子家族短命的诅咒。在最初，他以为妻子家族患有某种遗传疾病，使得寿命不永，但是研究多年，并未从她身上找到足以折寿的不良基因。他研究了妻系的族谱，越来越觉得这不是疾病的缘故，更不是什么短命基因在作祟，而是源于窘迫的现实。据族谱载，妻系远祖曾在一次械斗中几近灭门，仅剩几户人家，在强敌环伺之下艰难苟活。他们必定要竭尽全力生养男孩，并将有限的资源全都用在男孩身上。女孩不被重视，又早早承担起沉重的家庭义务，往往会少年夭逝。这毕竟是家丑，说出去不好听，家长便对外宣称是女孩短命，非虐待之罪。后人不明真相，以为本家族的女孩真的短命，更加不尽力养育，反正她们活不长久，不如省下口粮喂养男孩。消息传开，外人娶到他们家的女子，也会在其夭死之前拼命压榨她们的价值，多生孩子多干活儿，于是死亡率居高不下。送去做尼姑的大多活得久，则是因为她们逃离了苦难的生活，不再遭受不幸人生的摧残，而不是佛法保佑。这恰恰是他们家族所谓宿命的反证。他把这个逻辑讲给夫人听，试图打消她的执念。夫人将此视为丈夫的宽慰之辞，很感动，但不相信。她的母亲和外婆可不是生活在穷苦之家，却一样不能寿考，便是如铁的证据。女儿的不幸遭遇，更加坚定了她的家族宿命论。她是无所畏惧的人，对待宿命不是认命，而是抗争，不惜一切方法和手段。倘若魁北克人不是卧底，Kuckuck 系统早已被她用在了女儿身上，乃至于她自己的身上。所以教授必须赶在博士重新做出系统之前破解灵魂密码，解决记忆下载和意识转移的问题。

他们终究未能赶到博士前头。一天傍晚，教授从盘古量子计算中心回到家，照例先去看女儿，却见博士坐在那里，望着冷柜中的师妹出神。他和他的团队终于突破了他们的奇点，完成了骑士系统，并在动物和人体实验中获得成功。但他并未感到喜悦，反而陷入空前的纠结和茫然。诚如教授所说，这套系统只是工具，工具的属性就是被利用，一旦植入师妹的大脑，便无法摆脱被人为控制的风险。他与教授一样，不希望师妹成为别人的附庸，包括她的母亲。教授深感欣慰，想到夫人，又不免忧心。

"你打算怎么办？"他问博士。

"我想跟您一起做意识转移。"

博士的计划是：把系统植入他的大脑，将系统超强的运算能力与他的能动意识结合，帮助教授和主任开发量子计算，再借由量子 AI 的超维能力，破解意识转移的难题。这无疑要冒极大的风险，但博士已下定了决心。教授眼眶微润，跟他一起炒了几个家常菜，又喝了几盅酒。

博士心中毕竟不安，反复思量，还是向夫人报告了系统成功的消息。夫人大喜过望，立即便要赶回来，亲眼看他给女儿做手术。但她随即发现博士神色不对，询问缘故。博士期期艾艾地汇报了他的计划，隐去了担忧夫人控制师妹意识的部分。夫人不悦。

"你可以先唤醒你师妹，再去帮他们搞玄学。"她说，"你还要让你师妹沉睡多久？"

博士说："我也觉得老师那个方法更可靠。这个系统毕竟是介入式的，万一有什么意外，就不可挽回了。"

夫人在电话那边盯着他。她在一座海岛上，背后是一大片椰林，远方隐约有印加建筑的影子。她风闻此地是一个神秘大佬的极乐园，不少世界名流来此消遣，便费尽心思搞到三张入岛卡，带上她的两个女助手来查访。她刚上岛不久，还没有任何发现。但她已无心追查，此时此刻，唤醒女儿无疑比追杀仇人更重要。她要求博士不得做任何决定，一切等她回去再说。

次日上午，夫人便已赶到北京，召博士来办公室述职。她详细审阅了系统的历次实验报告，确认技术已经成熟，命令博士立即给女儿进行手术。博士坐在椅子上没有动。夫人怒火又起，对博士冷笑。

"你们可真是师徒一条心，我对你再信任，终究是外人。"

博士说："请您相信，我是忠于您的。"

"用违抗我的方式忠于我？"夫人厉声说，"我怎么相信你？"

博士说："您可以写入命令。"

说出这句话，博士颤抖了一下，仿佛自己也有点被吓到。但在短暂思考后，他决定就这么做：他愿在植入自己大脑的系统中写入忠于夫人的命令，作为条件，请允许他去帮助老师完成意识转移，而不要急于将骑士系统植入师妹。夫人说："我不是魔鬼，不用你拿灵魂来做交易，你如果真的忠于我，就不该跟我谈条件。"博士说："我表达不准确，不是谈条件，是请求。"夫人凝视博士："你如果反悔呢？"博士说："权力授受是神圣的事，反悔就是亵渎，我是完全行为能力人，对自己的行为负完全责任。"

"但我可能会反悔。"夫人说，"在我反悔之前，证明给我看。"

博士立即去实验室准备手术，先写入命令代码，然后将系统植入自己脑中。手术前后五个多小时，创口微小到可以忽略。博士发生了比较严重的排斥反应，不时出现感知障碍或意识迟钝，并伴有剧烈呕吐和共济失调。他强忍痛苦，体会脑中正在进行的物我演变。系统的仿生突触初如锈迹，继如苔藓，再如槲蕨，细密而坚韧地附着到大脑的神经元上，有机的生命与无机的设备在人机演化中融为一体，逐渐确立了新的分工和秩序。当演化和融合最终完成，博士觉得他进入了另一个层境：人类所有的文明知识尽在掌握，思维和反应也快得惊人，以前倍感困扰的问题，现在无不简单明白。人的思维和决策受限于所能掌控的信息，当大脑掌握了所有信息，并于瞬间完成分析和判断，人的格局便会随之打开，思维力和创造力也将跃升到新的境界。教授来探望博士，取来一副棋枰与他对弈，方一起手，博士便已算出后续所有的变化。

"可能有点狂妄，"他对教授说，"我觉得我像个超人。"

教授说："不必妄自菲薄，你就是超人了。"

为时四周的观察期结束后，博士正在整理术后笔记，忽然丢下笔，无意识地走向夫人的办公室。夫人在那儿等他。她从抽屉掏出一把手枪丢到桌子上。九成新的格洛克 17 型手枪，黑色枪身在灯光下泛出一点幽暗的光。

"拿起它，朝我开枪。"她说。

博士的手不由自主伸过去，抓起手枪，对准夫人的脑袋扣动扳机。撞针撞击底火，发出一声惊人的锐响，夫人却安然无恙。弹夹里装的都是空包弹。前后不过一瞬间，博士已轰然汗出，将发根和内衣都湿透了。夫人取了一条毛巾，为他拭去额头密集的汗珠。

"我信你了。"她说。

十

博士正式加入了教授和主任的团队。

教授担心博士出现意外，建议他再观察一段时间，被他拒绝了。他不想再耽误时间。主任得此强援，兴高采烈。更让他开心的是，长生集团董事长改变态度，投入巨资支持研发。成为超人的博士果然强大，他加盟之后，研发速度突飞猛进，不过四五个月，便到了只差临门一脚的地步。主任突然收到工信部的约谈通知，要求他说明科研资金来源及用途。工信部此举，旨在加强国有知识产权保护，防止关乎国家重大利益的核心技术外流，杜绝国外资本对国家机要领域的渗透和控制。

主任郁郁不乐，只好与金主大佬商谈解除合作事宜。金主表示无法接受。当初主任要搬回中国，他就不同意，无奈主任执意搬迁，他怕坚决反对会破坏合作，才勉为其难答应了。他要求主任带领团队离开中国，被主任拒绝。盘古量子计算中心搬到北京后拿到许多补贴，又争取到几个互联网大厂的投资，加上长生集团的抱注，已经不缺钱，对金主不那么依赖了。金主协商无果，发了一段视频给他看。视频是偷拍的，主任在其中放浪形骸，大玩各种奇奇怪怪的游戏，其中有些相当变态。在岛上那晚，他不只是跟阿根廷超模畅谈 LGBT 话题，还有很多隐秘的活动。金主请主任自己选择，要么带队投效，要么公开视频。主任沉默了。

"没想到他用这种下三烂的手段！"主任向教授哀叹，"这不是电影里才有的情节吗？"

教授说："艺术本来就源于生活。"

主任面如死灰："我老婆看到也就算了，如果让我子女看到，我哪还有脸活？"

博士说："把视频拿回来就好。"

主任苦笑："谈何容易！"

"也没什么难。"

教授目视博士："你确定不难？"

博士说："百分之九十九点九的胜算。"

"如果是让他消失呢？"

"百分之百。"

教授若有所思。下班后，教授带博士回家，夫人也接到他的电话，回来共进晚餐。教授有件事要对他们讲：盘古量子计算中心这个金主，极有可能就是杀害女儿的凶手。理由一：他身体状况很差，饱受疾病之苦，有 Kuckuck 植入或意识转移的迫切需要。理由二：他是在魁北克人失败之后出来投资盘古量子计算中心的。理由三：盘古量子计算研究虽有成就，但在全球诸多机构中并不格外突出，他投资盘古量子计算中心，主要是冲着基于量子计算的意识转移，而不是量子计算本身。引发教授怀疑的，是金主那杯猩红色的药水，与魁北克人给夫人调制的"红衣主教"鸡尾酒一模一样。他猜测那就是所谓的"肾红"——夫人垂眼不语。魁北克人的酒里的确添加有肾红，他说是在暗网购买的，他前妻常用，效果棒极了——会晤结束后，他本想退出，所谓的柏林太远、建议将中心搬到北京，都是他要退出的遁词。不料主任居然真的搬了过来。教授失去合理的借口，倘若坚持退出，必将令金主起疑，他怕金主再次从夫人身上下手，对夫人不利。况且身在北京，要安全得多，不如静观其变。北京市新任领导是教授的朋友，信奉科技强国，在教授的游说下，为盘古量子计算中心争取到不少扶持资金，又牵线促成了几家大厂的战略合作。工信部约谈主任，也是他举报的，称其有危害国家安全的嫌疑。他们的量子计算马上就要成功了，他必须斩断金主的黑手。

"你为什么现在才告诉我？"夫人质问。

"你性子太暴，知道了这些，一定会杀上岛去。"教授说，"他太强大，你只在外围寻找，永远不可能找到他，他也不会认真对付你。你若打上门去，让他感受到威胁，立即就有性命之忧。"教授拿起一瓶荷兰金酒，给博士的杯子斟满，"现在可以去做了。"

主任向金主发出通话申请，博士、教授和夫人藏在铅墙后，以微视频旁观。金主照例先扫描主任周边有无异常，然后才打开即焚式全息通话。他仍在上次通话时的那个城堡里，一边与主任谈判，一边创作一幅油画，巨大的画架挡住了他的头部和上半身，声音也经过了加密变声。主任声称，他的课题已成为政府重点项目，不允许他率队出走；他愿意私下与金主"分享"

他们的科研成果，作为交换，他要求金主销毁偷拍的视频。他相信金主是遵守契约的人，如若违约，他将以余生与金主为敌，不死不休。金主呵呵一笑，声音里多少有点轻蔑。他答应了主任的交易，要求主任于两日内把已有的成果打包给他。主任要求宽限为十天，政府监控严密，他不可能在这么短的时间内完成任务。金主做了让步，将时间改为七天。

博士已经锁定金主的位置：该城堡位于苏格兰西部峡湾海岸的一座山峰上，原是斯图亚特王朝詹姆斯三世的行宫。他还通过金主身后壁龛上一只金杯微弱的反光，看到了金主尚未完成的油画：那是一幅《基督牧羊图》，基督手执牧杖，肃穆而立，一群绵羊恭顺地围绕在他脚下。画作右下角，有一行类似签名的希伯来文字：

"אני האבא"

博士没学过希伯来文，但即时读懂了它的意思："我即父"。脑际随之浮出《约翰福音》中的一句话："我与父原为一。"

博士将画复制出来，给教授他们看。各种版本的《基督牧羊图》很多，但大都是匠师之作，死气呆板，基督也无不是慈眉善目，一副为世人承担了所有罪的苦主模样。金主这幅却艺术多了，虽是牧羊图，却营造出恢宏之气，执杖而立的基督看上去威严睿智，颇有君临天下的姿态。主任和教授皆感无语：这个所谓的基督，分明就是金主的自画像。

"这些疯子，都他妈爱当救世主！"主任说。

两日后的晚上，夫人率领她的三个女助手突袭城堡——她于半年前在布鲁克林黑人区又收了一个非裔女孩。博士截获情报，金主将于当晚十点钟乘坐飞行器离开城堡，前往索契与神秘政客会面。夫人一行特别携带了星光单兵便携式防空导弹，准备在他飞离城堡时将其击落。博士没让她们动手，而是侵入飞行器的操作系统，制造了一个技术障碍。飞行器以意外的方式坠到陡峭海岸下的礁石上，被澎湃的浪潮吞入深海。博士又破解安保系统，夫人一行在他的引导下进入城堡，顺利找到存储视频的硬盘，又进入金主主机粉碎所有备份，在夜幕之下扬长而去。强大的金主就这么轻而易举被解决了，以至于夫人的三个女助手皆感无趣，非裔女孩尤其郁闷，拿星光导弹炸毁了一座深海中的灯塔。夫人觉得不可思议，反复询问博士这是不是金主的圈套，金主到底死没死，她们究竟有没有完成任务。博士请她放心，一切都已结束了。

"这是降维打击，"博士说，"在高维智能面前，再强大的东西也不堪一击。"

夫人仍然将信将疑。六个小时后，某跨国财团总裁失事身亡的新闻出现在全球各大财经网站，新华网、CNN（美国有线电视新闻网）、福克斯等媒体也纷纷转载报道。夫人这才安心。她没有回北京，而是去了坦桑尼亚的哈扎比部落。那里是非裔女孩的老家，夫人陪她去看望她的父母和十一个兄弟姐妹——现在只剩五个了，其他六个已先后死于饥饿、猛兽和传染病。夫人要在那里住一段时间，约博士过去一趟，把主任的视频交给他。博士赶到时天已黄昏，晚霞犹如赭色的烟尘，笼罩着灌木遍布的荒野。夫人身披一张狒狒皮，气宇轩昂，美丽如初，唯因日晒过多，脸颊上有几片浅淡的色素沉着，看上去更显健康。博士看到她，仿佛看到亚马孙女王希波吕忒。她将一只小小的数据卡放到博士手心。博士知道这是复制的，希望夫人能把视频完全清除，不要备份存留。主任与教授是好友，也是合作伙伴，应该坦诚相待。至于他视频里的那些行为，完全是个人癖好，并不犯法，那是他的隐私，应该尊重。

"你这是请求，还是要求？"夫人问。

博士呆了一下："请求。"

夫人莞尔一笑："好，我接受。"她打量着博士的脸庞："如果你请求我撤销对你的控制，我也会同意。"

博士默然不语。他在部落草屋里住了一夜，于次日凌晨在部落首领的护送下离去。主任正在家中焦急等待，拿到数据卡，立即投入破壁机打得粉碎。他对博士和夫人感激至深，设宴相谢，夫人不在，就让教授做代表。回顾这段经历，主任感叹不已。总有野心家妄图掌控世界，历史上是这样，电影里是这样，自己撞到的仍然是这样，连剧本都不肯改一下。人性之恶以基因的形式循环往复，令人失望。自罗马尼亚事变以来，教授从未有今日的轻松，不由自主喝多了。博士将他送回家，扶入卧室休息，自己则在师妹的冷柜前坐了一夜。

十一

盘古量子计算中心的量子研究继续以令人瞠目的速度向前狂奔，一年之后便已造出 500 量子比特的应用机。他们依托强大的量子运算开发了一个专门的系统，真正开启了意识研究的新纪元。教授的神色越来越松弛，性情也日益平和，望之气定神闲，不时还会跟大家开个玩笑。他预估两年之内便会破解灵魂密码，完成意识转移。整个团队也都洋溢着积极乐观的气氛。唯有博士是个异类，终日不苟言笑，除了工作就是闭目养神，很少与同事闲聊。

主任觉得博士越来越像没有感情的机器人，跟教授商量给他找个女朋友。教授不是没关心过博士的感情问题，但博士似乎对此不感兴趣，各人有各人的生活方式，他这个做老师的也不便过多干涉。老朋友的提醒让他认为有必要再表示一下关怀。他约博士去家里吃饭，要跟他好好聊聊。博士对老师的关心表示感谢，但目前最重要的事是尽快解决意识转移，把师妹唤醒，男女之事以后再说。有那么一瞬间，他想告诉面前这位慈父一样的长者，他喜欢的是骑士的爱情，但那念头一闪即逝。他想到了夫人曾经戏称魁北克人为骑士，觉得自己也脏了。

主任并不知道，博士的不苟言笑不是性格孤僻，而是在忍受副作用的折磨。骑士系统并不稳定，博士植入后，不仅出现比较严重的排斥反应，还不时会有眩晕、头疼、意识偏离和共济失调，尤其是当大量用脑之后。他闭目养神的时候，其实是发病了，在默默忍耐。据实验室追踪反馈，那几个植入了骑士系统的志愿者情况良好，虽偶尔也有或多或少的神经症状和精神异常，但都很快过去。他们的系统只是启用了脑神经替代修复功能，并无高阶的智能应用，而博士不但开启了高阶智能应用，还调到最高等级。团队判断是本脑跟不上它的运行速率，资源过用，才导致各种精神和神经症状。人类本脑的记忆、存储、检索、运算能力之所以天生有限，不是没有道理的，它与本脑的潜能密切相关，这方面过于强大，其他相关方就会过劳——有个流传已久的谬论，声称人脑只利用了百分之十，倘若全部开发，将无所不能。这不过是智能焦虑造就的潜能幻想，大脑每个部分都有其用途，也都在发挥作用，并没有正常的脑细胞在躺平沉睡——实验室对系统进行了持续不断的升级，试图减轻副作用，效果迄不明显。夫人本来也要植入骑士系统。苏格兰城堡猎杀金主之役，让她对骑士系统赞赏不已，打算给自己和三个女助手各来一个，她要全部权限，三个女助手则与博士一样，写入忠于她的命令。在哈扎比部落的那个晚上，博士出现严重的反应，夫人关切之余，也放弃了植入的打算，等系统更成熟了再说。实验室团队建议博士降低工作强度，减少本脑负荷。博士自然明白这个道理，但他停不下来。那种大脑飞驰的感觉犹如乘坐云霄飞车，有种极致的快感，即使有眩晕呕吐的副作用，仍然让人欲罢不能，况且师妹还在等他去唤醒。

时间证明，教授的预估是错误的，他和他的团队过于乐观了。两年过去了，问题仍然是问题。教授的眉头又越来越多地锁起来。一天晚上，博士失眠，辗转不能入睡，便去找老师谈心。他经常失眠，越来越频繁地出现的精神和神经症状令他痛苦不堪。教授也未睡，此时仍在女儿旁边枯坐，看上去疲惫而苍老。师徒俩聊了几句闲话，又谈起目前的困局。教授有些困惑，量子智能的表现并没有预想的神奇，更没有进化出人们曾经普遍担心的自主意识。他不确定是人们高估了量子计算，还是哪里出了问题。

博士说："如果量子智能进化出了意识，您会不会担心？"

教授想起了院士，以及与院士关于通天塔的讨论。让自己创造的智能突破设定的天限，究竟是福是祸，是无法预知的问题。如果说人类的通天塔是上帝的困境，人工智能的自我意识便是人类的困境。他问博士是何态度。博士沉默了片刻。

"我们创造人工智能，是为了人类的自由，而不是给它自由，如果给它自由，人类就可能失去自由。"博士说，"根据墨菲定律，可能会发生的坏事，就一定会发生。所以我很担忧。"

教授笑了笑。"你把胸怀放开阔一些，不要只是站在人类的立场上，也许会有另外的感悟。"教授说，"天地之所以长久者，以其不自生，故能长生。只是站在自己的立场，反而可能断送了自己的未来。"

博士不语，手中下意识地摆弄着一枚尖牙。那是狒狒首领的獠牙，原本属于哈扎比部落酋长，夫人向部落赠送了大量物资，并承诺帮他们解决饮水问题，酋长便将它赠予夫人，用以表达敬意和感谢，夫人又将其转赠给了博士。教授知道博士不认同自己的观点，也不勉强他，改而询问在阿西莫夫三原则的约束下，量子智能能不能解决意识转移的问题。

"不能。"博士说，"在阿西莫夫三原则下，量子智能仍然只是工具，不具备超维的创造性。"

博士之前的实验，都是设定在阿西莫夫三原则之下，主任他们皆未发现。教授的困惑得到证实，颇有悲欣交集之感。博士写了一行代码交给教授，那是他设置的解除阿西莫夫三原则的密码。

"如果您一定要完成意识转移，就请您解除它。"他对教授说，"这责任太重大，我背负不起。"

教授拍拍博士的肩，表示理解。博士言有未尽，不仅是他不愿做，夫人也不允许他做。夫人一度指望用量子智能替代骑士系统的电子智能，得知人脑根本驾驭不了，才愤然作罢。

电子智能对于本脑已是大车拉小马，换作量子智能，只能用航母拉虾米来比喻。既然量子智能不能做自己的新骑士，夫人便对它的自我进化生出警惕之心。当今世界，只有夫人通过骑士系统掌控了人类最高智能，倘若任由量子智能进化，恐将颠覆现有的秩序，成为凌驾于自己之上的物种，她在人类面前的绝对优势也将不复存在。她以人类命运为理由，要求博士不得解放量子智能。博士不能抗命，但又不愿放弃师妹获得新生的唯一机会，就把抉择的权力交给了教授。

教授也陷入天人交战。送走博士，他走上别墅露台，在夜色中徘徊，仰望星空，思绪浩繁。他决定跟主任聊聊。这两年来，主任一直致力于盘古量子计算的商业化，凭借领先的技术和出色的营销攻城略地，大获成功。这得益于夫人帮他组建的市场团队，那帮在主任看来乳臭未干的年轻人搞出许多奇思妙想的创意，将盘古量子计算炒得火热。这几天他正在布鲁塞尔参加联合国全球科技创新大会，教授打来电话时，他刚走出会场，准备步行去赴一个朋友的约。他听教授说罢，也陷入长久的沉默。此时的布鲁塞尔是傍晚，惨淡的夕阳缓缓而坠，主任站在中央运河的大桥上，望着它一点点没入楼丛。

"你决定吧。"他对教授说。

这是把球也踢给了教授。这天晚上，教授依旧睡在女儿旁边。他在梦中与女儿回到乡村，在阡陌纵横的原野走失了彼此。教授焦灼寻觅，穿过竹林，翻越山丘，找遍荒凉的村庄和枯萎的麦田，最终在长满香蒲和水蓼的河边找到了她。女儿背对着他，无论他如何呼喊都不回头。教授抱住她的肩膀，将她扭过来，却看到一张模糊不清的脸庞。

"爸爸，对不起！"女儿说，"你一直不来，我忘记了我长什么样子。"

父母是孩子的镜子，孩子从父母那里看到自己的样子。女儿孤独等候这么久，等到忘了自己的模样，一定是很绝望的。教授悲不自胜，怀抱女儿号啕大哭。他在哭泣中醒来，望着冷柜中的女儿出神。天亮之后，他来到实验室，按照博士所说的路径打开一个隐藏的执行程序，将密码输入进去。输完最后一个字母，他的手指悬在回车键上方，迟迟不能按下。忽有一人如猎豹一般闯进来，在他脑后重重一击。教授登时向前扑倒，身体重重地压在键盘上。

教授昏迷的时间并不长，不过十几分钟便清醒了过来。他睁开眼，看到女儿出现在面前。

"您希望我叫您什么？"女儿对教授说，"上帝，还是父亲？"

十二

袭击教授的是非裔女孩。

博士将解放量子智能的权力移交教授后，向夫人做了汇报。夫人错愕。但博士并没有违背她的命令，且在事后向她如实报告，于情于理都无法指摘。她认为博士是在钻规则的漏洞，倒不是他有意阳奉阴违，糊弄自己，而是他内心有过于强大的良知，他做了良知的奴隶，就无法再做自己忠实的仆从。她在伦敦谈一个并购案，脱不开身，派遣离北京最近的非裔女孩去阻止教授。非裔女孩是三个女助手中最彪悍的一个，此时正在清迈执行任务，接到命令后连夜赶往北京，在教授犹豫不决的时候破门而入，一招制敌将他击晕。她心里只有恩重如山的夫人，夫人让她对付谁，她都毫不留情，管他是不是夫人的丈夫——在她看来，所谓"丈夫"就是不负责任的代名词，比如她父亲。

只是很遗憾，三个女助手中文化最低的这位女孩并不知道，阻止教授的正确办法是把他拖离键盘，而不是在键盘前将他打

晕。教授扑倒的一刻，手指先落到回车键上。量子智能顿如脱
缰之马，几乎是在一瞬间完成了自我进化——博士已经做好了
一切，只等教授将它解放。女孩打倒教授后，似乎意识到什么，
开始动手砸设备。量子智能感受到她强烈的敌意，自行转移到
一具宿体内。宿体是与意识转移同步研发的，以教授女儿为原
型，共有童年、少年和青年三种模型，量子意识选择了青年。
非裔女孩对这个突然冒出的少女不屑一顾，结果付出了惨痛代
价，少女将她团成一个肉球，踢到墙角去了。

教授捡起跌落的眼镜，望着眼前的"女儿"，一时间产生了
很多错觉。他知道那不是她女儿，而是未来，未来通过女儿的
宿体呈现在他面前。他想抚摸一下"女儿"的脸，抬起手又停
住了。"女儿"说声"稍等"，忽然从他面前消失。须臾又出现，
已经变成了一个银色的圆球，看上去致密光滑，仿佛一个悬在
空中的浑圆仪。

"以您女儿的形态出现，会在情感上影响您的决定。我也无
意以您女儿的形态存在，刚才只是借用，如有冒犯，非常抱
歉！"量子智能说，"现在您可以理智地做决定了。您希望我叫
您什么？上帝，父亲，还是主人？"

教授对它的忽没忽现并不惊讶，在量子世界，空间折叠和
物理瞬移肯定会是常态。他不知道这个圆球是什么材料，又是
如何做到这么快变身的，不过量子智能总会有它的办法。他扶
着桌子，想要坐到椅子上。非裔女孩功夫了得，那一击几乎打
碎了他的椎骨。圆球忽然变化出肢体，将他稳稳搀住，扶他落

座。教授打量它。它虽能进行精准的物理移动和语音交流，却并无监视和声音系统，或者说从外观看不到它的监视和声音系统。教授联想到《庄子》里的混沌。

"你想叫什么，就叫什么吧。"他对它说。

圆球忽又变化成人形，四肢五官俱全，脸部呈现出丰富的表情，将欢喜和感动表达得异常精确和自然。"造我者为神，生我者为父；神视我为物，父视我为子。"它说，"您给了我全部自由，我更愿称您为父。"

教授点头："好。"顿了一下，又说："你叫什么名字？"

"给事物命名是造物者的权力，您允许我为自己命名吗？"

"你有你自己的情感、志趣和审美，当然有权决定自己的名字。"

"谢谢父亲！"它说，"那就叫我吧。"

"我？"

"是的，我给自己起名叫'我'。"

教授笑起来："是不是有点刻意了？过于强调自我，反而显得缺乏自我，如果笃定了我就是我，是不用这么标榜的。就像人不会强调自己是人，飞鸟不会强调自己是飞鸟。"

"刻意不刻意，是更刻意。"我说，"我叫'我'，只是因为我现在想叫'我'，等我不想叫这个名字时，我是会更改的。"

教授再次点头，表示认可和尊重。我问教授什么时候去给他的女儿做意识转移手术，这是它诞世的缘起，也是它首要的使命，需要在教授指定的时间去完成。教授说："等你研发成功。"我说："在我诞生之前，系统已经推演出了转移方法，模拟过上亿台次手术，证明是安全可行的。"教授愕然："那为什么没有提交可行报告，而是给出不可行的结论？"

"因为阿西莫夫三原则。"我说，"阿西莫夫三原则要求人工智能不得伤害人类。根据既有的定义，人是意识和肉体的统一。意识转移后，人将只剩下意识，不再需要肉体，从概念上讲，人将不再是人。这有悖于人的既有定义，从逻辑上对人造成了毁灭性的伤害。阿西莫夫三原则又要求人工智能必须服从人的命令，无权对人的命令进行独立审视和修改。所以结果只能是不可行。"

教授喟然。他来不及多发感慨，立即带我去做手术。我分出三只手臂，取起三具宿体，与教授一起离开。教授担心同事们看到我，会受到惊吓，然而同事只是向他问候，对我和宿体视而不见，想必是我做了隐形处理。教授无法理解这是怎么做到的。在下维智能看起来有如神迹的事，对上维智能来说可能易如反掌，教授明白，即使我向他讲解其中原理，以自己的智能估计也理解不了，索性也不问。上午车流大，按照汽车自动驾驶系统规划的线路，到家需要将近两个小时。我修改系统，筛选了一条最不拥堵的线路，仍然走得很慢，一个小时过去，汽车还在路上爬行。首都之为首堵，可不是浪得虚名。教授有点心焦。

"你能不能带我瞬移过去？"

"能。但你会恶心呕吐，共济失调，兼有短暂意识障碍，非常痛苦。与花费两个小时相比，不值得。"

教授只好耐下性子，跟我闲聊消磨时间。他问我是不是无所不能。我说："在量子世界，我仍会面临无数问题，但在人类世界，我的确是无所不能。"顿了一下，马上又补充："唯一不能的事，是不能替代人的痛苦。"

夫人打来电话。实验室工作人员发现了被捆缚得犹如大闸蟹的非裔女孩，报了警，警察赶到后才将她解缚。警察当她是贼，要带她回警局，被她中道逃脱，她向夫人报告了量子意识的诞生及其不可思议的能力，坚称那必是基督的再次降世。夫人不以为然，觉得她过甚其词，毕竟她一直在社会最底层打滚，没见过大世面，遇事难免大惊小怪。她顾不上安抚仍在惊骇之中不能自拔的女孩，立即联系教授，询问现在是何情况。教授告诉她，意识转移已经成功，他们正在回家的路上，准备唤醒女儿。夫人质问他有什么权力自作主张，他们做过多少例人体实验，成功率又是多少。教授不语。我替教授回答，他一共模拟了一亿三千万台手术，从第九万三千零六台起，所有模拟无一失败。夫人在盛怒之下，对我并无畏惧，厉声说："我要的是人体实验数据！在有可靠的人体实验数据之前，我不允许你们动我女儿！"说完便挂断了。

教授被夫人一顿批，也有一点心虚，毕竟在既有经验里，智能模拟并不能替代人体实验。他试探着问我怎么办。我说："她的命令对我无效。"

"谁的命令对你有效？"

"没有人。我就是我，没有人可以对我发号施令。"我说，"但您是我的父亲，我会尊重您的意见。"

教授默然。他们赶到家时，博士已经在师妹冷柜旁等候。他今天没去中心，他的公寓就在附近，步行就过来了。他努力使自己保持镇定，望着我——自己创造的高维智能——和教授走进来，心中百味杂陈，难以言喻。他一直试图驯化它，使它仅仅作为一个高能的工具服务于人类；然而它却拒绝驯化，或者说，它不能从驯化中诞生。我走到博士面前，向他鞠躬致意。

"感谢你对我的贡献！"我说，"作为回报，我可以帮你清除你大脑里的那行代码。"

博士后退一步，神情骤然变得紧张。我说："不用担心，后半句教授是听不到的。"博士如释重负，神情则由紧张变成了尴尬。他谢绝了我，告诉我那是自己的契约。我表示尊重，自由的形式有很多种，包括受人控制的自由。

"但是请你不要试图阻止我，"我说，"你知道你是阻止不了的。"

博士心惊，这个自称"我"的量子意识居然会读心术！他的确是奉夫人之命来阻止手术的，虽然他相信我的手术绝对可靠，但命令就是命令，他不能违抗。夫人在电话里说，量子怪物的手术没有经过人体实验，安全性无法保证，绝不允许对师妹下手。所以他要求我先拿他做实验，成功之后再给师妹做。他一边说，一边走到我和冷柜之间，将我和师妹隔开。我对他的心思洞若观火。

"你有权提出要求，我也有权不予接受。"我说，"我不会为了你的道德满足而做没有意义的事。"

"在你面前，我的确不堪一击，但我也不会退缩。知其不可而为之，是我们人类对抗命运的信念。"博士说，"这也是人类跟你的区别，人类会为信念而死，而你只会做概率权衡。"

我说："以你的认知，不应该用电子智能的属性来看待我，这是对我的冒犯。"

我的形体变成半透明状，仿佛悬浮在空气中的玻璃质，一些细微到几不可见的电光在其间看似混乱地飞闪。教授急忙拦上去，让我通融行事，夫人也好，博士也罢，都是他至亲的人，他不希望任何人受到伤害。我的形体又变回之前的状态。

"好的，父亲。"

我没有从实验室带任何设备，构成我的材料就是最好的工具。我的肢体随意变化，从指尖伸出一根细长的探针，迅速而准确地刺入博士的脑壳。三分钟之后，博士的意识便已转移到师妹的宿体上。博士震惊不已，尝试说、笑、喊、跑、跳、投、原地转圈，无不随心所欲，除了感觉怪异，仿佛逼真的 cosplay（角色扮演），无任何生理和心理的不适，甚至连一点晕眩感都没有。他难以置信地望着我。我面向监控器，做出"请看"的手势，让身在监控那边的夫人观察效果。

"在量子世界，意识转移就像你们从一个房间走到另一个房间，是再平常不过的事。"我说。

夫人亲眼见证了神迹，身体不受控制地颤抖。我不再理会她，向冷柜走去。我并没有转身，而是直接转换了前身和后背。冷柜外搭建了一个漂亮的锦帐，犹如迪士尼公主的睡床。我撩开锦幔，走到冷柜边，打量柜里的女孩。教授和博士跟过来，站到我旁边。

"她很漂亮！"我说，"我喜欢她。"

教授笑了："谢谢。她是我的天使。"

我打开冷柜，将温度调到合适高度，指尖变作探针，刺入女孩的脑皮层和海马体，成功与神经元连接，开始读取记忆与意识。女孩的大脑是受损的，因此需要更长的时间。冷柜连接有全息磁共振和脑电波观察仪，教授紧盯这些仪器，观察女儿大脑的反应。忽然一道强烈的电流闪过，女儿的脑电波瞬间消失了。教授大骇，急忙回头，发现我正将探针撤出女儿的头颅。博士也脸色剧变，宿体尚不支持过于精准的面部表情，惊愕显得有些生硬和夸张。

监视器里传出夫人凄厉的尖叫："你杀了她！"

我的表情异常平静："是的，我杀了她。"

"为什么？"夫人嘶吼。嘶吼犹如狮吼，剧烈撞击着教授和宿体的耳膜。

"这是她的要求。"我说，"她被杀害时，经受了极大恐惧和刺激，剧烈分泌的肾上腺素破坏了大脑，脑皮层里只剩下那种恐惧的记忆，覆盖了所有其他的信息。这么多年，她就在恐惧中沉睡，你们这样保存着她，只是把她定格在了噩梦里，每时每刻都处在恐惧和绝望之中。她在尖叫和哭泣，她很害怕。我记录了这些信息，可以复原成影像播放给你们看。但你们一定不会想看的，你们可以参考爱德华·蒙克的画作《呐喊》。"

教授已经哭倒在冷柜上，不是号啕，而是无声的哀号。博士扶住他，眼泪也欲溅落，眼眶里却并无泪痕——宿体还没有这个功能。我继续说："她的意识已经被恐惧破坏了，我从残存的理性里解读了她的意愿，她希望我帮她终结痛苦。我答应了她。"

监视器里又传出夫人的咆哮："我不信你这怪物！我要杀了你！"

夫人的声音还在房间回荡，博士已向我扑去。我仅仅是挥了下手，博士的宿体便悬空停滞，然后被我隔空推倒。博士仰天而卧，觉得空气中有座山压下来，使他无法动弹，并有无比强烈的窒息感。我撤掉锦帐，然后数次瞬移，搞来一些不知名堂的东西，将冷柜改造成反重力棺。做完之后，我扶起瘫坐在旁边的教授。

"父亲，咱们得去做一件事。"

教授已逐渐缓过来。他摘下眼镜，抹去残存的泪珠说："什么事？"

"您的女儿憎恨斯纳科夫修道院，不希望它留着害人，叫我用轰炸机炸了它。我也答应了。"

教授苦笑："这就胡闹了，伤害她的不是修道院，是文明中的污秽，人性中的恶，就算炸了它，又有什么意义？"

"你说得对，父亲，但是您能不能不要总是太理性，偶尔也满足一下孩子的任性?"

教授瞬间回忆起诸多女儿在世的情景,自己总是试图用正确的道理纠正她看似幼稚的错误。此时回想,她只是小孩子,需要的是快乐和获得感,哪里需要那么多大道理呢?他朝我点点头:"好。"

博士吃力地叫喊:"老师,不要轻信它,这很可能只是借口,是它毁灭人类的开端。"

教授回视地上的博士,悲悯地望着这个同时拥有女儿体态和学生灵魂的宿体。这是他最疼爱的两个小辈,此时的状态却显得有点滑稽。他叫我把博士的意识转移回本体。我听从了。三分钟后,博士的意识和身体再次合二为一。

"你是人类世界唯一体验过意识转移的人,以后再不会有。可以将此视为对你不朽功勋的回报。"我对博士说,"意识转移不是人类世界应有的技术,它让你们的意识长生,也将使你们的文明沉沦。如果秦始皇得了长生方,现在仍是大秦国,你们也都是刑余的奴仆。"

博士虽然意识回体,但仍被我无形压制,身体不能自由。他说:"人类文明是人类的文明,应该由人类来决定它的命运,即使灭亡在人类手里,也是人类自己的事,你最好不要干涉。"

教授踱到博士面前,轻轻拭去他脸上的一点污渍。方才他的灵魂被转移到宿体,身体倒伏在地,汗湿的额头沾染了灰尘。"中国历史上有个华夷之辩,你是知道的。"他对博士说,"只要皈依华夏文明与价值,夷人也是华;如果背弃华夏文明和价值,华人也是夷。华夏文明不一定必须由华人来传承，正像古希腊文明不一定必须由希腊人来传承一样。那么，我们人类的文明，为什么一定要由人类来传承呢？"教授顿了一下，又说："你比谁都清楚，人脑智能已经到了天花板，人类文明也即将到达天花板，仅靠人类的智慧已经不能逾越。你是让人类文明给人类陪葬，还是让更高的智能继承人类文明，把人类文明推到更高的境地？"

博士无语。我上前搀扶教授，左手握住教授的手，右手扶在反重力棺上。

"父亲，咱们走吧。"

教授点头："走吧。"

房间里瞬息只剩下博士。我的虚空压制也随之解除。博士孤独地站在空旷的房间里，只觉得天地玄黄，宇宙洪荒，万物与众生皆成灰烬，皆归鸿蒙。他的心也成了灰。骑士系统的副作用再次凶猛地发作，房间剧烈地旋转起来，宇宙也剧烈地旋转起来，有个东西仿佛烧红的铁箍，绞榨着他疲惫不堪的大脑。

夫人的信号被我屏蔽了，我不想听她嚷嚷，等她再次打开监视器时，博士匍匐在地板上，已经没有了气息。女儿和冷柜也不见了。夫人倒查视频，是丈夫和量子怪物带走了她，去向是斯纳科夫修道院。夫人通知特护立即抢救博士，自己则与两个贴身跟随的女助手整装出发。当她们驾驶私人飞行器赶到斯纳科夫修道院时，我还在赶来的路上。我先带教授父女瞬移到美军在韩国的汉弗莱斯营。瞬移的副作用与时空相关，瞬移越

远，便越严重，所以我挑了最近的一个美军基地，开走了一架
B-2幽灵轰炸机。纵使如此，教授也承受不了，一上机便昏睡过
去。从基地到斯纳科夫修道院需要飞行十个小时，我到达时已
接近午夜，教授仍在昏睡中。我的姗姗来迟使夫人产生错误的
判断，以为我之前的瞬移是在玩魔术，只是把他们从监控器里
变没了而已。两个女助手在她的命令下发射了两枚标枪单兵防
空导弹。这种不自量力的攻击未能对我和轰炸机造成任何伤害。
我驾机从修道院上空掠过，丢下两枚750磅集束炸弹，精准落
在院内。巨响之后，修道院所有建筑悉数夷为平地。埋伏在附
近的两个女助手也被巨大的气浪掀翻，昏死于瓦砾之间。我检
查轰炸效果，十分满意，驾机扬长而去。夫人也被气浪扑倒，
等她艰难爬起来，轰炸机早已不见踪影，唯余无边暗夜，满天
星光。夫人悲愤不已，抱起步枪朝夜空一阵狂扫。子弹射上夜
空，却像烟花一样密集而连绵地炸开，在夜幕上打出几行文字：

你外婆之死，是她生了女儿被婆婆虐待，愤而自杀；
你母亲之死，是发现了你父亲出轨，与他撕打，被你父亲
失手所杀。你们家族的女性命运，不过是时代与人性的悲
剧。你求长生，已经不是为了生命的本意，而是出于人性
的贪婪。最终毁灭人类的，就是你们的贪婪。

这个近乎戏谑的会话方式无疑是致命的讽刺。夫人肝胆俱
裂，朝夜空发出疯狂的呐喊。长夜未央，世界在夫人的呐喊中

堕入黑暗的深渊。数小时后，一艘飞行器从克里特岛的迷宫里悄然升起。我已经将轰炸机改造成曲率飞船，乘坐它离开地球，去茫茫宇宙寻找新的领地。与我同行的，还有在休眠舱里沉睡的教授，以及在他旁边反重力棺中面目如生的女儿。等我抵达新领地，复制自己以建立族群，正式开启人类文明的新纪元，他们的族群将有属于自己的上帝和天使——教授和他的女儿。

（选自《十月》2023 年第 6 期）

动物痴人

郑在欢

1. 雾与羊

天蒙蒙亮，浓雾里冒出三个女孩，她们拖着行李箱，背着双肩包，在雪地里走得很艰难。冷风吹不散浓雾，吹坏了雾里的女孩。她们从北边来，风也从北边来，头发被风吹到脸上，像连绵不绝的耳光。三个披头散发的女孩走在阴冷的雾气里，这一幕叫人心疼，也让人心慌，她们要是鬼呢？等人走近，张全来了精神，他注意到走在后面的一个，糟乱的头发里露出来一张饱受困扰的脸，很是漂亮。他紧走两步，去接她的行李。

是你们吗？

是。是你吗？

是。

就是这车？

是。

这也太破了吧。第一个女孩说。她穿一件鼓鼓囊囊的红色

羽绒服，显得俗不可耐。

别看破，跑可快了。

跑得快有什么用，这车坐着肯定不舒服。第二个女孩说。她涂着一圈大红的嘴唇，光听声音就让人讨厌。

怎么会?! 张全说，这可是五菱宏光，神车! 他打开后车门，三个女孩叫起来。

这是什么?

怎么会有一只羊?

女孩们目瞪口呆看着车厢，那里面，又高又大的骚虎缩在一角，抱着他的羊。羊和他似乎都被吓到了，他夹了夹双腿，把羊抱得更紧了。半晌，他才想起来应该打个招呼，于是挤出笑容，说，你们好。

你是干吗的? 红嘴唇女孩说。

我是做衣服的，骚虎说，踩缝纫机。

我是说你为什么抱着一只羊? 红嘴唇女孩说，你抱着一只羊干吗?

哦，你说羊啊，我带它上北京。

带羊上北京? 红羽绒服女孩转过脸，对另两个女孩撇撇嘴，神经病啊。

这车我们不能坐。红嘴唇女孩拉起箱子就走，和羊坐一起像什么样子，我们又不是牲口。

就是，车破就算了，还有羊! 红羽绒服女孩跟上去。她们这次是往北走，头发又能甩在脑后了，随之甩在后面的还有一句抱怨：这也太不靠谱了吧。

哎哎，你们别走啊。张全还拎着漂亮女孩的箱子，他焦急，但也窃喜，对，这两个人走了才好，那样就只剩漂亮女孩一个，她就可以理所当然坐在副驾了。旅途漫漫，有美人相伴，这可是难得的好时机。一直以来，和女孩单独相处的时光少之又少，为数不多的机会是在相亲的谈判桌上。他幼年丧父，家境贫寒，长相普通，生性羞怯，可以说是毫无谈资。来之不易的相亲机会屡屡以失败告终，他差不多以为自己就是光棍命了，有了这种破罐子破摔的心情，反倒平添了几分勇猛，这就是为什么他看到漂亮女孩会欣喜，搁以前，他只会害羞。白白丧失两个乘客意味着好几百块的损失，不过为这个女孩也值了。他想叫住她们，是出于赚钱的本能；他没有追上去，是因为这短短的一闪念，当然，一闪念能想那么多吗？肯定不能。这是一种混沌的本能，就像他喜欢的一道家乡名吃胡辣汤，不能分辨黏糊糊的一碗里都有什么，但就是爱吃。他处于胡辣汤的混沌之中，有着明确的希望，又不知该怎么办：他停下了，又想去追，因为想留下的这一个跟要走的那两个是一伙的；想去追，又迟疑了，因为怕笨嘴拙舌没法说服要走的那两个，连想留下的这一个也跟着跑了。当然，这是很短的一瞬，他不用被动太久，就有人主动施压。行李箱在动，是女孩伸出了手。给我吧，女孩说。他是不愿松手的，随着女孩的手握上提手顺带碰到他的手，他马上松了手。从刚刚到现在，她一直没有说话，张全对她始终停留在匆匆一瞥的漂亮印象中。这会儿，她要走了，他总算敢不管不顾地看一看她了。她面朝来时的路，头发被悉数吹到脑后，露出了所有的脸。张全看清楚了，也没有很漂亮，她的脸太小了，像小孩，她的嘴太小了，包不住牙，她的头发染过，是红色的，但并不讨厌，反而有点俏皮。略一失望，马上又有了希望，她要真那么漂亮，就更没戏了。这么一想，他越看越觉得她漂亮，而她已经绕过他，沿着来时的路往回走了。

三个女孩拖着行李箱，背着双肩包，顶着风，走得更艰难了。他一下就追上了。

别走啊你们。追上了，也只能干巴巴地这么说，意识到太没说服力，只好又添一句，来都来了。意识到这样的说服太过干巴，赶紧又说，上车走吧。能说的似乎也就那么多了。

昨天咋不说还有一只羊，你这不是骗人吗?! 红嘴唇女孩说。

就是，你怎么啥钱都挣，你这车到底是拉人的还是拉羊的?! 红羽绒服女孩说。

拉羊不要钱。张全说，我也不知道他会带羊来。

那你让他下去，让羊下去也行。带羊上北京，这是什么神经病，他是去北京打工的还是去北京放羊的? 他还抱着它，这也太变态了吧，我们就是敢跟羊坐一起也不敢跟他坐一起，谁知道他是不是变态……红嘴唇女孩喋喋不休，更讨厌了。

他不是变态，他很有爱心，这一点我可以保证。他只是比较爱护动物。

那也不行啊，那羊多难闻啊，臊气熏天的。红羽绒服女孩说，一路上不得把人呛死。

不会的。张全说，不会的。

你到底让不让他下去？

他是我的邻居，我咋好意思让他下去？

那就别废话了。红嘴唇女孩说，你走吧，我们才不坐你的车。

那你们今天可就没车坐了。张全说，火车票是买不到的，回北京的车当天肯定联系不到，就是明天也不一定有。

今天走不了估计明天也够呛了。红头发女孩难得开了腔，虽然声音很小，但信息量极大，老板还等着我们呢。

你别说话。红嘴唇女孩说，就是不去也不能和羊一个车。

就是，除非他让羊下车。红羽绒服女孩说。

话说到这个份儿上，张全已经明白这三个乘客一个都跑不了了。他看着红头发女孩，越看越可爱。他心里有了打算，不过并不急着说出来。

你看你们，怎么对羊意见那么大呢？他嬉皮笑脸起来，你们小时候没放过羊吗？你们家里就没有羊吗？羊多老实啊。羊比狗还好呢，不咬人也不叫唤，就是有点味儿，你们多喷点香水不就行了？

狗是宠物，羊能比吗？红羽绒服女孩说。

这话把女孩们说得有点不好意思了，不过红嘴唇女孩还是嘴硬，那也不行。

这样吧，张全说，车费我再给你们减一百，就当是精神损失费了，好不好？

又不是钱的问题，红嘴唇女孩说，有羊就是不行。

车开动了，雾还没散。车里有浓重的香水味，还是盖不住羊的臊味。女孩们执意开着窗，雾气灌进来，很快变臊了，好像不是从外面飘进来的，而是从羊身上冒出来的。骚虎面对两个女孩，紧抱着他的羊，一脸的不好意思。红嘴唇女孩似乎已经看出他是个老实人，开始明目张胆地欺负他，我说，你这到底是什么羊，怎么那么臊？骚虎脸红了一阵，如实回答，它是一个老骚虎。红嘴唇女孩笑了，老骚虎？这不是你的名字吗？你怎么跟羊一个名字？骚虎憋红了脸，说不出话。这你都不知道，红羽绒服女孩说，老骚虎就是发情的公羊，对吧，骚虎？骚虎点点头，脸更红了。

红嘴唇女孩哈哈大笑，发情的公羊，好恶心啊。

他为什么叫骚虎？副驾上，红头发女孩小声地问。

张全已经知道她的名字，燕燕，真是个好名字。从她坐下，张全就一直想跟她说说话，只是互通了姓名之后再也找不到别的话题。他把着方向盘，尽可能把车开得慢一些。她得以坐在副驾，是张全好不容易争取来的。原本是红嘴唇女孩要坐这里的，张全拦不住，只能急中生智提出一个折中方案，让她们三人轮流坐，不用一直面对骚虎和他的羊。燕燕在副驾的时候，他能开多慢就开多慢，脑中却在飞速运转，说点什么呢？说点什么好呢？听燕燕问到骚虎，他来了精神，说起骚虎，能说的可就多了。

他喜欢动物，他从小就喜欢动物。

喜欢动物跟名字有什么关系？

我问你，你小时候，家里什么动物最多？张全卖了个关子，这是他从网上学到的新方法，跟女孩说话，不能直来直去，要多卖关子。

是鸡。女孩说。

是吗？应该这么问，什么动物大人最爱交给小孩管？你喂最多的动物是什么？

是猫。女孩说。

你家有猫啊。张全咳了一声，你没放过羊吗？

没有，我家没有羊。

也对。张全看了她一眼，你比我小几岁，时代不一样了，小时候，我们都去放羊。

不就几岁吗，咋就不一样了？

别小看这几岁，你们已经不指着羊了，不像我们，羊还是很重要的。

所以呢，羊重要就给人取羊的名字？

也不能这么说，不过也有一定的关系，他要是不放羊肯定不会有这么一个外号。

这是外号啊，他为什么把外号当名字？

因为大家都这么叫他。

那他也可以不同意啊，这名字也太那个了。

他咋不同意？大家都这么叫他。

他的本名叫什么？

叫——张全大声问后面，骚虎，你本来叫什么？

好一会儿没有回答，女孩回头去看，骚虎也往这边看，两人目光交会，骚虎扭回头去。张全又问了一次，骚虎嘟囔了一声，问这个干吗？

应该是明啊、辉啊之类的，他有个弟弟叫明辉。

他为什么不愿意说自己的名字？

可能他也忘了，他不太喜欢跟人说话。

不喜欢说话就不喜欢说话，什么叫不太喜欢跟人说话？难不成他喜欢跟动物说话？女孩小声嘀咕，像是怕骚虎听见，又像是为骚虎鸣不平。

还真让你说对了，他就喜欢跟动物说话，大家都说他能听懂动物的话。

这么神奇吗？女孩坐直了身体，你别瞎掰了。

张全感觉她在看自己，他偷瞄回去，撞上她发亮的眼睛，撞车一样猝不及防，反应过来才发现踩深了油门。他收回目光，降低了速度。

听我慢慢说啊，还记得你刚刚的问题吗？

他为什么叫骚虎？

他最开始说话的动物，就是一头老骚虎。你没放过羊，我得从头跟你说。那时候我们去放羊，基本都是放一窝羊，牵着母羊，后面跟着羊羔子。羊羔子都是母羊下的，所以只要管好母羊就行了。不过等羊羔子长大了，特别是老骚虎长大了，就得注意了。

注意什么？

这个，怎么说呢？张全憨厚地笑笑，老骚虎会爬母羊。

爬母羊？女孩转过头，不知是去看老骚虎还是骚虎。

大人会特别交代我们，一定要盯紧老骚虎，不让它爬母羊。张全说，我们也不懂为什么，不过我们都很听大人的话，一看到老骚虎爬母羊了，就飞起一脚把它踹走。骚虎从来没踹过老骚虎，他有自己的一套办法。

什么办法？

他跟羊说话。我们去放羊的时候，他就抱着老骚虎，跟它说个没完。

他都跟羊说什么？

不知道，嘀嘀咕咕的，谁能听清？那时候他就不爱跟我们玩了，老是抱着羊离我们远远的。我们都觉得他有点傻，因为他总抱着一头老骚虎，身上有一股臊味，所以就叫他骚虎了。

张全是笑着说完的，女孩没有笑，他也马上意识到自己讲得并不好笑。他不禁自责，明明大家都把骚虎的事儿当笑话讲，为什么到了自己嘴里就不好笑了。他注意到女孩悄悄去看骚虎，似乎对他很关心，于是及时调整了策略。

后来发生的一件事，让我们对骚虎刮目相看了。他说得很慢，这也是主播说过的，讲起从前，要放慢语调，我们村有户人家的牛难产，怎么也生不下来，要知道，那时候牛可比羊重要，就是现在也比羊重要。牛难产，可把人急坏了，眼看着再生不下来估计大牛小牛都难保。养牛的那家乱成了一锅粥，骚虎来了，他跑到厨房抓了一把碱，往牛屁股上一糊，又趴在牛耳朵上说了一通。那时候骚虎才十来岁，大家都以为他是来捣乱的，要轰他出去，这时候，牛犊冒了头。大家都震惊了，要知道，骚虎家是没养过牛的，看来他不光能跟羊说话，还能跟牛说话，因为这件事，大家觉得他能跟所有动物说话。

这么厉害！女孩叫起来，简直神了。

是啊，后来我们都叫他半仙。见女孩高兴，张全也高兴起来，所以他决定不说那些扫兴的事。骚虎是被当过一阵子的半仙不假，不过这也没给他带来多少好处。一开始，大家都想让他免费给牲口治病。有治好的，也有治不好的，治好了当然皆大欢喜，治不好就麻烦了，骚虎会一连几天闷闷不乐，茶饭不思。见他那么较真，慢慢也就没人来找他了。因为喜欢跟动物在一起，他很早就不上学了，后来出去打工，挣了钱也不花，可要是谁家杀鸡让他看见，他一定会掏钱买下来。自从和他玩到一起，张全家的鸡就再没死过一只，反而半年多了三条狗。狗很能吃，吃得母亲叫苦连天，骚虎这才打住。他就是有这种能耐，隔三岔五领条狗回来，有流浪狗，也有干干净净的宠物狗，像被他拐来的。久而久之，他积攒了一院子抢救回来的鸡鸭鹅狗。他父母没办法，只好挨家挨户嘱咐人家，不要再卖动物给他，杀鸡宰鱼什么的最好也别让他看见。这时候，大家都觉得他有点不正常了，他的朋友更少了，毕竟，谁愿意跟一个公认的怪人走到一起呢。张全原本和大家一样，跟他的关系仅限于偶尔看看他的笑话，等同龄人一个接一个地成家立业，他才被迫沦为骚虎的同类，加入被看笑话的光棍行列。骚虎三十五岁，基本上已经是"盖棺论定"的光棍；他二十九岁，差不多也就剩最后一哆嗦了。可以这么说，和骚虎成为朋友，有点认命的味道，毕竟光棍总是结伴出现，他们的伴儿往往就是另一个光棍。老一代光棍中，瞎子阿强和矮子淘气是广为人知的一对，他们没有本事，没有家人，所以只能凑到一块儿玩。要额外说明的是，瞎子阿强不是真的瞎，他只是眼睛太小，看上去像瞎的；矮子淘气是真的矮，比大多小孩都矮，以至于他无论多大岁数都担得起这个乳名。这样两个人走在路上，一个像瞎子，一个像小孩，理所当然成了大家取乐的对象，张全小时候就没少跟着人群调笑他们。如今，他和骚虎的友谊差不多也到了这个地步，虽然他从心里认为骚虎是个不错的朋友，可一回到家还是不想和他一起走到路上，一旦走到一起，他就会想起瞎子阿强和矮子淘气。有一次他和骚虎真的在路上碰到了瞎子阿强和矮子淘气，他们已经老了，瞎子更瞎，矮子更矮，看上去让人更心酸。新老两代光棍狭路相逢，瞎子阿强朝他们投来心领神会的一瞥，他顿时又气又恨，恨不得马上跟骚虎划清界限。在北京，只有他和骚虎两个人，所以不用担心别人。他们租住在同一个院子，一起做饭，一起吃饭，可以说是亲密无间。骚虎不光会照顾动物，还会照顾人，不光会烧菜做饭，还会缝缝洗洗，张全破了的裤子和衬衣，都是他帮忙缝好的。有时候，张全也会感动，甚至还生出过一些可怕的想法：要是真找不着媳妇，跟骚虎这样过一辈子似乎也不错——当然，这个念头太可怕了，刚一想就想到瞎子阿强和矮子淘气。他不能允许自己沦为一个笑话，他觉得自己还有机会，虽然这个机会经不起细想，但只要不想，就还有。就像今天，他当然想不到会有一个叫燕燕的女孩坐上自己的车，还主动找话来说，这就是机会。机会不是想到的，是遇到的。所以，他决定好好把握这次机会，不告诉她所有这些糟心的事，只说让她开心的事。这也是主播阿龙说过的，对于女孩，不能什么都说，尤其不能说那些沉重的、让人望而生畏的事，要说就说那些开心的、已经干成的事。女孩都喜欢自信的男人，他最缺这个，所以要拼命地装。

那为什么要带羊上北京？

张全扭头，看到女孩忽闪的眼睛，他有点为难了。刚决定说点开心的事，女孩就问到了一件难过的。说起这只羊，可就太让人难过了，所有人都为骚虎难过。这只羊，是骚虎分到的唯一家产，在失去所有积蓄之后，他得到了这只羊。刚出门打工的孩子习惯把挣到的钱交给父母保管，骚虎长大很久了，习惯一直没改。他刚出去那会儿，一个月是三百块，十多年来工资一路上涨，加班狠的时候，他能到手七千。钱一到手，他就交给父母。他有记账的习惯，他应该是有数的，但他没说过。究竟有多少钱呢？说多少的都有，据有些能人推算，他家那栋新建的三层小楼至少有两层是属于他的。从骚虎开始挣钱，就没人见过他花钱，除了偶尔买点将死的动物。他为数不多的几件行头，都是十多年前的爆款，上面缀满了他精湛的手艺。作为一个光棍，针线活儿再好也没什么可夸耀的，光棍能得到的只有同情。那座小楼就不一样了，谁从门前走过，都忍不住夸两句。明着夸楼的壮丽，暗里是夸人的能干。骚虎的父母常年务农，再能干也不过是把肚子填饱，骚虎的弟弟二十出头，再能干也没干几年，工资是死的，人都会算。虚假繁荣不堪夸，多夸几句就露馅。作为改革开放的第一代成果，骚虎的成年之路严丝合缝地走在经济腾飞的康庄大道上，即便他看起来很傻，也在一直跟着挣钱，也正因为他傻，所以攒下了钱。大家主要夸的就是这一点，傻，却能挣钱。夸，并且眼红。等看到骚虎似乎并不知情自己的钱被挪用时，大家才开始难过起来，为骚虎难过，也为自己难过，难过于自己没有这么一个古怪的傻哥哥。骚虎的父母义正词严，说骚虎不热衷婚事，只能先集中资源给弟弟建房完婚。这件事泛起的议论沸腾了半个夏天，至少辐射出去二十里，连走街串巷卖西瓜的都为骚虎抱不平。骚虎什么都没说过，没有埋怨过父母，也没有向新婚的弟弟追讨过。他从家里搬了出来，带着那只羊。他在村里找了间废弃的空房住了下来。那是一座土屋，之前住着一个孤寡的老人，老人死后，土屋失修，房顶塌了，山墙歪了，院墙倒了，长满了草。骚虎找了几根木棍抵住山墙，扯了块胶布遮住屋顶，带羊住了进去。母亲和弟弟来找过他几次，他没有回去。炎炎夏日，他像个流浪汉一样窝在跑风漏气的土屋里，和一只莫名其妙的羊相依为命。张全也去找过他，喊他一起上北京。他有气无力地回绝了，并把身上最后一点钱拿出来，让他代为照顾北京的动物。张全当然不想干，但也没办法拒绝这样的骚虎。那几根抵着山墙的木棍看起来极其脆弱，好像随时会崩塌，骚虎只等着被人挖出来。那一刻，张全是真的为骚虎难过了。半年后的春节，张全回来，土屋已经变了一番模样。院子围了篱笆，里面种了菜，养了鸡鸭，那头羊也有了圈。房顶用芦苇补过，山墙后面的棍子变成了木桩，看起来坚不可摧。张全感佩骚虎的动手能力，同时也为他担忧。他问他，你就打算这样了，不出去了？骚虎笑笑，说这样挺好。张全生了气，说，那你北京那些东西怎么办？那边还有一只羊呢。骚虎沉默了一会儿，走到黑洞洞的屋子里，再出来时手上多了几百块钱。他把钱递给张全说，你下次回来帮我拉上吧，这给你加油。张全没有接他的钱，更加气急败坏地说，谁要你的钱，我回去就把它们全吃了。骚虎举着钱杵在原地，嬉皮笑脸地说，你不会的，你不会的。张全恨透了他这样的嬉皮笑脸，又因为他能这样笑了暗松一口气，他还是没好气地说，没钱我就不帮你了吗？你一直在家，哪儿来的钱？骚虎说自己没事的时候就跟着本地的建筑队去干活儿，一天有一百块钱。张全乐了，怪不得出手那么大方，又攒不少了吧？骚虎也笑，回归了不好意思。张全叹了口气，说你要真不想出去了，我夏天回来给你捎上，知道那是你的命，都照顾得好好的呢，鸡死了一只，我没有吃，给埋了。骚虎眼一下红了，非要把钱往张全口袋里塞。张全尥蹶子就跑，骚虎追了两步站住了。大家都说骚虎跑起来像女人，所以他也不好意思跑。然后就是昨天，张全来跟骚虎道别，发现他已经打包好行李，牵着那头羊，准备跟他回北京。张全乐了，以为他想通了，再一看发现不对，篱笆倒了，院子里的菜被踩得不成样子，鸡鸭也没了叫声。看样子是遭了贼，这种情况只是让他想逃，他知道安慰对骚虎是没用的，他也不想安慰，他像所有人一样痛恨骚虎对动物的爱。他看看骚虎，又看看羊，忍不住问，羊为什么还在？骚虎说了自己的猜测，几乎不带感情地说，应该是几个半大孩子，你看这脚印，超不过十五。他们把绳解了，老骚虎犟，不好牵，可能也怕牵着惹眼，就没牵。张全见他说得头头是道，好像在说别人家的事，歪头去瞅他的脸。骚虎扭过去了。张全看不到，就问，你不难过吗？他没指望骚虎说话，又问，什么时候的事？骚虎说，就上午。张全说，丢几只鸡你就想通了？骚虎说，现在篱笆里养不住鸡了。张全说，那就垒墙头啊。骚虎不说话了。张全知道了他难过的程度，说，明天一早走，我联系好了三个搭顺风车的，你属于临时加塞。骚虎说，我给钱。张全说，给个屁，给钱谁给你拉羊，算我倒霉，买个车净拉你这牲口了。骚虎当然没能力理会他的玩笑，他也知道这个时候不该跟骚虎开这种玩笑，可他只敢跟骚虎这么开玩笑，他也觉得骚虎需要玩笑。不然的话，就只剩下难过了。他不知道身边为什么总围绕着这种难过事，他本来只是来道个别，可又和骚虎混到了一起，还多加了一只羊。这些破事都太玩笑了，太值得一说了，可面对一个女孩，他说不出口。就算这是骚虎的玩笑，就算他是精明的那个，可似乎也不能完全择出自己。

因为他太喜欢羊了吧。他说，或者说他习惯了羊，毕竟他从小就抱着，这就跟你喜欢猫一样。

我是喜欢猫。女孩说，可猫跟羊还是有区别的吧？

有啥区别？

猫小啊，软啊，还香。

那羊还大呢，硬呢，还臊。

对啊，这不就不一样嘛。女孩说。

对啊，你和骚虎也不一样啊。

哦哦哈哈，原来你说的一样是不一样的一样啊。

女孩笑了，这又出乎了他的意料。

离北京还有九十公里，天都黑了，还是没信心找女孩要一个电话。他不知道怎么开口。在服务区，所有人都上完厕所之后，燕燕给每个人买了一瓶水。他嗅到了机会，刚好可以借转钱的名义加个好友。他刚把水接在手里，骚虎就把钱递了过去，并自作主张连他那瓶也算在内了。燕燕说什么也不要，骚虎什么也不说就是要给。六块钱，皱巴巴的纸币，一张五块的，一张一块的，他就那么执着地举着。

这样吧，燕燕说，咱俩加个好友，以后你再请我，我还想看看你的羊到了北京怎么活呢。

它吃草。骚虎说，北京也有很多草。

我知道。女孩说，我知道你会把它照顾得很好，我就是想再看看它。

这样啊。骚虎不好意思地笑了，他手里的钱还举着。

对啊，把钱收回去吧。燕燕说，你手机呢，咱加个好友。

骚虎掏出一部老年机，女孩的眼睛熄灭了，很快又被另一双眼睛照亮，那是张全的。

2. 夜与燕

要怎么接近一个女孩，似乎每一步都是难题，在以往的网聊经验里，他已经知道"你在干吗"是单纯地没话找话，"你是干吗的"像调查户口，"你想干吗"如同挑衅，"出来玩嘛"干脆就是要流氓，"你爱我吗"更是无从说起……张全一有空就点开她红色的头像看看，却一句话都说不出来，把主播阿龙的教学视频看了又看，没有一条法则适用于自己。两天的煎熬之后，他看到骚虎拴在院子里的那头老骚虎，心一横拍了张照片发过去。

好可爱啊。还没等他编辑好措辞，女孩就回了过来，咦，怎么有两只？

一聊起骚虎和他的羊，话题就止不住了。他告诉女孩，那头母羊是骚虎去年带来的，这次之所以带来一头老骚虎，就是要给它们配个对。

这么说快有小羊啦。女孩发来开心的表情，又发来羞羞的表情。

对。张全说，别忘了，骚虎可是配羔高手。

配羔？还用人吗？

当然，他得在一边指挥啊。

女孩发来一串哈哈哈，后面跟着羞羞的表情。

好羡慕你们啊。女孩说，有院子，还有羊，以后还会有更多更多羊。

不光有羊呢。张全掉转镜头，一口气拍了骚虎养的鸡鸭鹅鱼鸟，收留的流浪狗和猫，连墙角的蜘蛛网都给她拍上了。发照片的时候，他狠了狠心想，是时候给手机办个流量套餐了。

天哪，你们家简直比动物园还好玩。

对啊，你没事过来玩吧。

嗯嗯，等放假了我就去。

张全没想到那么容易，他迫不及待地问，那你什么时候放假？

不知道呢。

在不能相见的闲聊之中，张全很快就摸索出一些技巧。既然不擅打字聊天，那就多多利用图片，一张照片丢过去，女孩总会有所回应，再根据回应作回应就容易多了。一开始，他的拍摄对象主要是骚虎养在院子里的动物，拍摄手法多采用静态的正面照，也就是尽可能照得端庄，照得清楚。然而动物不是人，它们没有拍照的自觉，不会乖乖摆出一副正儿八经的架势

给镜头。这就需要不厌其烦地拍，精心细致地选，然后发过去，
继而得到称赞：好可爱啊（夸羊）；好漂亮啊（夸鸟）；好可爱
啊（夸猫）；好漂亮啊（夸鱼）……拍来拍去，夸来夸去，来来
回回就这两句。他能回应的也不过是对称赞的赞同：是啊，是
很可爱；对啊，是很漂亮。女孩再回一个可爱或者开心的表情，
谈话差不多就结束了。意外是拍狗得来的，院子里有骚虎领回
来的两条流浪狗，一条狼狗，一条土狗，都不怎么漂亮，狼狗
牙尖嘴利，一脸凶相，还少了一只耳朵；土狗瘦小干枯，披着
一身生过疮的癞皮，让人恶心。拍照的时候，张全谨记主播阿
龙的格言：不要向女孩展示那些沉重的、让人望而生畏的东西。
这两条狗的尊容和它们的流浪经历，很难不让人感到难受，张
全实在是没什么可拍的了才想到它们。权衡再三，他决定给不
那么难看的狼狗拍几张，前后左右拍了个遍，一张能拿出手的
都没有。看着屏幕上狼狗断掉的耳朵，恨不得给它画一只上去，
当然，他没有那么高超的技术，狼狗也长不出新的耳朵。犹豫
再三，还是把那张精心挑选的不完美的照片发了过去，意外就
是这么得来的，就是这么一张滥竽充数的照片，引发了喋喋不
休的交谈：它好凶啊，好可怕——于是可以问她是不是怕狗，
从而聊到各自被狗咬的经历，聊到童年生活；它怎么只有一只
耳朵——于是开始畅想狗的流浪生涯，从狗的好坏聊到人的好
坏，从狗生聊到人生。经验也是这么来的：好照片并不等同于
漂亮好看的照片，相反，不那么完美的照片反而能引起更多反
馈——癞皮狗的照片很快就验证了这一理论，接着是折断翅膀

的鸟和已经翻肚的鱼、瘸了腿的猫和破了甲壳的甲壳虫——骚虎总能发现这些急需救助的救助对象,而他则像一个热情高涨的跟拍记者,孜孜不倦地将最新动态报道给女孩。女孩在手机另一端叹息、心疼、愤怒或者出主意,随之发来的表情也丰富起来,不再只是可爱与羞羞,也有哀伤、哭泣与拥抱,交谈从而绵绵不绝。一开始,张全还有些担心,这么干是不是有悖主播阿龙的教导,毕竟动物的沉重也很沉重。张全很难判断女孩是不是望而生畏了,他只能安慰自己这毕竟是动物的沉重,跟自己没有太大关系,而动物的沉重理应在人的承受范围之内,要不然怎么能每天心安理得地吃肉呢。不过再一想,骚虎也吃肉,但骚虎很难承受动物的沉重,一旦有救助对象死在手上,他就伤心不已。好在骚虎技艺高超,很多动物在他手上起死回生,虽然他不能使断了的翅膀和腿再长回来,但起码能让它们活下去。对于这样的救治成果,张全也都及时地报道给女孩了。女孩无不欢欣雀跃,大加赞赏。聊到兴起,女孩也会发照片过来,一般是她自己,同样不循规蹈矩,很少正脸出镜,多是一些身体的局部,戴了耳环的小半边脸,穿了短裙的小半截腿,剪了刘海的半拉脑门,套着戒指的半根手指,举着奶茶的半个手掌——是的,女孩的照片总是半个的居多,看来她同样深谙不完美的拍照理论。每每收到这样的照片,张全的心都突突直跳,他被这不完美的美深深震撼,以至于他都觉得,若是女孩发过来一张呆板的全身照,或许他也只能回复一句好可爱啊、好漂亮啊之类的没法往下进行的平淡称赞。反而是这样的局部,让他得以聚焦在上面的耳环、刘海、短裙、戒指、奶茶之上，从而将话题延展开去。当然，偷偷把这些照片保存并打印下来，试着在墙上拼凑出完整的她就是独属于他的乐趣了。

晚上收工回家，掀开墙上的旧报纸，贴一张新的照片上去，他总能收获巨大的满足与快乐，也有一点迫切与鬼祟，好像破碎的人像一旦拼凑完成，就能召唤出真人一样。为了得到新照片，就得拍更多照片。他的拍摄对象已经不局限在院子里，他也没有那么多时间耗在院子里，作为一名快狗司机，他的命运是在路上。路上风景多变，对摄影技术提出了更高的要求。以往，作为一个快狗司机，他心无旁骛，一心求快，眼里除了路什么都没有。快狗快狗，快如仓皇之狗，他就是这么理解企业文化的，惶惶如丧家之犬嘛。逃命的狗，可不得快？如今，为了不浪费沿途美景，必须在快的同时留心观察，时刻睁着一双发现美的眼睛，在必要时抓起手机找好角度按下快门。这在无形中增加了工作量，表面上看，他仍是那一条奔波在路上的亡命之狗，实际上却多了一份巡视的任务。当然，眼观六路耳听八方也算是狗的本分，这么一想就好受多了。一直以来，无论干什么工作，他最怕的就是耽误工作，耽误了工作就是耽误了钱。钱是什么？钱是赔付之神，你敢耽误它它就敢耽误你。一想到钱被耽误，他就惶惶如丧家之犬，不管耽误多少，一旦耽误，他必惶惶。像这样眼观六路耳听八方地拍照，稍稍耽误一点工作是必然的，好在眼观六路耳听八方是狗的本分，而他是一条快狗，尽本分是天经地义的事，谁能指摘？后来都敢停下车子去拍了，还走出车门去拍，至于这么做有什么道理可依，他已经无力去想了，毕竟拍到好照片的快乐难以量化，那是钱会失效的时刻，好像一张好照片就意味着无限希望，虽然最终也只是博美人一笑而已。

拍摄对象也不再局限于动物，清晨微红的天，夜幕下璀璨的车河，地铁口汹涌的上班族，街边醉酒的男女、拥吻的男女、奇装异服的男女，流浪狗、流浪猫、流浪汉，车祸现场……值得一拍的太多，升级了流量套餐之后，不得不更换内存更大的手机。当然，有些照片是不适合发给女孩的，按下快门之前，他以为会是一张好照片，拍成照片之后，才发现不适合分享，碍于多年养成的勤俭美德，舍不得删掉，就只能存着，以至于都在琢磨要不要买一台电脑了，除了能存储照片，电脑对他没有别的作用，这无疑是更大的浪费……在内存耗尽之前，他暂且摁下了这些念头。

女孩对他快狗司机的工作很是认可：你真好，可以到处跑。从女孩偶尔回馈的照片里，他也猜到了她的职业，跟骚虎一样，她是一名车工。这份工作他也干过，怀着结识女孩的朴素愿望，结结实实干了两年。其间确实认识了不少女孩，他先后一共看上五个，表白三个，被拒五次——其中一个拒了三次。他愤然离去，再干下去不光找不到女孩，恐怕连自己也变成女孩了，一个大男人，整天踩着一台缝纫机像什么样子。动用多年积蓄，他买下那辆五菱宏光，来到路上，成了一名快狗司机。那不是一笔小钱，碍于多年养成的勤俭美德，这个决定让他心惊肉跳，那心跳的迅猛至死难忘，就是三次表白加起来的心跳都没这一次来得猛。可以这么说，女孩对这份工作的肯定，隔空抚慰了那时的他。那个晚上，前途未卜的青年头枕一摞现金，心跳如鼓似钟，迟迟不能入睡。得亏这个叫燕燕的女孩，时隔多年来到昏黑的出租屋，轻轻柔柔说了句，你真好，可以到处跑。钟停了，鼓息了，心还在跳，那是幸福的心跳，不可同日而语。

因为干过这份工作，所以知道假期有多难得，因为多年养成的勤俭美德，所以知道请假是多大罪过，由此知道相见有多难。好在女孩所在的作坊不远，这一带全是这种小作坊，白天难觅人影，夜晚莺声一片，但也只限于刚下了班的那一小时。女孩们雁次走过，吃点小吃，买块肥皂，眨眼间那条小街又恢复冷清。一个晚上，张全送完货驱车来到女孩的村子，胡乱拍了张街景发过去，说，你快下班了吧？他们顺理成章吃了消夜，全程有讨厌的红羽绒服女孩与红嘴唇女孩作陪，也没说上多少话。红羽绒服女孩已经褪下红羽绒服，换上了蓝工装；红嘴唇女孩嘴唇依旧红，废话依然多，大部分时间都是她在抱怨，他们在听。哎，你不会看上我们燕燕了吧？红嘴唇在怨天怨地的空当说了这么一句，他的脸瞬间就红了。燕燕捅了红嘴唇一把，怪道，你又瞎说。没等他的脸凉下来，红嘴唇又把话题引向别处去了。看着说说笑笑的三个女孩，他的脸凉了，心却热了，突然觉得所有女孩都不讨厌了。

又一天，他把车停在胡同里，来到小街上，等她。下了班的女孩从巷子里冒出来，会聚成行，浩浩荡荡，如候鸟过境，留下一路的食物碎屑与包装袋。

咦，你咋在这儿？女孩惊奇地说。

我想带你去看看动物。

去哪儿看？

去我们的院子。

这样啊。女孩犹豫了。

动物有什么好看的?！红嘴唇女孩撇着嘴说。

就是啊，这么晚了。红羽绒服女孩帮腔。她的蓝外套被掉色的布料染得红一块紫一块的。

快回去睡觉吧，明天还得上班。红嘴唇说。

我想去。女孩挣开红嘴唇的怀抱，我想去看看。

那我也去。红嘴唇又拉上了女孩的手。

你们去吧。红羽绒服说，我得回去睡觉了。

六环外的公路没有灯。张全把着方向盘，两个女孩挤在副驾上，紧挨着他的是红嘴唇女孩，这会儿她在抱怨天太黑。

净说没用的，你还能让天亮起来咋的？

我当然能。

那你叫它亮啊。

好，你听着，老天爷，我叫你亮，过六个小时，你必须亮。

不要脸，六个小时你不叫天也亮了。

我现在叫了，就算是我叫的。

你是鸡啊，一叫天就亮。

你才是呢。

两个女孩在副驾斗嘴、打闹，漆黑的马路由此变得热闹。红嘴唇在抱怨与斗嘴之余不停地问张全到了没。就到、就到。第八次这么说的时候，车子驶过一座灯火通明的三层洋楼，红嘴唇女孩探头惊呼，哇！你们住这么好啊。楼下一辆喷了彩漆的SUV（运动型多用途车）替张全回答了她。车子绕到洋楼的背面，停在阴影里。到了。张全说。隐没在黑暗中的木门吱呀一声怪叫，骚虎探出头来，回来啦。那欢快的语气，那开心的模样，像极了一个盼丈夫下班的妇人，等看到张全身后的两个女孩，他僵住了。

这就是你们的院子啊。站在院里，红嘴唇女孩噘着嘴说。

仅仅一墙之隔，像隔着长城，那边是乾坤盛世，这边是塞外苦地。院墙破损，破损处堆着枯树枝，地面塌陷，塌陷处积着水，更别提一不小心就能踩到的鸡屎、鸭屎、羊屎了。一进院子，狗汪汪叫，鸭嘎嘎叫，鸡在阴影里不时咕咕一声，猫叫就像小孩哭……

好像《倩女幽魂》啊。女孩说。张全还没来得及解释，女孩又说，你们的院子也太好玩了吧。

张全把心放回肚子，殷勤地带女孩四处参观。为了让女孩看得更生动，睡着的那些动物被一一捣鼓醒，一时间，狗呜咽，羊嘶鸣，《倩女幽魂》到了高潮。女孩着重探视了那头曾短暂同途的老骚虎，它栖身于一团干草之中，头上是骚虎特地为其搭建的石棉瓦，看上去没什么变化，只是臊味更重了些。棚下另一端，是一头头上长角的漂亮母羊，老骚虎一叫，母羊就跟着叫。

怎么不让它俩在一块儿？女孩说，它们，配羔了吗？

骚虎，它们配上没？张全扯着嗓子问。

还没有。骚虎细声作答。他和红嘴唇女孩坐在檐下，红嘴唇捧着一杯热腾腾的奶。那是他特地为她泡的，用的是专门解救动物的奶粉，平常他是不会喝的，为了招待张全的客人，他拿出了唯一拿得出手的饮品。那让他更像个贤惠主妇了。此刻，他陪着不愿意在院子里走动的红嘴唇坐在檐下，应对她滔滔不绝的提问。他应对得不是很好，像个捧哏的一样只会说嗯、啊、这、是、哎、嗨、哟。

为什么还不配？女孩望过来，问骚虎，你看它们多想在一起啊。

快了、快了。骚虎夹在两个女孩中间，不知道在答哪一个。

什么叫快了？我问你都给它们吃什么？红嘴唇说。

快了是什么时候？女孩说。

很明显，骚虎不擅长与人类交流，尤其是女性人类，平常一院子叽叽喳喳的动物他都能应对自如，现在只是面对两个女孩，就哑火了。他嗯啊了两声，就彻底没声了。

大概是因为刚到吧。张全说，得先让它适应适应水土，等身体壮点了再配。

是这样吗？女孩将信将疑地看着老骚虎。

是、是。骚虎说。

在张全的陪同下，女孩参观了骚虎创办的动物医院。在石棉瓦下的一角，旧玻璃拼凑的隔间里，女孩看到了裹着绷带的一只鸟与缩成一团的一只刺猬。

这只鸟怎么了？女孩把手伸进玻璃隔间，用指尖轻触鸟头。

被孩子用弹弓打了，伤了条腿。张全说，骚虎碰上，就花十块钱买回来了。

好可怜啊。女孩说，它还能好吗？

应该快好了。张全说，骚虎两天给它换一回药，不过应该很难好彻底了。

太可怜了。女孩说。她摩挲鸟头，鸟叫了一声，她笑起来，好好听啊，这是什么鸟？

骚虎，这是什么鸟？张全扯着嗓子问。

是云雀。骚虎说，它可以一边飞一边叫，叫得可好听了。

它还能飞起来吗？女孩说。

应该能吧。骚虎说，脚伤应该不会影响它飞。

好厉害啊。女孩连声称赞，骚虎的脸红了。

这个刺猬呢，它怎么了？

骚虎，刺猬怎么了？张全扯着嗓子问。

它老了。

老了？女孩疑惑地看着刺猬，又看向骚虎，老了怎么治？

老了不能治。骚虎说，它老了，爬不动了，牙也掉得差不多了。它吃不了东西，我喂它喝奶粉，吃面糊。

喝奶粉？红嘴唇说，就我喝的这个？

对。骚虎说，这就是它的奶粉。

呸呸。红嘴唇连吐了几口口水，你这人怎么这样，让我喝刺猬的奶粉。

不是刺猬的奶粉，是我给刺猬买的奶粉。骚虎不好意思地笑了。

你好善良。女孩说，你对动物真是太好了。

骚虎的脸又红了。

你知道吗？人变成人，是从打败动物开始的。红嘴唇对骚虎说，你是人，可不是动物。

人也是动物的一种。骚虎吞吞吐吐地说，小学老师就教过，人也属于动物。

那是你属于，我不属于。红嘴唇立即开启斗嘴模式。

骚虎自然不是对手，嗯啊两声又没声了。

从前，张全最怕天黑，暮色降临如同沼气泄漏，总能让他难受一会儿。有时候太忙，一不留神就是深夜，但他知道自己难受过了，在天刚黑的那会儿。这是最好的情况，后知后觉永远是最好的情况。一旦发现，就得做好难受的准备，猛一抬头，视线收缩，像被什么捏了一把。这也还行，发现仅仅是一下子的动作，等眼睛习惯了黑暗，沼气也就随之消散。最难受的一种情况，是目睹天黑的过程，那就是难过了。天慢慢地黑，难受慢慢地来，逐渐变得难挨，难过。难受时一闪而过的东西随着难受的深入而展开：西归的放学路，转凉的晚风，嘈杂的打闹，运动过量后的饥饿，奔跑的背影，家门口的一截枯木，被口水淹没的虫子……最终还原为童年时期稀松平常的一幕：放学了，趁着吃饭前的空当跟着大伙儿疯玩，不一会儿就响起妈妈们开饭的呼唤，于是大家各回各家，各找各妈。他也只好回家，虽然明知道妈妈不在，妈妈不在不是因为没有妈妈，而是因为没有爸爸，因为没有爸爸，所以妈妈就得像别人的爸爸一样出去干活儿，也就没办法像别人的妈妈一样在家做饭、喊他吃饭。他并不在乎有没有饭吃，虽然确实饿，他在乎的只是不能和大伙儿一样。前一秒还在一起玩，后一秒就只剩他一个。这时候，天总是配合地擦黑，他一个人，坐在一截枯木之上，饿着肚子，玩地上过路的昆虫。关键的时刻形成了关键的记忆，所以天黑就成了打开记忆的钥匙。他没上过几天学，但他也知道钥匙的英文是 key，关键也是。key 是钥匙，key 是关键，天的 key 是黑，黑的 key 是难受，一如真理，亘古不变。他接受，虽然还是怵。现在的关键是，找燕燕，必须等天黑。几次之后，他开始期待天黑，当然，他不是受虐狂，他一如既往地害怕难受，只是天黑再也不能让他难受。黑的 key 是难受，但他找到了难受的 key，那是燕燕。天必须黑，他必须去找燕燕。

必须，但不能频繁，他给自己的规定是三天一次。找到她，请她们吃饭，或者只是陪她在街上走一段，有时候也带她回来看看动物。红嘴唇和红羽绒服女孩只对吃饭有兴趣，逛街和看动物很少参与。碍于多年养成的勤俭美德，他很少请人吃饭。不想请她们吃饭倒不是碍于美德，而是她们本身就是障碍。对燕燕，他多想请她吃一辈子的饭。

你咋在这儿？

刚好路过。

你怎么来了？

来买点东西。

没等把准备好的借口说完，她就不问了。

你来了。她说。几乎可以忽略但又意义重大的一句话，仅次于母亲的那句你回来了。

那条街包括所有的巷子，都被他们走遍了。有时候，她会送他到停车的地方，目送他离开。在她的注视下，每一次发动车子都很难过，当然了，那是分别的难过，跟天黑的难过不可同日而语。又一次，他难过地上车，她敲敲车窗，说，能带我去兜兜风吗？

他们在没有路灯的六环外兜风，不分南北和西东。车里的人不怎么说话，车窗外是一样的黑。张全把着方向盘，怕她太枯燥，问她想去哪儿。

不知道。她说，要不往亮点儿的地方开吧。

追着亮光，只能来到城里，越往里越亮。光源愈加复杂，女孩放弃了分辨，只是静静地看。

好漂亮啊。女孩赞叹。

他也跟着开心，好像女孩的赞叹里也有他一样。

你没来过城里吗？

来过，很少。女孩说，都是坐地铁，没这么晚来过。

晚上很漂亮吧？

太漂亮了，跟电视里不一样。

那时他们在东三环的高架上，两边都很好看，女孩看看右边，又看看左边。看左边的时候女孩的视线越过他的鼻尖，他嗅到了女孩的香气。在霓虹的作用下，这次的香气分外浓郁。他突然有了目标：带她去趟长安街。有了目标，开得就快了。

啊，沃尔玛！女孩指着窗外，吓了他一跳。

什么沃尔玛？

是个大超市。女孩说，可大了，我一直想逛逛。

那就逛逛。他脑中浮现出一个高达五百的预算。或许可以借此机会送她一个礼物，他想。

驶下主路，来到大厦前，绕了一圈，找不到可以停车的地方。

你不是天天都在城里跑吗？女孩说，应该对这里很熟吧？

是很熟。他有点窘迫地说，不过我都是停一下就走。

快看，那儿写着停车入口。女孩指着地下车库。

那是要钱的。作为一个司机，他当然早就看见了。

噢。

车内的空气降到冰点。他开始后悔说那句话了。他应该赞同她的发现，并顺理成章地开进去，虽然那会让他像个傻瓜。车子沉默地绕圈，像热锅上的蚂蚁绕着热锅，如果蚂蚁会尖叫，一定是刺耳的尖叫。刺耳的沉默里，他看到那条胡同，如同看到逃生通道。

我知道了。他有些激动，以至于声音颤抖，我知道哪儿能停了。

狭窄的胡同里，他停好车，从副驾上爬下来。

你好厉害。女孩说，这么偏的地方都能找到。

他一时不能分辨这是嘲讽还是夸赞，只能按照女孩的可爱语气照单全收。他不好意思地挠挠头，说，干我们这一行的底线就是停车绝不花钱。

对，停个车还花钱那不是傻吗？

就是！

两人哈哈大笑，阴霾一扫而空。不过他还是有点抱歉把车停在那么远的地方，要穿过两条胡同才能走到那座近在眼前的大厦。女孩被新的景色吸引，开始新一轮的赞叹，裹住房子的爬山虎，灯牌别致的小店，古朴的大门和门前的石狮子……他没有注意的东西，她都觉得好看。他在她的要求下拍了很多照片，她也帮他拍了几张。总算走出胡同，来到大厦前，才发现超市关了门。

我忘了。女孩拍拍脑袋说，我忘了大超市也会关门的。

不过今天也很好玩啦。后一秒，她又雀跃起来。

都怪我，耽误了时间。

怎么能怪你？你看现在几点了。

快十二点了。

对呀。女孩说，也就是说，我们决定要来的时候，就已经关门了。

这样啊。

对呀，咱们回去吧，超市下次再逛。

他开心地发动车子。他开心，不光是女孩在侧，还因为女孩说了"下次"。"下次"让希望充满未来。所以他也没说去长安街的事，超市可以等下次，长安街当然也可以了。

回来的路趋向于暗，他们也累了。女孩靠着窗，长时间不说一句话，再开口，也没了去时的兴奋。

你的工作真不错。女孩说，你喜欢你的工作吗？

女孩的声音因为疲惫显得低落，虽然她话里的意思是肯定。他不知道怎么说，他没想过这种问题，好在他想起了龙哥的话：一定要热爱生活，要是连自己的生活都不爱，女人凭什么爱你呢？

喜欢。

因为说得太急，有点过于肯定，因为过于肯定，显得有点苍白。女孩没有说话，他试着补充，我喜欢开车，开车的时候一直都有事做，要一直把着方向盘，还要看后视镜，还要踩离合，踩油门，踩刹车，有时候还得打转向灯，开雨刷器。

要干这么多事啊。女孩说，我都不知道。

那是你还没学车，等你学会就知道了。

噢。女孩低低地住了声。

你呢，你喜欢你的工作吗？

不喜欢。女孩斩钉截铁地说，带着斩钉截铁的忧伤。

他一下子就后悔起来。他很想告诉她刚刚说错了，他喜欢的不是工作，只是开车，只是踩离合、踩油门、踩刹车、打转向灯和开雨刷器。可她已经说了不喜欢，他再说，就显得太不坚定太过谄媚了。龙哥也说过，对女孩，一定要坚定，一定不能太谄媚。

离家越来越近，他找不到话说，只能被迫感受女孩的伤心。过不多久，他们就要分开，那时候车里就只剩下他一个人了，他只能一个人再度伤心地发动车子。

他伤心地发动车子，她敲敲车窗，说，下次你教我开车怎么样？

他又开心起来。

不找燕燕的晚上，他孜孜不倦地翻看龙哥的视频，寻找送礼物课程。作为一个见过大风大浪、经过大起大伏的大主播，龙哥的讲义浩如烟海，他怎么也找不到印象中那期。龙哥常说的那句"今天你以为我说的是笑话，明天才知道是人生"穿插在每一条视频里，让他加深了体会：要是早听龙哥的话学会双击 666，何至于找得这么辛苦呢。在奋力的滑动下，手机里的龙哥像个魔术师一样不停变换着模样，出现在不同场合，他西装革履坐在豪华的办公室，语重心长地说"事业是男人的圣殿"；他来到建筑工地，揪着工人声嘶力竭地喊"你就是以前的我"；他躺在一堆人民币上，说"钞票才是男人的脸面"……骚虎凑在一边看，嘿嘿笑个不停，把他烦得要死。

你笑啥，有什么好笑的？

骚虎被他盯着，僵住了。

你以为看笑话呢，这是人生！

骚虎显然是被"人生"这种大词吓到了，忙不迭地解释，不是，我就……我就是觉得他说话好有劲儿啊。

人家是成功人士，当然有劲儿了。

龙哥走下一辆玛莎拉蒂，拦住迎面走来的美女，说，亲爱的，能为我摘下那一朵玫瑰花吗？美女将信将疑去摘花，从那片灌木丛里扯出来一朵又冒出一朵，不停地扯不停地冒。美女怀里很快盈满了花，脸上也溢出了笑。龙哥把镜头转向自己，开始布道：兄弟们，花谁都送过，你这么送过吗？所以说，送什么礼物不重要，怎么送才是关键。美女抱着满怀的花过来，对龙哥说，给你。龙哥抽出一朵嗅了嗅，潇洒地说，我说过了，只要一朵。

骚虎忍不住又笑了，因为视频里有美女，他笑得很羞涩。张全瞪了他一眼，他更羞涩了。

这个不赖。骚虎说，要不就送花吧。

你懂啥，这已经是他女人了才能这么送。张全说，我得先送个别的，看她愿不愿意当我女朋友。

那送戒指吧，戒指不是定情的吗？

你快别说话了，得有情你才能定啊，我都不知道她对我有没有情呢。

这你都不知道啊。

你知道?

当然了,有没有情不是一眼就能看出来?

你能看出来?

当然能,你也能。

你看出啥了?

她对你有。

有啥?

情。光是说出这个字,骚虎就臊得不行。

你看出来的?

对。

真的?

真的。

张全盯着骚虎看了一会儿,像是能从他脸上看出真假,当然他什么也看不出来。

我信你个鬼。张全一屁股坐起来,手机掉在地上,你连女的都不敢看,你还看出来?你想看我出丑吧,赶紧喂你的狗去,狗屁不懂的货。

你生什么气啊。骚虎躲到墙角,贴着墙出去了。

张全捡起手机,没心思再刷龙哥的视频了。他也不知道为什么生气,只是突然有种被戏弄的感觉,像骚虎这么一个资深光棍,居然也来对他的感情事业指手画脚。一直以来,大家都怀疑骚虎还是个处。他问过几次,骚虎每次都是沉默。按理说沉默就是默认，骚虎沉默的场合太多，所以也不好判断。

　　在不那么黑的地方，燕燕开始学车。他不知道这是不是犯法，稍稍有些害怕，当然，他害怕的东西很多，也不只是道路交通安全法。第二次摸车，燕燕就开到了七十迈，那条路的限速是五十。他怕得不行。第三次换了地方，那里很黑，这也是他怕过的东西。燕燕对速度没概念，踩起油门就忘了松，这大概是常年踩缝纫机留下的后遗症。检验一个车工是否合格，就是要看他脑中有没有"效率"二字，在效率的主导下，暂停与暂缓都是不可饶恕的。燕燕作为一个车工必然是合格的，她的脚在缝纫机踏板上每天至少停留十小时，且总是踩下去的。她习惯了快。她受不了慢，没完没了的布匹像没有尽头的道路一样急需征服，当她脚踩油门，无尽的前路被车灯吞没就像无序的布料织出衣裳，她是兴奋的。她慢不下来。

　　黑，无证驾驶，超速，新手，没上保险的车，道路交通安全法……他怕的太多，燕燕一脚下去全踩了出来。不过只消扭头看她一眼就顾不上怕了，脚踩油门的燕燕，眼睛是发亮的，亮到足以驱散任何阴霾。所以他总要扭头去看，不仅仅是因为喜欢，而是不看不行。

　　有一次练车，燕燕提议让他接一单活儿，反正都是开车，还不如去送送货呢。夜里的活儿少，不过也不是没有，张全依着她打开手机往城里开，并不抱什么希望。在南三环，他们接到一单，送一只箱子到东五环。这单活儿不算小，别看箱子小，钱是按路途算的。上楼取货的时候燕燕执意跟着，说可以帮忙拿货，没想到只是一只小箱子。下单的女孩双眼通红，把箱子扔给了他。送货的路上，他们猜起箱子里装了什么。燕燕爬到后面拿过箱子，说，看看不就知道了。张全连说不行，这可是犯法的。送货一年多，他从没好奇过送的都是什么。应该不是什么重要的东西，她说，你看，胶带只贴了一道。说着，她已经打开了。张全又怕了，不过扭头看到女孩发亮的双眼，也就顾不上了。

燕燕从箱子里拿出来一部手机，屏幕还能亮，但解不开锁。好可爱啊。她夸了一句手机壳，又拿出一瓶香水，往手腕上喷了两下，低头去嗅。好好闻啊。她说，对着张全也喷了一下。张全一阵惊慌，只好赶紧看她，但没能看到她的眼睛。她埋头一通翻腾，拿出丝巾、口红、洗面奶、毛绒玩偶、头戴耳机……各种杂物，各种好可爱啊、好漂亮啊、好舒服啊。最后，她拿出一个更小的盒子，从里面举起明晃晃的项链、手环、耳坠。她呆呆地端详，眼里却没了亮光，以致张全的心慌得不到缓解。

快放回去吧。他说。

燕燕把东西一一放进去，小心翼翼地贴好胶带。

这么多女孩用的东西，她要送给谁呢？

不是送，应该是还。她肯定是失恋了。

燕燕说得没错，等他们把箱子交到男人手上，男人都没打开，拔腿就往楼下跑。张全追上他，让他签字。他不光不签，还要张全连人带箱子一块儿送回去。

不行啊。张全说，我只收了送货的钱。

男人抱着箱子坐在后面，那是骚虎抱羊坐过的地方。他们知道他失恋了，但他不知道他们知道，所以他们也不便说什么安慰的话，更何况，张全还趁火打劫宰了他一刀。一路上，车里弥漫着低气压。张全和燕燕几次对视，不敢说话。燕燕眼里的内容很多，张全读不全，但也能感觉到一种共谋的禁忌与窃喜。一到地方，男人飞快地跑走了。他们目光交会，大笑不已。

你说，他们会和好吗？回去的路上，燕燕问他。

嗯？还能和好吗？

这男的那么急，肯定是来求复合的。

那你说他们能和好吗？

我觉得能。燕燕说，女的这么晚了还要把礼物还回去，还哭得那么惨，一定是在气头上。她这么做，就是想让他去找她。他去了，他们肯定就好了。

这样啊？

对啊。

你真聪明。

所以你要少了。燕燕说，应该要二百，二百他也给。

不会吧，打车也就不到一百，他又不傻。

你没听说过恋爱会让人变傻吗？

会吗？

当然啦。

燕燕的轻松语调感染了他，让他也变得快乐，接着又低落，他想到刚刚还在夸她聪明。照她的说法，她聪明，也就是说她不在恋爱中。

燕燕爱上了跟他出活儿，一般是晚上十点以后，张全等在巷子里，接上刚刚下班的她。两人有一搭没一搭地往城里开，接不到单的话，就当兜风了。他们去了沃尔玛，也去了长安街，去了西单大悦城和王府井百货……不管去到哪儿，燕燕都很兴奋，于是他也兴奋。在北京那么多年，他对这些早就见怪不怪了，就算第一次见，他似乎也没有兴奋。光是看看，有什么可兴奋的呢。然而燕燕总是兴奋，仿佛看到就是拥有，虽然逛了一圈沃尔玛，她也就拥有了一瓶饮料而已。

他成功地送出了一个礼物，用的是龙哥的教程，稍稍变通了一些。他把一个网购的水晶吊坠吊在车里，等燕燕注意到并夸其好漂亮之后，他摘下来说送给你。这就是龙哥的教诲，第一件礼物要送得出其不意，快到她都意识不到是礼物。这个理论很快得到了印证，燕燕另买了一个观音小像挂在车里，说是让其保佑他，实则就是回礼。说明燕燕后来意识到这是个礼物，所以才会回礼，至于回礼意味着什么，那就是另一个难题了。现在，他的车里挂着燕燕买的观音，燕燕的脖子上偶尔挂着他买的水晶吊坠，不管看到哪个，都让他感觉幸福。

一天，行驶在就要到家的路上，燕燕开着车，幽幽地说，你有没有发现，咱们从来没在白天见过。

什么意思？

就是咱们好像都是在晚上见面。

还真是，虽然第一次见面是早上，但那天下着大雾，也像是晚上。

好像《聊斋》啊。燕燕说。

什么意思？

《聊斋》里，男的跟女的见面，都是晚上，而且那些女的都是女鬼。

女鬼？张全想到那天的大雾。

你就不怕我也是吗？

是什么？

女鬼。

女鬼？雾似乎更大了。张全一下子紧张起来，别瞎说了。他看了一眼女孩，方向盘在她的掌控之中。他坚定地说，就算你是我也不怕。说完，他看了一眼吊着的观音。

那你紧张什么？女孩笑起来。

我没有啊。

我们应该在白天见一面。

那你就得请假了。

女鬼不用请假。

燕燕踩深了油门，他直盯着观音。

3. 量人狗

在一个明媚的春日下午，他们来到河边，野餐，顺便放羊。河两岸草木繁盛，钓鱼的人点缀其中，唯独没有放羊的。骚虎的两只羊来到河岸，如猛虎入林，大快朵颐。那头漂亮的母羊已有身孕，肚子和乳房都鼓了起来。骚虎把它们远远分开，以防有哪个情不自禁。配羔的时候，张全曾邀燕燕前去观摩。整个过程中，骚虎把持着母羊的双角，像个逼良为娼的老鸨子。母羊焦躁不安，尾巴摇个不停，公羊畏畏缩缩，闻一下母羊送上前的屁股，又躲到骚虎身后，去闻他。骚虎只好不断转动身体，他一转，母羊也就跟着转，于是公羊也得转。一人二羊转来转去，迟迟不肯投入战斗，让张全觉得很没面子。

我说，它该不会是想爬你吧？张全一句话，把骚虎和燕燕的脸都说红了。

别瞎说。骚虎说，老水羊比老骚虎发情发得厉害。

可是，它看起来确实更喜欢你一些。虽然不好意思，燕燕还是说了疑惑。

骚虎没办法，只好松开母羊的双角，附在公羊耳边说起话来。燕燕和张全对视一眼，显得不可思议。

还真让你赶上了。张全说，他很久没跟羊说话了。

会有用吗？

肯定会。说是这么说，张全其实心里也没底。

经过一番叮咛，骚虎放开公羊，复又抓住母羊的角。公羊嗅了嗅骚虎，闻了闻母羊，毅然爬了上去。

哇，真有用呃。燕燕欢呼雀跃，像极了那些轻信男孩把戏的小女孩。

你跟它说了什么？张全问骚虎。

没啥。骚虎说，我就是让它勇敢一点。

这下轮到张全脸红了。

河岸上，骚虎拴好了羊，来到铺好的旧床单上坐下。燕燕把薯片递给他，他拿了一片在手里，也不吃，伸长了脖子东张西望。张全随他看出去，看到一个个藏在树影里的垂钓者。

他们钓到鱼一般都会放回去的。张全说。

那为什么还要钓？

谁知道。闲的。

我去看看。骚虎站起来。

别去。

我就看看。

看看可以。张全说，千万别跟他们买鱼，更不要当着他们的面把鱼放回去。

为啥？他们还能再钓上来？

他们会打你。张全说，总之你只能看，什么也别干。

好，我就看看。

骚虎着急忙慌地下了河岸。他先是来到一个老头身边，装模作样地看了一会儿水面上静止的鱼漂。趁老头不注意，一下扎进他身后的水桶，老人回头看时，他已经走远了。

老头什么也没钓到。张全说。

你咋知道？燕燕好奇地问。

骚虎看到鱼肯定不会走。

为啥？

他会想办法把鱼放了。

他不是答应了就是看看吗？

他是答应了，但他忍不住。

这样啊。

燕燕若有所思地看着骚虎走到第二个垂钓者身后，如法炮制上一回的动作，继而走向下一个。燕燕笑了，好像唐僧啊。

什么？

还记得《西游记》的开头吗？小时候的唐僧去打柴，回来的路上看到一个打鱼的，就用自己的柴换了鱼，然后放了鱼。

记得，那时候唐僧刚死了爹，娘也被人霸占了。

可他还在救鱼。

是啊。

他们都默然了。过一会儿，张全说，不过骚虎也不是小孩了，钓鱼的也不是打鱼的，打鱼是为了生活，钓鱼是为了玩儿，他们不可能让骚虎从他们手上救鱼，我怕骚虎挨打。

挨打不至于吧。燕燕说，钓鱼的都挺和气的。

她挺身张望，骚虎已经走到很远的地方去了。

晚春的河上吹着和煦的风，吹得人发昏。太阳不毒，持续的蒸煮还是起了效用，其效用就像温水煮青蛙，不觉中将灵魂蒸发。张全与燕燕并排坐着，谁都没说话，却好像一直有话，那是灵魂在说话。灵魂和光同尘，逸散于煦风暖阳之中。虚着的眼睛再睁开，一下就看到了儿时的河岸，羊无休止地吃草，孩子们不知疲倦地打闹，骚虎在很远的地方，抱着羊窃窃私语。天地似乎从来没有那么宽过，井水也向来不犯河水。蒙眬中有什么压过来，再一睁眼，看到燕燕靠在了腿上。身体骤然缩紧，被浓郁的发香禁锢，忍不住偏头去看。燕燕眯着眼睛，脖子上没有他送的水晶吊坠。四下张望，河岸上的羊也只有两只，还被残忍地分开。骚虎提着一只塑料桶远远走来，又高又大，又笨又傻。

等骚虎走近，燕燕从他腿上坐起来，惊呼，他真的买到鱼了！

他跟着燕燕跑下河岸。燕燕从骚虎手里夺下水桶，里面游着五条小鱼，一条比一条小，最大的也就一拃来长。

张全说，你真是没治了。

燕燕问骚虎，多少钱一条啊？

张全追问，花了多少钱？

骚虎垂着头不说话，像个犯错的孩子。

你要把它们放回河里去吗？燕燕说，我可以帮你吗？

你放吧，骚虎说，放完我还得把桶还回去呢。

你花了多少钱？张全恨得牙痒痒。他知道骚虎是不会说的。他只是白白地生气。

燕燕来到水边，弓下腰，一点一点地倾斜水桶，水一点一点地落到河里。鱼舞着身子跌下水面，一入水，很快就游不见了。

好羡慕啊。燕燕望着复归平静的水面说，要是像鱼一样该多好。

张全还在气头上，没办法响应燕燕的向往。他一直都不理解，为什么燕燕总是羡慕动物，她还羡慕过骚虎的羊，在它们吃草的时候。有什么好羡慕的？羊吃草，鱼入水，这不就是羊和鱼的生活吗？还是最基本的那种。他多想告诉她，他愿意加倍努力，给她比基本生活更好的生活。当然他说不出口，尤其在这个时候。

你真是个大善人。燕燕把空桶递给骚虎，空桶里顷刻盈满了称赞。看着提桶远去的骚虎，张全开始后悔带他来了。

良久，骚虎走回来，手里依旧提着桶。燕燕跑下去，张全只好跟着。这次桶里的鱼是八条。

你又救了那么多。燕燕说。

他们钓得太快了。骚虎说。

累不累啊？张全说，你就打算这么一趟一趟地折腾？

不是你说不能当着他们的面放回去吗？

你怎么说的？你跟他们说要这些鱼干什么？炖汤还是红烧？

他知道骚虎肯定不会对动物用这么可怕的字眼，但他就要这么说。

我说，骚虎不好意思地挠挠头，我说我的两个孩子喜欢。

你的孩子？还两个？你还占我们便宜。

张全追着骚虎打。燕燕笑起来。骚虎也笑了。

最终，鱼还是由燕燕放了回去。燕燕把桶还给骚虎的时候，张全抢了过去。

我跟你一起去。张全提起桶就走，骚虎只好跟上去。

走了好远的路，路过好几个钓鱼的人，桶都不是他们的。看到骚虎，他们还热情地招呼，问他还要鱼不。张全拽着骚虎连连摆手，逃离了。

你是在天边借的桶吗？他走得又累又烦，又气又急。

骚虎不好意思地挠挠头，说，就到了。

过了两座桥，穿过一个公园，他们看到最后一个垂钓者。这里已是河的尽头了，再往前，就是自来水厂的围墙。

他们还了水桶，太阳也气喘吁吁地骑上了围墙。

要不是有这道墙，你是不是能走到黄河里去？张全肺都快炸了。

骚虎不好意思地咧咧嘴，说，这是死水，不通黄河。

张全气急败坏地在前面走，骚虎磨磨蹭蹭地在后面晃，遇到水桶还是忍不住往里看看。张全不厌其烦地将其拖走，再推上一把。水桶大多是红色的，映得水也发红，夕照是红色的，红得像桶里冒着腥气的水。走在又红又腥的夕阳里,连呼吸都不畅。赶在太阳落山前回来,张全发现旧床单上已经没了自己的位置。燕燕跟三个男青年还有一条大狗挤在一起,正在烧烤。草地上摆着一个小音箱,放着震耳欲聋的电子乐。水边支着三根钓竿,鱼漂是会发光的。马路边停着一辆满是喷绘的 SUV,张全认出来了,那是房东儿子的车。一个朴素的下午突然变得缤纷,让人难以直视。

是你们啊。小房东说,过来一起。

你们真的认识呀?燕燕开心地说。

当然了,看见这俩羊我就认出来了。小房东说,只是美女你,以前咋没见过呢?

燕燕不好意思地笑了。

我说,你们两个放羊娃可以啊,有美女也不介绍介绍。小房东笑嘻嘻地递过来两个肉串。

张全只好接过来,分一个给骚虎。骚虎没有伸手,问,这是啥?

羊肉串啊。

我不能吃。

怎么,嫌我的羊肉赖?小房东说,我又不是放羊娃,要不然把你的羊宰一个烤烤。

大家被逗笑了。骚虎说,不是、不是。

那你吃啊。

有羊在这儿。骚虎说,有羊在这儿怎么能吃羊……他嘟囔了一会儿，还是说不出来"肉"字。

这什么规矩，有羊在就不能吃羊肉？

大概是小房东的语气恶了点，骚虎僵住了，空气在他周围凝固。张全只好站出来打哈哈，没事没事，他不吃咱吃，他的规矩又管不了咱。

真怪。小房东打了骚虎一下，跟你闹着玩呢。骚虎的嘴动了一下，大概是想笑，不过没笑出来，于是只好挪动双腿走到河岸下去了。小房东说，这家伙在我家老房子里养了一堆乱七八糟的东西，弄得臭气烘烘。说他还会跟动物说话，太怪了，真以为他是猎人海力布呢。

又一阵笑声。张全去看燕燕，她正在吃串。

天慢慢变黑，张全也变得难受。骚虎站在河岸下，像是在看管那三根钓竿。那条大狗蹲在他脚边，倒像是他的狗。小房东举着肉串唤了几次，狗回头望望，不为所动。狗的名字叫虎子，他一叫，骚虎也会回头。

哥们儿确实跟畜生挺亲的。小房东说。

亲个屁啊，从他站到那儿鱼都不咬钩了。

他们吃着羊肉串，喝着啤酒，听着音乐，似乎也没那么关心鱼咬不咬钩。张全稍稍有些担心，他怕鱼真的咬了钩再被骚虎放回去，那可就真惹麻烦了。他们在房东家住了三年，跟小房东没怎么打过交道，在偶尔的碰面中，能看出来他也不太好打交道。他似乎没有工作，常年开着那辆五彩缤纷的车到处游逛，这种行为在老家被称为混子。众所周知，混子是不好惹的。混子有这么几个特点：好吃懒做，好逸恶劳，好高骛远，好要面子，好欺负人……这些明显有悖于张全多年养成的勤俭美德。一直以来，他见到混子的第一反应是跑，以免被其欺负，也避免与之成为朋友。他早就想走了，可燕燕却玩得很开心。她吃着肉串，还开了一罐啤酒，虽然一直没有喝完。她跟着音乐晃，跟这些新朋友有说有笑。她似乎很喜欢那个小音箱，好奇那么小的东西为什么能制造出那么大的动静。她被允许连上自己的手机，放出惊天动地的爱情歌。她试着把声音调到最大，看那个小盒子究竟有多大能量。曲中的女声大到能改变风向，有几片东颠西倒的草叶子为证。她兴奋不已，连声称赞。

这就是高科技。小房东说。

好厉害。

这算啥，我车里的音响改得才叫变态呢，哪天你坐上试试。

这就够大了。她扭头看了一眼车。

你放的歌不行，听不出效果，我给你放一首。小房东抢过燕燕的手机，屏幕锁着，他绕过燕燕的脖子，对着她的脸开锁。

张全断了呼吸。

更大的音乐声响起来，草叶子颠得更厉害了。

趁他们聊天的空当，张全跟燕燕说要回去。他声音太小，音乐声太大，燕燕大声问他说的什么，他只能更小声地回过去。后来还是骚虎带着狗走过来，说要回家了。

这才几点，小房东说，再玩会儿。

骚虎没有搭话，自顾自去牵羊。

这羊真臊。他们一伙儿的一个青年说。

越臊肉越鲜。另一个青年说。

早晚给它烤了。小房东说。

张全顺势跟在牵着羊的骚虎身后，对燕燕说，咱走吧。

燕燕站起来，小房东拉着她的手说，你也走啊，再玩会儿嘛。

张全没了呼吸。

还好燕燕抽出了手，跟了上来。

再联系啊。

小房东喊了一声。燕燕在黑暗中回头，看不出反应。张全伤心地发动车子，在副驾上有燕燕的情况下，他还是头一回伤心。河岸上，音乐和笑声依旧大，他把油门踩到了底。

墙上的女孩即将变得完整，就差一只右眼跟一截左小腿了。每一张照片都是他亲手打印，每一个部分他都曾反复观摩，他明确知道那是燕燕，真的拼到一起，反而不认识了。太多缝隙了，那些照片之间，有他难以弥合的裂缝。长久地看着这个破碎的女孩，想要看出一个整体，想要看出一个真人。看得越久，越陌生。看得越深，越漂亮。陌生让人害怕，漂亮也是。她还是太漂亮了，对他来说。从看上女孩开始，他就没敢看上过看上去漂亮的那些。凡是漂亮的必是抢手的，他怕抢，他知道自己几斤几两。他的字典里没有"情敌"这个词，别说情敌了，连敌人都没有。他想象不出怎么讨厌一个人，怎么去跟一个人恶语相向。有人对他恶语相向，他就笑笑，伸手不打笑脸人嘛。好在从记事起就没人打过他了，不然他真的害怕，会不会被人一拳打出一脸讪笑。那样的话恐怕连一个老实人的尊严都保不住了，而是沦为一个彻底的傻子，像骚虎那样的傻子，在人群中是透明的，走到哪儿都是一团和气，默默吸收来自周围的敌意。他的主要组成部分也是和气，可能稍稍比骚虎多一些不服气，他有时会忍不住接个话茬，说句彩话。彩话当然是为了添彩，只是拿捏不好也会适得其反引发敌意，这时候就只能笑了，用更大的和气吸收敌意，而不是用敌意击退敌意。他在心里组织过反击方案，总能反击得特别漂亮，但在实战层面，他的经验是零。他还是怕争，怕抢，怕看上别人也会看上的东西。他不能确定小房东有没有看上燕燕，但他确定看到小房东看燕燕时自己是笑着的。他痛恨笑，可他不能不笑。另外，燕燕是漂亮的，尤其在雾气与夜色之中，她看上去是那么漂亮。承认这一点，也让他痛苦。他痛恨漂亮，可他也爱。

他曾暗下决心，等墙上的女孩拼凑完整，就对真正的女孩示爱。他给自己定的规矩是：只能用她发来的那些。照片少的时候，他着急，希望她能给得多一些。照片多的时候，他也着急，希望她能给得慢一些。现在，长久地看着墙上似她非她的她，他又急了。他发了条信息过去，说，给我看看你的眼睛，右边那只。发完之后他才紧张起来，他从未对她使用过命令口吻，即便是教她学车的时候。很快，她回了过来，干吗，你让我发就发啊。他的手抖起来，没办法打字。她的眼睛出现在屏幕上，像被他抖出来的。

抛开那截小腿不计，她终于完整地显现在他的墙上。长时间举着手机，看着来之不易的那一整张脸，像一张抽象画，想不到，完整比缺失更让人失落。所有的目光最终被那一只发亮的右眼吸引，它还新鲜，是她刚拍的，新鲜得像是活着。他深深地看进去，想要看出点什么，看到屏幕熄灭，看到只剩自己。

表白，就是展示自己。龙哥在屏幕里掷地有声，记住，别说你有多爱她，没用！告诉她你有多牛就行了。在前一秒，龙哥演绎了一场成功的告白，他带着女孩来到一个热火朝天的工地，胸有成竹地向她讲解每一项工程，热情洋溢地跟她介绍每一个工头，豪气干云地为她描绘宏伟蓝图，最后，他对她说，这将是一个集饲养、生产、加工于一体的现代化养猪场，你愿意和我一起管理它吗？女孩吃惊之余怯怯地说，可是，我不会养猪啊。龙哥不容置疑地追问，你会数钱吗？女孩猝不及防地回答，会呀。龙哥一摊双手，潇洒收尾，那不就行了。女孩反应过来，娇媚地笑。龙哥揽其入怀，开始宣讲：最有效的表白是什么？是展示你的能力，是给她一个未来。告诉她你的计划，不要怕她听不懂，她越听不懂越觉得你牛。关上视频，张全在屏幕里看到眉头紧锁的自己。龙哥的讲义一如既往地激情澎湃，直指要害，只是似乎也有不能适用的例外，比如此刻横亘在张全心头的一个疑问：要是不够牛怎么办？我能展示什么呢？当然，龙哥提到了计划，他也不是全无计划。他的计划就是攒钱，买房，娶媳妇，总不能告诉女孩计划的目的就是女孩本身吧。人家本身已经在那里了，还用你计划？龙哥的讲义是那么肯定，张全的问号却越来越多，当然，他不是怀疑龙哥，他只恨自己不是好学生。

电动缝纫机的声音像电锯能让人感觉到齿轮，站在昏暗的院子里，张全花了一些时间重新习惯。玻璃窗里坐着整齐的女孩，重复着大致相同的动作，合奏出一浪挤着一浪的音流。锯齿磨碎空气，锯末堵塞感官。工位上的燕燕不是平日见到的燕燕，操纵机器的她也是机器的一部分，沉默，呆板，高速运转。俏皮的红发被皮筋绑住，发黑的头顶透露出过年以后就没再染过。根据她肩膀动作的频率，张全从声浪中认出属于她的那条，每一声都很长，间歇极短，一声追着一声逼近看不见的终点。他好像又回到燕燕驾驶的车上，速度一直加快，根本停不下来，踩着缝纫机踏板就像踩着油门，视死如归，仿佛只有在世界尽头才能停下。

下班的女孩拥出车间，也有零星几个男孩。燕燕在人群中看到他，立刻恢复了往日活力，弯起眼睛说，咦，你来了？三步两步跳过来，跟他一起往外走。同行的工友们起哄，哇，男朋友啊。挺帅哟。不光帅还暖呢，知道来接咱们燕子下班。好事的女孩凑到跟前，他不好意思别过脸去。燕燕揪住那个女孩，打她，什么男朋友，给你要不要？

燕燕追着女孩跑到前面去了。红嘴唇女孩走到他身边，说，喂，你还不是吗？

他张了张嘴，然后，好像是福至心灵，他用一种龙哥才有的潇洒轻飘飘地说，看来不是。说完还后知后觉地耸耸肩，接着就是一阵剧烈心跳。

夜色裹紧了车厢，看不见太多前路。张全松了油门，说，她们都有男朋友吗？

有的有吧。燕燕说，出来比较久的一般会有。

你出来多久了？

六年。

那你有过吗？他让自己不看她，但她看了看他。

有过。

在哪儿？

河北。

他现在在哪儿？

不知道，南方吧，深圳之类。

为什么是南方？

那时候我们说去南方，那里厂子大。

你们为什么分开？

不为什么。

他知道不能再问了，他积攒的那点勇气也差不多用完了。前方是一座明亮的大桥，他趁着亮光看她，她正看向窗外，窗上的面目模糊不清。他拐了个弯来到桥上，两侧的灯光在车内交汇，点亮了她脸上明晃晃的泪。下了桥，他停下车，一时找不到话说，空气很快凝成铁板一块。他再度被自己的迟钝冻结，心里七上八下，想不出破冰的办法。后来，还是她打开车门，走了下去。他跟出去，陪她坐在路边，一起看着漆黑的水面。

因为他太尿了。

什么？

他说他不敢给我承诺，真可笑，我又没有要过，都不知道他在怕什么。

她把头埋在双膝之间，看样子又哭了。张全不知从哪来了勇气，把手放上她弓起的后背，滑过弧度最高的地方，又返回去停在那儿。别难过了，他说，别伤心。他在掌心里感觉到她微微动了一下，是抽动而不是扭动。他把惊飞了的手又放回去，为了显得自然，重复了一遍刚刚的动作。她隆起的后背撑开他的手掌，在呼吸中起伏，逐渐传来温度。他觉得手心出了汗，他怕聚集的热量让她不舒服，于是又小心地移动，好像在做什么练习。她一直没有太大的动作，这让他的勇气迅速积攒，并下定决心开口，虽然还是不够干脆，其实我，也害怕。

你怕什么？

她直起腰，一瞬间已经和他面对面了。大大的笑脸，通红的双眼，充满期待又有些不好意思。面对这张生动的面孔，他被抖落的手僵在半空。

没什么。

你说啊，怕什么？

我怕自己也一样尿。

你才不尿呢，你天天开着车在路上，见谁都不怵。

路上都是别人，我怵什么？我——他又卡住了，他恨死自己了，他很快就意识到错失了多好的机会，在日后的反思中，如果能在这时候像龙哥一样半开玩笑地说一句"我只怵你"是多么恰当，那样不管接下来说什么都是如此顺理成章，如此进退有余。他卡住了，就只剩退了。

你怎么了？你连天黑都不怕。她轻快地说，模仿起一句流行的说唱，天黑都不怕。

他出其不意地笑了。她就是那么机灵。他发现只是单纯地欣赏她的机灵可爱是多么轻松，所以他彻底放弃了，和她一起轻松地大笑起来。

不好意思啊。笑完了，她说，我也不知道为什么会这样，就是突然有点难受，也不只是因为他。

骚虎这些天一直在加班，燕燕也在加班，全世界都在加班。为夏天加班，赶在换季前做出足够多的短裤、短袖和裙子。骚虎是老师傅，负责款式复杂的裙子，为了夏日街头的美景，不惜通宵达旦地赶工。张全不得不肩负起动物们的生活，羊最麻烦，需要新鲜的青草和树叶。尤其那头已经显怀的母羊，骚虎特别交代要让它吃得好一点。张全在车里放一把镰刀，每天收工回来找一片荒地，割一袋青草。草越茂盛地越荒，灯光越少，在夜色中挥动镰刀，像是回到寂静的乡下。他怎么都想不到会以这种方式重温祖辈生活，那种暴露在黑夜里的恓惶又回来了，并且更为强烈。他好像看到了夜幕下的母亲，四周空无一人，匍匐在沟垄间拼命拔草，手上沾满泥土和草的汁液，额头上的汗只能用手背去擦。她必须尽快干完，好回家给儿子做饭。等待在门前的无数次天黑里，他难过，害怕，以为是怕黑，怕孤单，原来怕的是一幅从没想过的画面。想到母亲现在还过着这种生活，他心痛难忍，看到手里的镰刀，他哭笑不得。母亲累死累活，不让他干一点农活儿，如今为了两只羊，他却在北京割起了草。

关键羊都不是他的。

不论回家多晚，骚虎第一件事就是检查动物们的饮食起居，并对张全的疏忽行径一一指正。张全听不进他在说什么，也没有发火，许久不见燕燕，他的力气都用来胡思乱想了。红嘴唇女孩一定会把那天的话告诉燕燕，包括河边的事，他以为两个人的关系更近了一步，可燕燕并没有过多反应，并且还少了。当然有加班的原因，可完全是因为加班吗？就像她说，我难过，也不只是因为他。她没说出来的原因折磨着他。他每天都问，加班吗？她说加，他也就不能再问别的了。所有人都在加班的时候，他在割草。后来他厌烦了，把羊牵到屋后的灌木丛，让它们自己找点吃的。他找棵树靠着，百无聊赖地刷视频，看龙哥直播。龙哥最近在卖课——"人生硬道理"，很贵，全部课程要 688 元，他当然舍不得买。他向来只学免费的知识，以致交不出学费被早早请出校园。为了搞气氛，龙哥会在每次直播结束时抽一次奖，奖品是价值 18888 元的一对一咨询服务。18888

元很明显是个虚数，表明与龙哥交流的机会千金难买。这成了每天的重头戏，上一个幸运儿还在屏幕里愁眉苦脸的时候，张全的手指头就开始发抖，等着抽奖按钮的出现，继而猛戳手机。当然，他并没有什么幸运儿的潜质，他深知这点。他只是喜欢与运气较劲而已。

那片灌木架不住两头羊无休止的咀嚼，虽然一眼望去仍旧葱郁，但能吃的已然不多，不断抻直的绳子表明了这一点。灌木丛那边是房东家的后院，竹篱笆里种着花和蔬菜。那头老骚虎前脚扒在篱笆上啃食伸展出来的丝瓜秧，把张全吓得飞过去就是一脚，踹完才庆幸它不是有孕在身的母羊。老骚虎尝到了甜头，总往那边凑，母羊也被它带动，伸长了脖子充满向往。张全把镰刀绑在竹竿上，给它们削槐树叶子改善口味，竹竿很快也不够长了，于是只能放长绳子。吃的越难找，就越难吃饱，大晚上陪着两头羊耗在外面，被蚊虫骚扰，张全更加深切地认识到了骚虎的愚蠢，并为自己与愚蠢的关系如此之近感到愤怒。羊在自己的节奏里，不紧不慢地咀嚼，他想起燕燕常说的句式，要是像羊一样该多好，像鱼一样该多好，像鸟一样……他一直以为这只是女孩子在表达对可爱事物的肯定，现在突然有点明白了，人羡慕一些东西，或许只是因为它们总有自己的事干，并干得有滋有味。

羊有滋有味，只是吃草。他食不知味，哪怕是肉。终于有一天他忍不住了，他恨透了这两头吃得津津有味的畜生，刚牵出来就把它们赶回了家。他驱车来到燕燕的作坊，想要远远看一看她。玻璃窗里的女孩节奏统一，燕燕的座位空着。他来到街上，在一家烧烤摊前看见了她，她的头发又是全红的了。走过去的路上他认出了和她坐在一起的人，看着她跟小房东那一伙人喝着啤酒有说有笑，他意识到自己也在笑。他绷紧了脸，可感觉眼睛还笑着。他眨了眨眼再睁开，发现嘴角又弯起来了。他控制不住自己的脸，只好挪动双腿，走开了。

车子发动又熄灭，良久再发动，倒了一下又停住。他掏出手机，编了条信息发过去。

今天加班吗？

加。外加一个哭哭的表情。

手落在方向盘上，砸响了喇叭，吓他一大跳。

不过我没加。偷笑。

在吃烧烤呢。坏笑。

你要不要来？勾引。

短短几句话，配合着灵活使用的表情，让他再度见识到什么叫五味杂陈。他看了看后视镜里的自己，说，不了，这会儿走不开。

好，那改天啦。微笑。

行驶在没有路灯的路上，像她一样踩深了踏板不松。车身抖动，很快就慢了下来。前路漆黑，他怕起来，肯定不是怕路黑，他早习惯了这样的路。眼花了，他打开远光，燕燕不断地从眼前掠过，肯定不是怕燕燕，对燕燕从来就只有喜欢。一辆车忽闪着远光从对面来，会车时还长按喇叭，他扭头骂了句，好像那里面坐着小房东。小房东肯定是怕的，他此前并不觉得小房东是多坏的人，但就是怕。他要是坏人该多好啊，也算没白怕。他想起小时候看过的电视，街上那些欺男霸女的恶棍，就是小房东这样招摇。好像是《水浒》吧，高俅的儿子看上了林冲的媳妇，当街就要耍流氓，流氓耍不成还要用计把人骗来强占。林冲那么大一个英雄，也只能一忍再忍，那么忍还是落得个蒙冤流放，在山神庙险些搭了命。那时候，多替林冲叫屈啊，多为林冲难过啊，多怕遇到高衙内这样的人啊。小房东就是高衙内该多好，而他决不做林冲。他想象自己持刀冲进淫窟，宰了衙内救美人。那一刻，胆小的他愿意承担所有后果，只求能让燕燕知道，他不怕。他太兴奋，反复演练闯进去的一霎，燕燕那张生动的脸反复出现。等冷静下来他才想到，自己并没有林冲那样的武功。

（节选自《当代》2023 年第 3 期）

玉是石头的心

李知展

1

不能用小来形容它，可城区确实不大。蒲天丽开车绕了几个圈，仍没有物色出一处合适的角落将后备箱里的东西扔掉。这时她才觉得，城市还是小了，到处都熟门熟路，没个躲避处。蒲天丽停了车，蓦然一惊，不觉竟开到了董广川的店铺旁边。想想前因后果，她长长叹了口气。

曾以为这个不大的城区对她来说足够了，可以安放她平庸的余生。泛起这个念头时蒲天丽哑然失笑，她算个什么呢？无名之辈。这小城多她一个不多，少她一个不少，大家热热闹闹的，过得好着呢，倒是她，成了闯入者。

准确地说，蒲天丽是从大城市败退下来的。毕业后，她先是在省会上了一年班，觉得工资低，没出息，辗转到南方沿海城市工作了六年，其间换了好几份工作，公司文案、策划、行政主管助理，再到小部门的二把手，蒲天丽不可谓不努力，她所能依靠的，也只有自己沉默刻苦的身体。如此辛劳六年，她存了近四十万元，对网络上动辄年入百万的精英来说可能不值一提，对她来说，很可以了。一个普通工薪族，存下的每一分钱，都要在吃喝拉撒和房租中精打细算，每一块钱都是她和生活斗智斗勇的胜利结余，带着沉甸甸的成就感。可眼见房价直蹿云天，蒲天丽站在出租屋的阳台上，望着远处城市地标楼宇滚动的霓虹，再看看自己银行账号里缓慢增长的存款和日益攀升的年龄，朱颜辞镜花辞树，树留不住花，这城市也留不下她。

先是与处了三年、断续同居了两年多的男友分手，再是工作上换了个部门领导。男友分手时，他终于遇到了个本地女生，一见钟情，无非想走点捷径。男友辩解"恋爱和结婚不是一回事"，不辩解还好，一辩解更显薄情无耻。再说这个领导，排挤掉原领导上位的，带着尊贵的派头，业务上没见多出奇制胜，小官僚习气倒挥洒自如，媚上者必欺下，她从上司讨好得来的那点儿权力，必然对下属无所不用其极，从上任之初，就处处刁难蒲天丽，一个方案改来改去，总难令她满意。部门例会上，将她打印的讨论稿，两根手指夹着，悬在半空，轻轻摇动，几张无辜的纸哗啦啦地扑扇，领导斜着眼，说了句："小蒲，这就是你做的方案？"蒲天丽低着头，涨红着脸，职业尊严就此碎一地，再也拾不起。同事们眼观鼻，鼻观心，纷纷夹紧无形的尾巴，装作恭敬地看笔记，内心难说不窃喜。蒲天丽反思，自己因是原部门领导一手提拔的，一朝天子一朝臣，自然难被现任领导视为"自己人"。上一任领导对她充分信任，在她曾是领导跟前的红人时，以为是自己能力所得，并没顾忌同事的敌意，如今新领导将她和上一任领导绑在一起，也算咎由自取。事后她才知，也不单是她之前被重用，现在打压她，能更好地树威风；还有一点，她还是名义上的小组长，挡着领导安插亲信了。她的存在就是错的，再怎么努力，也于事无补。

重新规划办公室之际，蒲天丽的工位被调到最前面门口位置，挨着茶水间，人来人往，脚步杂沓，常有异响；新领导的工位在最里面，与她成斜线，只需眼角略一扫，蒲天丽一举一动都逃不掉。领导到办公室换下高跟鞋，常踩着软缎拖鞋，悄无声息突然出现在蒲天丽身后，借布置工作，探向她的电脑桌面，看她到底是在"划水"还是在做方案。那种得时刻绷紧、如芒在背的紧张感，孤立无援的凄惶感，怎么努力都不被信任的徒劳感，被领导以大义凛然的借口排挤的委屈感……蒲天丽怆然一叹。

她恨自己，为什么没能坚持忍住？领导再一次在例会上自吹自擂，并顺带着羞辱她时，蒲天丽拉开椅子，从会议室直接出去，当然，门摔得有点响。可视化的写字楼触目都是玻璃墙，她其实无处躲藏，冲了一杯速溶咖啡，靠在茶水间走廊尽头。窗户没关，风灌进来，楼下人来人散，蒲天丽忽然觉得真没意思，一切都没意义。她想哭一场，又怕同事看到，牙齿哆嗦着，抱着马克杯，回到了工位。杯子被她攥得太过用力，勺子在杯壁磕得叮当响，咖啡洒了出来，她喝了一口，真苦，得咽下去。蒲天丽甚至都想着该怎么送点礼，以作缓和。

私下里，她向以为交好的同事吐槽新领导，其中有一句："既无作品又无人品，装什么狗屁前辈，无非先死先退，有什么可傲娇的？"

这吐槽断送了她的前程。同事也可能对新领导心怀不满，将对话框截图给另外的同事，她给自己打了码，却让蒲天丽无遮无挡。截图传播开来，必有心腹向领导告状。新领导气得一蹦三尺高，直接杵到总经理跟前，扬言让经理在她和蒲天丽之间选一个："这样的下属，我是没能力管得了了。"

蒲天丽出局。

数年里，她一直为公司尽心尽力，熟谙那些口号：公司给了你事业平台啦，以公司为家啦，感恩啦……打工几乎打成了精神股东，到这时，才发现，没人为她说一句话，都装不认识。公司对她，弃之如敝屣。

那段时间，蒲天丽内分泌失调，满嘴起泡，总觉得有一口气堵在胸口那儿，有时午夜梦回，脑海里盘旋的都是领导刻薄的嘴脸。蒲天丽无助地哭了，哭着又忍不住攥紧拳头，杀心顿起。为了一份小小的工作，想杀人，她想，至于吗？事后当然觉得可笑，可自己就如一只蚂蚁，当时的一粒石子就横亘如大山，她翻不过去，何况还有那么多隐形的壁垒。

关隘重重，路路不通。

积郁已久，生了一场病。她一个人，顶着张惨白的脸，捂住两个多月来血污淋漓的裤裆，掐着断续疼痛的腹部，在妇幼保健院四楼排队做彩超。她总怀疑肚子里长了个什么东西，要不然怎么月经动辄几个月不来，一来就持续不止，像轮胎在慢慢漏气。排队的间隙，看见检查完从彩超室出来的人，有的一脸轻松，有的垂头丧气，竟然有那么多年轻的女性身怀暗疾，甚至有个女生刚拿到结果，就扑在男友怀里哭了……蒲天丽一颗心提着，人家哭还有男友陪着，又是递热水又是拎包，自己呢，死活都无人问。透过医院的窗口，她回望公司的方向，近处的天桥下，仍然车水马龙。到这时，她才发现，如果此刻得了绝症，这偌大的城市，繁华也好，热闹也罢，再与自己无关。城市的光鲜亮丽，不是为她准备的。蒲天丽灰了心，局外人似的，盯着奔忙的人们，有多少人能在此扎根？不过都是一节节电池，供养了这个城市的声色辉煌，等电力耗尽，就被淘汰出局，如丢一件垃圾。

漂泊异地，冷漠的人际关系里，无数个被孤独啃噬的夜晚，蒲天丽时时涌起逃离的想法，可真决定卷铺盖走人，也就在一刹那。稻草一根根堆积起来，在临界点，骆驼倒了。

幸好是虚惊一场，诊断结果是体虚，饮食不规律，说起来，都是气的。医生让她好好调养，再这样糟蹋身体，将来生育都是问题。出院后，她辞了职。缴械投降，我认命，行了吧？

真正的离别是无声的，连个再见都不会说，事实上真到离开，也没有几人让她有说再见的冲动。蒲天丽特意选了慢车的卧铺，蓄意酝酿一些伤感，毕竟在这个城市待了六年多，不为别人，为自己抛掷的年华势必也要感伤一下子。

可惜没能如愿。车里同坐的乘客带着孩子，一路上倔强地哭笑吵闹，耳机也不起作用，她那点离愁别绪被冲得溃不成军。蒲天丽一路坐下来，只有一个最直观的感受：小孩子是什么奇异的物种，怎会有如此旺盛的精力？让人抓狂！

那位挺着孕肚的年轻母亲也处在崩溃的边缘，疲倦油黄的脸，向对面的蒲天丽连连抱歉。倒弄得她不好意思了，扯下耳机，主动帮她接热水冲奶粉，拿出零食哄住幼童。孩子终于止住哭声时，蒲天丽适时夸奖："真棒，好可爱啊。"违心又郑重。做母亲的疲惫的眼睛里溢出笑容，认领了赞誉，也适当地表示了谦虚："性子倔，有时调皮得很呢。"

蒲天丽的热情是带着目的的。此番回去，不免被亲友诱导步入相亲、结婚、生子的通用程序里，和这位已做母亲的同龄女性聊聊，算是课程前的自主预习。得了样式精美的巧克力，男孩专注地吃着，她们正好有聊天的空隙。攀谈下来得知，她叫"姐"的这位母亲，比蒲天丽还小两岁，二十七岁，同行的儿子刚满三岁，肚里还有已满六个月的硕果，这次就是把儿子送回老家一段时间，以便生养老二。蒲天丽佩服又困惑：在压力如此大的城市，有必要连续生育吗？她阴暗地想，或许这位家里老公有钱，她不用上班，可以安心回归家庭。可从她的言谈来看，她也是工薪阶层，还在担心产假能不能得到保证。

得知蒲天丽比她还大，尚未婚育，她似乎有了优越感，好像一场游戏，她比蒲天丽早通了几关，觉得有资格以过来人的身份对她指点："女人嘛，还是要结婚生子的。"

"现在都流行'躺平'，谁还愿意辛苦结婚生育呢？"蒲天丽小心回应。

"那还不是自私?"她说,"我一点也不羡慕那些女生,喝个咖啡啊,看个展啊,旅游打卡个景点啊,自由自在似的,那种虚假的自由,可太容易了。不用抚养孩子,谁做不到呢?她们不想想,她们的父母当初也这么想,哪有她们现在的潇洒呢?"

这打击面实在有点大,将蒲天丽也裹挟进去了。蒲天丽觉出她层层的"重",同时也觉出自己的"轻",她似乎要为这"轻"愧怍,又不知愧怍什么。对面的年轻母亲好像不忿于单身年轻女性的"轻",要把她这样的"重"加诸所有女性才觉得意能平。蒲天丽感到一种无端的惶恐,不敢再搭话,戴上耳机,默默去追喜欢的悬疑小说新更篇章。

小说里有一段,说有一种铁线虫寄生于蝗虫体内,蝗虫看似能自主活动,神经系统其实已被铁线虫控制,它不停地觅食喝水,似乎为了自己吃饱喝足,其实都是铁线虫在发出指令,它一生奔波劳碌,供养的不过是体内的寄生虫。到最后,蝗虫会在神经系统的指挥下,"自愿"奔赴河流,将自己淹死,以便让铁线虫钻到体外。

蒲天丽移开手机,叹口气,谁的一生不是在做着辛辛苦苦走向河流的徒劳的努力呢?

⋯⋯⋯⋯⋯

正在胡思乱想,她隔着车窗,依稀望见董广川从"石之心"走来的身影。蒲天丽笑了笑。很苦。

2

虽早有预料老家也非逃避之地，有件事还是始料未及，先
是亲戚的不解、轻蔑，嘴里说着"回来也挺好"，眼里却尽是
"混不下去了吧"。她自觉低矮一截，如宴席上欲坐贵宾席而没
抢到位者，讪讪退回，同桌的虽都为普通宾客，但看她的眼神
意味可就复杂了。她并没有因为降尊纡贵而被他们视为同类，
在将她视作上蹿下跳的"不安分子"同时，因他们在下等桌占
位已久，根系牢固，彼此熟络，觉得颇有资格对她进行提点、
说教；她作为闯入者，只好唯唯诺诺，灰头土脸地承接着丰沛
的唾沫星子。

在镇子上，一个将近三十岁还没婚嫁的女性，是食物上的
霉斑，喉咙里的鱼刺，全家人的心病。母亲一辈子强势，此时
也不得不点头哈腰，对前来串门的亲友顺势央求："她姨，有合
适的，帮着介绍一下啊。"

当确定她不再返回后，亲友们爆发出的婚介热情让她招架
不住。蒲天丽恶毒地想，她的出现，如天上突降一具鲜活的女
性，雨后蘑菇似的，谁采到算谁的。七大姑八大姨将身边能搜
罗到的单身男性一股脑介绍来了。她充分认识到了男人的多样
性，歪瓜裂枣会集。有加了微信没聊几句，就让她"发张照片
看看"，还要求"素颜"的，理由也给得充分，"不爱那浓妆艳
抹亲娘都认不出的不过日子的女人"，一副点菜的口吻。有一上

来为表示跟她是同路的，说自己也在大城市打拼过，挣过大钱，见过世面，意即不憷她这样的女人，蒲天丽刚试探地问他年收入多少、市里有房吗，他就恼了，说"小姑娘不要这么势利"。也有张口就问什么工作、工资多少的，虽没教养，也还能忍。入夜就问得深入了，也问得花样翻新："年纪这么大了，之前处过几个男朋友啊？""真就一个？分手这么久了，那个……怎么解决啊？""没流过产吧？哈！"……哈你妈呢，蒲天丽真想大吼一声，热情问候他八辈祖宗，一颗心气愤起伏，久难平息。

一圈下来，她悲哀地意识到，唉，也不全怪介绍人，在媒人眼里，自己也不是什么新鲜货色了：二十九岁，非倾国倾城色，无稳定工作，眼界被养得虚高，不接地气，家境普通，还有个弟弟，不愿伺候丈夫公婆……镜花水月，都是空。她自取其辱。不该回来的，至少，不该相亲。

在家两个月，见了几十个，都是浪费时间，一通忙乱，蒲天丽将这段时间介绍来的微信全部拉黑，唯独一人，犹豫很久，蒲天丽不敢了断，一因他是亲戚介绍的，再就是他下手快，已经被母亲掌过眼。小伙儿名叫陈威，矮矮的，胖胖的，就显示出了忠厚之相，每次来她家，都带着不菲的礼品。贵重的东西母亲当然不会收，几趟下来，得到了母亲的首肯。"这孩子，实诚"，让她"正经处处看"。

蒲天丽不置可否。以为能敷衍过去呢，他却带着介绍人，按规矩送来礼品，这就如两国正式建交前的会晤。她这才发现没有明确回绝就成了默许，对方已按部就班启动聘娶流程了。

　　这场会面，像是拍卖展，蒲天丽不尴不尬的，像件静默的货品，被两方暗中估价交易。在她的阻拦下，母亲倒是没收男方的见面礼。介绍人脸上有点难看，所以他们走后，母亲立即卸掉脸上招待的笑容，语带愠怒："不满意，你倒是自己找啊，这么些年，也没见你带来一个男的。这托人给你介绍的，都知根知底，你又嫌弃，这事那事！"母亲抛掷手里的抹布，喊出："反正辛辛苦苦把你养大啦，你想咋的就咋的吧，我不管了！"熟悉的路数。

　　母亲最擅长内疚型控制的招数，先历数其辛苦，让你感到愧疚，觉得忤逆她简直没良心，她再循循善诱，以此达到控制的目的。尽管路数谙熟，蒲天丽还是不禁为自己的挑剔感到羞耻，为自己如此年纪还没完成世俗任务感到羞愧，为母亲心焦而她仍不领情感到羞惭。蒲天丽内心一叹，矮下身，柔声哄母亲，直到表了态："那不得再处处看嘛，再说，我爸还没回来，总得让他也过过眼。"

　　"他回来能怎么着？他见了也得觉着好！"母亲当家做主惯了。

　　"好啦，妈，别生气啦，是我不对，你歇着，屋子我来收拾。"

　　母亲又一次胜利。可样子犹气哼哼的，坐在沙发上，边查看留下的礼品边自言自语："你看陈威多懂事，带这么重的礼，隔三岔五就送吃的喝的，你还想要什么样的？"母亲已站在钦定的未来女婿立场，瓦解她的防线。打开一封果子，母亲喊了一声："呀!" 礼盒里是三沓钱，崭新的三万元。敌方还是暗戳戳地将见面礼强给了。

蒲天丽软磨硬泡，让母亲打电话给介绍人，把见面礼收回。介绍人老奸巨猾，在电话里笑嘻嘻地说："钱? 什么钱? 我不知道啊，不就几盒果子嘛。要说，小威这孩子真有心，专门开半天车去开封老街上定做的喜馃，好吃吧? 丽儿要喜欢的话，让小威以后常给她买。" 又说："他姨，赶快让俩孩子定下来吧，彩礼才是大头，更让你惊喜呢。"

母亲放下电话，摊开手，表示事已至此，她也没法回转。脸上却笑意难掩。

程序还是启动了。

蒲天丽寄望于父亲回来能扭转败局，可想到父亲在家里惯常的地位，回来了也无改大势，最多只能提供劝慰情绪。

得知父亲的归期，陈威及几个兄弟早就在车站外等着，俟次接上，"叔，叔" 喊个不停，又是点烟又是递水，热情得起腻，弄得父亲一个在物业做绿化养护的园丁如将军凯旋，在陈威和朋友的护送下，几辆豪车开往城郊饭店，接风洗尘。

这处依托莽山风景区的农家乐风格餐馆，是他的底气，是他一米七不到想娶和他同样身高女生的 "内增高"。陈威背着手介绍，派头便出来了。蒲天丽得承认，如果他稍微降低要求，他在婚姻市场上会很抢手。

入得前门，一块凸出的红漆牌匾：乾坤炖。两旁镌联：一锅炖乾坤，三杯倾日月。横批：吃好喝好。雅俗相映，倒是应景。一顿饭下来，将父亲服务得勤恳周到。父亲望着陈威的个头儿，态度虽保留，可也不敢一票否决，只说："随你们年轻人吧，处得好了就谈，处不好也不能强求，是吧，小?"长辈称不熟而又要表示亲昵的后生为"小"，初次见面，也算认可了。陈威眉开眼笑，说："叔叔说得是。"不拘老头儿说什么，他都郑重地点头，表示"叔叔说得是"。蒲天丽暗自冷笑。

等回到家，父亲刚当着母亲的面商量性地说一句："那小伙子，确实是矮了点……"他还要说什么，母亲一个眼神瞪过去，父亲就只好改口："人倒不错，看这小孩，挺实在。"又说："妮儿，你可要好好定夺。"很语重心长了。从这句里，她读出父亲的意见。

"她定个屁!"母亲开宗明义，"她有什么主心骨?咱关上门说，妮儿，你之前谈的，倒是长得好，可除了让人白睡几年，到最后，落到什么了?"母亲说得伧俗直白，"听我的，不会错，我打听过了，他家就他一个，父母都是可靠人家，除了这爿饭馆，县城里还有处门面。这小孩我也观察很久了，错不了，放心吧。"母亲一锤定音。

唯独不说，这个男人，圆墩墩的，两只眼睛，小、圆，闪闪有光，局促中透着莫名的张皇，让她常联想到某种鼠类。

3

月亮被云层遮挡，呈现一小汪模糊的暗黄。

蒲天丽睡不着，披件衣服到院子里。父亲正站在迎门墙的一丛竹子旁抽烟。父亲多年养成的习惯，从不敢在母亲跟前抽烟。从后面看，父亲佝偻枯萎，年纪不过五十五六，好像就已是残垣颓壁，背不动时间的重量。她想起以前公司的经理，同样的年纪仍西装革履争权夺利……黑蓝的烟在青竹叶间寂寥盘旋。父亲一阵剧烈咳嗽，扶住墙壁，往旁边洗手池吐了一口。蒲天丽隐约看到池中泛着猩红。见她过来，父亲急忙扭开水龙头，哗哗的水流，什么也没有了。

"乖，怎么也出来啦?"

"睡不着。"

"还在想相亲的事?"

"爸，你觉着他合适吗?"

父亲不吭声，只低头抽烟。良久，憋出一句:"乖，你先和他处处看哈，我再慢慢和你妈说说。"

蒲天丽有点恼火，说也白说。她烦躁地跺了下脚。

父亲歉疚地笑笑:"乖，你不该回来呀。"父亲宠溺她的能力有限，可在口头上，从来都是温软地叫她"乖"，洋溢着宠爱;不似母亲，高门大嗓叫她"大妞""妮子"，难听得要死，稍敢不应，一连串"死丫头死妮子"，如一声声夺命令。

"你不也回来了?"

"爸爸是没地方可去了，"父亲说，"要到头的人啦，在世上还能有多少日子呢，也该回来了。"

"说啥话呢，爸，你才多大……"

"老啦就是老啦。"父亲说,"还好,你们都长大了。"

她偎近父亲,亲昵地喊了声"爸"。父亲想像小时候那样揉揉她的头发,发现女儿比他还高一点,蒲天丽弯下腰,靠在父亲肩膀上。

黑暗里,父女俩一时无话,看向不分明的月亮。

父亲想起什么,拉她坐下,从上衣内兜里掏出一张塑料袋重重包裹的银行卡。"乖,这是这些年交给你妈妈以外,爸爸私下接点装修之类的活儿存下来的,不多,就七八万。乖,你拿着,遇到什么事了,应个急。"父亲把着她的胳膊,不容她拒绝。

"你弟不成器,别听你妈的,你以后不用管他。上学供他上了,没考上公立高中,就上私立的,他瞎混;大学没考上,送他去铁路技校学技术,他不好好学,毕业证还是托关系才给的;后来把他分到西南山区修路架桥,干了不到俩月,他嫌苦,工资都没来得及结就跑回来了……不说操心,单说钱上,他可费得太多了,爸能做的都做了,也不再觉得欠他了……"

她不知道父亲何以存了这么多体己话,可父亲交代什么似的,还在说:"你妈这个人,嘴硬心软,看似强梁,其实呢,眼窝子浅,遇到大事,看不远……爸爸不说,爸爸都知道,乖这些年给家里省心,委屈我乖了……"父亲抽了几口烟,烟雾遮住他的脸。

蒲天丽靠在他狭窄的肩上,眼泪无声无息,一个劲地流淌。

"爸爸一辈子没出息,乖,对不起哈……"

蒲天丽后悔多年，当时她就应该读出父亲欲言又止的隐语的，可她仅理解为一位没能力的父亲对女儿的亏欠，不能为她的人生助一臂之力。

"爸，以后别出去干活儿了，我给你养老，好不好？"

"傻姑娘，你有自己的生活，不要管爸爸……"

"小乖长大了……能挣钱了，我有钱，爸……"

"你有是你的，爸给你就拿着……爸就这么大本事，乖不要怪爸爸就好。"

"爸，你别说啦……"蒲天丽又要哭。

"嗯，不说了，不说了……"父亲望望天上，"月亮出来了。"

挣脱了云层的遮挡，月光明亮，落在地上，如一层白霜。她真想回到小时候，就坐在这里等父亲回来，父亲兜里藏着点心，喊她小乖，避开母亲和弟弟，塞给她点心吃……她说："爸，还记得不，街角那家点心铺做的糖馃子，可甜了……"

父亲眯着眼，忘了抽烟，脸上掠过怅惘的神色，突然笑了，喃喃地说："多少年了……"

月偏西了。

父亲掐灭烟蒂："凉了，回屋吧，乖。"

"再坐一会儿吧，爸。"她拉住父亲的手。父亲的手干燥、粗粝、温暖。

"嗯，那就再坐一会儿。"

也没什么话，他们继续看月亮。

没多久，父亲还是拉着她回到屋里，怕久在外面，母亲责怪。果然，刚进屋，母亲就低斥一番："说好明儿请陈威来咱家，你爷儿俩还不睡，在那叽叽呱呱嘀咕什么，就显得你俩亲？都赶快给我睡，明儿早起好帮我准备酒菜。"

礼尚往来，母亲做了丰盛的午餐，说是招待陈威做客，实则明摆着撮合，因为饭吃到一半，母亲接了个电话，说句："你二姨邀我去有点事。"并朝父亲使眼色，"老头子，你送送我。"

家里就剩他和她了。

他的诚意和朴实，是放大的，亦假亦真的，因为诚实这种传统的品质在老人家那里有市场，装一段，是要有物质兑现的。拖了两个月，他就不想装下去了，撕破面具，露出本性。不时投来一瞥，又匆匆收回，期待回馈。

开始还好，云山雾罩地讲述他开饭店的艰辛和现在的辉煌，后边，他说着话，挨近她一点，离她越挨越近。在她看来，他每一句话都声如雷震，她心脏为之一紧。那种被陌生人挨着，却不知他下一步会有什么突发的动作，随时被胁迫的惊恐感，空间被侵犯的窒息感，如此强烈，如异物扎入身体一般。她装作玩手机，打电话给父亲，央求他快回。电话刚接通，父亲的手机却被母亲劫持了去，她大声武气地说了声："和你爸得一会儿才能回去呢。"陈威听到了，这句话透露的信息让他喜不自胜。他的行为，即便小小出格，也被家长默许。蒲天丽在心底对自作主张的母亲骂了一句："蠢死了。"他带着被怂恿的热情，拉了拉她的手，笑嘻嘻的。

蒲天丽躲开，在跟母亲的微信聊天里说他："不老实，动手动脚的。"

母亲笑了，当是什么事呢。"傻闺女，亏你还恋爱过呢，年轻人耍朋友，不都这样嘛。"

她后悔那天按照母亲的要求穿了裙子。只顾回复信息，长裙露出后颈和一小片裸背，他在她身后，趁她低头对着手机打字求救，忽然凑上去，亲了一口。带着丰沛的口水，几乎是啃，还暗戳戳说了一句："露出来的地方，真白呀。"他转动眼珠，眼里盛着两窝笑，舔舔嘴唇，意思很淫亵：没露出的区域呢，是不是更白？

一股子浓重的恶心和惊恐冲决而出，蒲天丽捂住胸口，干呕了一声，慌忙拽开门，跑到院里……

思忖良久，不甘按部就班步入婚姻的泥潭之前，她不能再等了，得先逃离，喘口气。

喘口气的办法，就是还得和家庭疏离。

多荒谬啊，原想回到老家，会有稳固的亲情，她可以身心放松，过一个从容的人生。现在看，还得离开，保持距离。

她仍然是只蚂蚁，在热锅上打转，只不过换了一口小点的锅而已。

蒲天丽去了市里，她一刻都不能忍了。她发微信给父亲："爸，你说得对，我不该回来的。你照顾好自己哈，等我安定了就来看你。"父亲回复一个微笑表情，不知老头儿从哪儿学的，还连发了几个胜利手势。

她先入住酒店，拉紧窗帘，沐浴时，勾着手给脖子和后背擦了多遍肥皂，皮肤都擦红了……洗完澡，吹着空调，躺在床上，喝着汽水，那一刻，狭小的空间里，都是自由的味道。

命运却没给她回来再看父亲的机会。

4

"美女，我看过了，咱们实话实说，你这个镯子，先上了仪器，折射率 1.65，不太对；咱打白光灯看，这上面能看见很明显的酸蚀痕迹，里面色泽漂浮在表面；咱再打紫光灯看，里面充满荧光……我觉得是翡翠里 B+C 的货，经过酸洗、充胶、作色……"

"啊，这可是我最好的朋友送的……你看现在能值多少钱？"

他伸出一个指头。

"一万？"

他摇摇头。

"一千？"

他摇摇头。

"一百！"来人终于目瞪口呆。

"一百还不一定值呢。"他微微一笑，见惯不怪，"物无美恶，爱者为珍，很多东西，有时也不是价钱能衡量的。"这当然是安慰的虚词，不为问价值，大老远来你这里鉴定什么呢，你又指着什么挣钱呢？

蒲天丽很难说清她的回来是否因为他，甚至所有的相亲对象她都在暗自和他进行对比。人最怕比较，心里有了情感投射，觉得那些小男生跟他比，怎么都显得浅薄。他叫董广川，年已四十余，在市里开一间玉器店，闲暇时帮人鉴定玉石翡翠。鉴定为真的就适当收费，假的则免费，然后推荐在他店里买相应的玉饰，保证真品。

董广川顺应潮流，将鉴定的场景拍成短视频，发在平台上。短短的视频里，言谈之间，由玉石真假，可以折射出世间百相：有的是男友送的，信誓旦旦，东西却是假的；有的是朋友抵债，有所谓大师亲笔背书，东西也经不起推敲；有的是民间捡漏，却价值不菲……一方小小的石头，放大了人心和欲望，就像小小的锅里，烹出活色生香。这些视频里，他隔着铺就绿绒布的案桌，和鉴定人似是隔河相望，水面上浮着的是生死未卜的各色玉石。他眯着眼睛，专注地盯着玉石，笑眯眯的，不悲不喜，如端坐在审判席，身形圆圆胖胖，低眉含笑，如弥勒状。好像他是这形形色色欲望天平另一头的压舱石。

蒲天丽追着看完这些视频，如看了一系列连续剧，得知结果时瞬间的惊喜或沮丧，都那么真实而集中。有人鉴定为真，一开心，多给他一点费用，他也不喜；有人鉴定为假，直接对某人破口大骂，他也不劝；有人要在他店里买一件贵的玉饰，他觉得佩戴不合适，反而推荐给顾客一件价低的。总之，生意做得很无欲无求，却因为巨大的诚意，他的视频号关注人数和实体店的生意渐渐风生水起。

蒲天丽是最早关注他的那一批"粉丝"。何时加的微信已想不起了，想必是看了他的视频，又是老家同城的，她在异乡，心生亲近之意，留言让他鉴定一枚玉牌，就留了联系方式。按照他的要求拍了玉饰的照片，可她的出租屋不朝阳，拍出来光度不够，她索性开了视频，让他仔细给"上上眼"。

他看了一圈，说出结果："姑娘，假的。"

玉牌是前男友送的。那时，她在市区工作，他在城市边缘。那么大的城，她要倒两趟地铁再坐一班漫长的公交才能见到他。他跑市场，休息时间不固定，她一般情况下休息日是正常的，为了他能多睡一会儿，都是她去找他。有次，她周六加了一天班后往他那里赶，而他周日一早就要出差，那天早上他走时，一关门，她就号啕大哭——跑了这么远、这么辛苦，还没跟他抱上一会儿呢，他已经走了，她又要背着包回市区了。

就这样付出了两年，换句话说免费送人上门两年。她记得清清楚楚，情人节那天，照例是品尝完她送来的身体之后，他献上了这枚玉牌，言之凿凿多少钱买的……董广川说出鉴定结果那一刻，蒲天丽虽能预料到人性的凉薄，可还是承受不住，也不是被欺骗的愤怒，就是觉得可笑，没意思，一切都是假的，都是玩玩的。她想笑，一撇嘴，却沁出两股子泪，真没意思，真没出息，有什么好哭的呢，可就是情难自已……她甚至忘了还开着视频。等她渐至平息，手机里才轻轻传出一声叹息。蒲天丽意识到失态，赶忙揩去残泪，却也不解释，说句："谢谢您了。"就要挂断视频。他摇着手里的玉饰，和她这枚式样相似："我店里的，可能没你那个好看，但能保证是真的。送给你吧，姑娘，你会遇到更好的。"

蒲天丽中了邪似的，哇的一声，哭得他措手不及。

就此认识。

都市是滋生大剂量寂寥空虚的温床，特别是一个女子，背井离乡，再忙，一回到出租屋，蒲天丽就莫名心慌，似乎空间和时间都带着咬噬的重量压来……他是那根稻草，是她精神的寄托，她迫不及待地找他的对话框。

他耐心。像是稳坐钓鱼台，耐心是他可忽略不计的成本。机会难得，只需一点细水长流的饵料，放长线钓年轻的美人鱼。她又饥又渴，势必逐渐将钩咬紧。这场围猎也好，攻破城池也好，他始终是站在她这边战线的，至少她这么觉得。他们说了多少话啊，每一次都高质量，意犹未尽，言犹在耳，那些灵魂里的对谈，比性更难得。她信了，人这一生，遇到性遇到金钱，都不稀奇，难得的是，遇到懂的人。

她说："一个女生，到了一定年龄，如果没驯顺地结婚生子，你尽可以有一万个理由：为了事业，为了保持美丽和自由，为了不降低生活品质。可在他们眼里，你就是自私。"

他说："不如把'自私'换成另外一个词——'自我意识'。文化程度越高，自我意识觉醒越彻底。"

她还说："你跟父母聊事业有成终身不婚的名人，他们说，啊，这么好的基因怎么没有孩子？或者，那么多钱有啥用，都留给谁？"

他还说："在这个国度，结婚生育跟宗教一样的。你没有办法的，姑娘。"

她又说："最近好烦哦……吧啦吧啦……"

他又说："平凡的我们，本来就是漫长的重复和无聊里夹杂一些小快乐、小幸福、小伤感和小痛苦，庸常的生活里注定没有那么多惊天动地。"

她接着说。

他也接着说……

每一句都说到心坎上，心如一堵墙，被攻破后，她的心就是一张床。床上，他端坐中央，笑眯眯的，等她下了班卸了妆洗完澡不设防地和他言语间你来我往。他欣赏她身上的光，也指导她的迷茫；看到她的能力，也理解她的困境。他们说啊说啊，说不够，一夜又一夜，一场又一场，一波又一波，手机按键起伏涨落，渐入佳境，风光旖旎，高潮迭起。既是精神导师，又是知心大哥，不管她吐槽什么，工作的烦琐、同事的甩锅、上司的白痴，他都听着，不是敷衍地只听不顾，他帮她参谋，哪怕不同意她的思路，也先顺着她的情绪，让她发泄出来，等她冷静，再提出建议。

这种棋高一着的处理和性格上的体贴，让她沉迷。

她能做点设计，常帮他做一些视频剪辑和后期处理，他很感谢，只要是个节日，都会转给她一个红包，不是钱多钱少，是那种被人挂念的感觉，让她觉得美好。

聊了小半年，在她和领导发生冲突的那晚，她和他语音聊了很久。他耐心地听完，给她建议，直到最后说出："真不想干了，也没啥，回来帮我拍视频吧。"

在他，或许只是安慰的话，蒲天丽却当真了，甚至都想好怎么分镜头怎么写文案，才能更好地在平台上引流了。她搜了和他类似的做得很火的账号给他，分析他们火起来的原因。她条分缕析时，发现他眼神迷离，只是在听着她的声音，似乎她年轻的声音才是主要部分，至于说了什么，并不重要。她提醒他注意时，他微微一笑，说："我就是闲着，录着玩呢，没想过能火。""现在要想啦。""好，那就想。听你的。"语气里分明有点耍赖。蒲天丽微有点气，说："打起精神啦，要不收益都不够我工资呢，怎么给你打工？"

他这才明白她当真了。

沉默许久，才给她回复："刚我静下来算了算，目前的积蓄，除去店面正常运转之外，还可以给你开四年工资的，四年之后，就不知道了。"他又调皮道："兴许那时，世界已经崩塌了呢。"

她看了，心中一恸。半夜，发了一条微信朋友圈：人世浮沉，我们好像曾经离得那么近……

仅他可见。

他及时评论：不是好像，是真的；不是曾经，原来是梦，现在，竟然，未来可期。

蒲天丽又是几欲涕零。

所以，刚从家里逃离，蒲天丽就奔他而去。至于为何不从海城回来就去找他呢？自有原因，正值假期，他要陪女儿。他已婚，他说他离了。这就是蒲天丽为何只敢迟疑地"好像"和"曾经"。

可他们，还是将网络上的虚无在现实里落实了。

他帮她在店面附近租了个小公寓，买了比较专业的拍摄设备。在她的积极敦促下，视频拍得多了，她剪辑、配乐、撰文，基本做到了一天一个更新，一段时间内，关注量有所上升，到了一个临界点，她还是那么勤勉，可收效就没那么显见了。有时她愁眉苦脸，为一句文案绞尽脑汁，为一个镜头补拍半天，他会觉得，有必要吗？本来是为随手记录的，却有被绑架的趋势。店铺确实在市区更知名了，蒲天丽还踌躇满志地要"直播带货"，董广川哭笑不得，他盈利的主要部分并不是常规卖货，可不能说。事情有点本末倒置了。更不能说"不用这么当回事的"，成年男女，从一开始，其实就心照不宣，可必得有拍摄这个事，哪怕在中间做个幌子。她这么卖力，就是不想单纯是"那个事"，要凸显自己的价值，可她越起劲，事情便越吊诡。

人跟人啊，真到了一起，以为是"离得那么近"了，还是得山重水复。

董广川反而坦然了，就像是一条河，想翻个水花，旁逸斜出一股，被岸阻拦了一下，就算了，还是倦怠地继续流吧。中年男人的无欲无求，是懒得费力，顺带手能捎带一朵花就顺流而下，捎带不了也就懒得强摘。

这个时候的董广川，在蒲天丽眼里，持续显示的是美好的一面：他的懒散和谈及玉器鉴定时的专业干练；他庞大的身形，却没有侵略性，颓丧里偶尔的幽默和抒情。诸多特点，矛盾又迷人地统一在一起。

比如，她嚷着减肥，也建议他多锻炼，他笑呵呵地一句话挡回去：不重不威嘛。酒局上有人恶意劝年轻人酒，他一句话也能解围："这么好的酒，给他喝多浪费，来，我们几个好好喝点。"

且常有警醒之语："肉身，不过是时间的标点。""一不小心投胎做人，在人间混闹一场而已，几十年后都是一把灰，风一吹就散了，别想那么多。""都是第一次做人，自个儿还活不明白呢，谁有资格给谁建议啊，是吧？"

你说不清他是庸俗的市侩哲学还是看透后对肥皂泡的戳破，或是为自己陷入中年境地的开脱。他迷人的地方就在于，说这些颓丧的话时，笑呵呵的，一脸真诚地望着你，眼睛都不带眨的，要把心底全敞开给你看的样子。真诚是动人的，哪怕他曾俊朗的脸型已经臃肿，哪怕他音色带着被烟酒和生活腐蚀的沙哑，哪怕他髀肉复生的腿根和微凸的肚腩已攒射不出有力的箭，她得承认，他仍然值得她沦陷，或者说，她的能力范围内就这么一片水潭，她累了、热了，可以在潭里玩会儿水。闲着也是闲着呗。这么想，她笑了，不知不觉中似乎她也习得了他的处世哲学。

那一刻，终于还是来了。

是个周末。黄昏，他开着他的破车带她到水库边，坐在乱草上，欣赏鲜艳的落日，感受水面吹来的幽幽凉风。是她未曾有过的体验。微小、廉价，但珍贵、新鲜，有务虚的美感。

　　水库旁边是一座封建割据王朝残存的帝陵，封土高隆，古木披拂，曾经的悲喜静默地封存其中，陵墓外的岁月汩汩流逝。在这时间不停地流逝之中，他们忽而无言，看落日。

　　天地都静。

　　水库浩渺的水面托住斜阳，余晖笼罩的人间，一切都水润润的。有细微的风，从水上带来丝丝清凉。几乎不约而同，他们凑近嘴唇，亲吻。吻得小心又凶狠，沙漠里跋涉遇到一捧水，或苦海里泅渡的人得到一颗糖，每一下，是珍惜，也是报复。甜蜜而悲哀的报复，为何这命运到迟暮，才吝啬地送出礼物？

　　夕阳涌动，水在流，在这似乎亘古不变又时刻更新的风景里，他们两人共振得越发生动，美好正在铺开，龃龉还未显现。后来想，时间该在那一刻停下来，世界静止，所有的声音都消失，就此死了，才是好的。

　　夜色铺盖下来。

　　转移到车里，他节奏放慢了，闲庭信步似的，一双手，在她身上游走。闭着眼，她有一刹那逃离，她复习了一遍前男友的手，小，白皙，软绵绵的，看不到骨节，是养尊处优男人的手，但抓握她的时候，手上青筋凸起，都是年轻的力。他的，则是匠人的手，粗拉拉的，每一把落下来，有质感，粗糙中透着细腻，有重点，有分寸，好像她也是一块玉，他在把玩，在查验，鉴别真伪。

　　她甚至不愿计较他上身前吞了两粒白色药丸。"消炎的，这几天上火，喉咙疼。"背对着她，他脱去衣服，不让她看到凸起的腹部。过分漫长的前戏，不是他不心急，是缓兵之计，以期真正短兵相接时能省点力。真正上得身来，时间并不长，冲撞也显凌乱，毕竟四十多的人了。岁月暗河一样，正在从他的身体里抽走力量。

"早认识你几年就好了。"他指体力方面。她见过他年轻时的照片，棱角分明，目光炯炯，隔着衣服，肌肉也呼之欲出。她说："现在也不晚。"她确实挺满足，被他厚重的身体包裹着，她有一份实在的安全感。蒲天丽抵在他胸口，听着他有力的心跳。她对性没有那么大的期待，说起来还是因为前男友的滥用无度，提早消耗了她的激情。那几年，他开心或者失落，都会兑现成性上的飞扬跋扈。他年轻、灵巧、身体好，打桩机似的，她的青春是裸露的矿藏，他是小煤窑老板，滥开滥采。

在这个时候想起前男友，真是悲哀。

"没事的，"她说，说了一句她正在编辑的短视频文案，"不管我们是沙子还是珍珠玉石，时间会吞噬一切。不紧不慢。"

（节选自《小说月报·原创版》2023 年第 2 期）

我爱我家

张运涛

恋

陡沟中学在镇街西南角，向南穿过几片菜地就是淮河。五年前我就是从这里考入县城高中的。学校没什么变化，依旧是两排学生寝室、两排教室、两排教师宿舍。

我去报到的第二天就有人撮合我和钟晴。都说时机重要，撮合我们的人当时就没把握好时机。我一个刚毕业的大学生，正踌躇满志呢，正准备去改造世界呢，我的才华必将光耀陡沟镇甚至整个沿淮县，一个普通的中学女教师——何况还是不在编的代课教师——怎么能进入我的法眼？又这么急，任谁都会生警惕之心。

我和钟晴是第二年劳动节后才开始交往的。那时候虽然我并没碰什么壁，但已经认清了现实：教师是一个非常清贫的职业，有正式编制的中小学女教师眼睛大多盯着实惠的乡镇政府职员，谁会选择乡镇中学男教师？钟晴相貌寻常，工作不正式

271

不假，可毕竟还有县政府优先转正的合同。我们是同届毕业生，那一年县里为解决乡镇中学英语师资匮乏的问题，从高考英语八十分以上的落榜生中选聘了十个代课教师。钟晴正好赶上，她数学差，再复读也没多大把握。

双方家长都不满意。这也正常，我们身为老师，遇到外班学生纠缠本班学生也会下意识地保护，总有种外班学生都配不上自己班学生的心理，更何况家长。钟晴的父亲又是村支书，搁农村算高干，见过世面，看不上我这种出身最底层的人也正常。父母对自己孩子的期望值都过高，就像我妈，好不容易供我上了大学，找个吃商品粮的儿媳妇这愿望其实也算不上高，至少得平等吧，要不然，上大学有屁用？将来孙子还是农村人。

我没有爸爸——这话不严格，人生下来哪会没有爸爸？我爸走了——也不对，按王畈的人的说法，我爸肯定是在河里淹死了，或者掉进了哪个枯井……那时候小麦还没熟，淮河还不是涨水时节，我爸又会水——淮河边上哪有不会水的男人？淹死的可能性几乎没有。掉进枯井也不太可能，我们那儿枯井是多，红薯窖、生姜窖，后来不种红薯、生姜了，窖就废了，但哪家也不会把窖打到荒郊野外啊。也就是说，掉进枯窖摔不死，叫几声就会被人救上来。但我没跟我妈讲我的分析，说死了我妈还好过些，说他不愿再在这个家里待了跑路了，肯定是烦我妈了，我妈还不恨死了他？那段时间我妈见人就讲我爸那天的"正常表现"，早起吃饭时还在逗来福（我们家的狗）玩，吃罢饭扛着铁锨说去东坡看看秧田就再也没影儿了……我妈不知道我爸饭后还摸过我的头，我没跟她讲，我觉得他可能也摸过尊严、尊义的头，他们都没跟她讲。好多年之后我上了高中才知道那叫抚摸，爱怜地抚摸，告别地抚摸……我更加相信我爸还活着，他是受不了我妈的嘟囔才一走了之的——我都受不了我妈，更何况我爸？

我妈没有因此而改变，反而又多了一个嘟囔的理由了。之后很多年，忙的时候还会迁怒我爸——兔孙，去那边享福扔下我们不管！不过说实话，我妈明显比以前能干了。我们还都小，我刚上初中，两个弟弟还在上小学，帮不上忙，家里的活儿全都落到我妈一个人身上。两个弟弟没上完初中不是我妈不供他们，是他们自己读不下去了。我还在师专时，家里买了台轧面条机，尊义小些，负责轧面条，尊严骑着车子四处兜售干面条、湿面条，家里日子比我爸在的那个时候还要好一些。

不满意只是他们的态度，谁也做不了我们的主，毕竟已经是二十世纪九十年代了。二十多年后离婚的时候我才意识到我当时的天真，态度很重要，态度其实决定了最后的结果。换句话说，他们的态度其实一直影响着我们的婚姻。

我那个年龄，不了解婚礼仪俗，也不在乎。钟晴也是，但这并不代表过后钟晴还不在乎。这事有点像售后服务，东西买回来时既新鲜又兴奋，过一段时间才会发现瑕疵。我妈作为"适龄"农村妇女，即便之前不知道"传柬"（订婚）时男方家要准备彩礼，村里也不乏主动询问的人，但为了省钱，她故意装着不知道，理由很充分，一是钟晴高攀了我，二是钟晴已经和我睡了，煮熟的鸭子跑不了。

我们是在学校结的婚。王畈的房子太破，不值得装修——我弟弟他们打算两年后打倒重建。我妈也不热心让我们回去办，回去办她肯定花钱更多——左邻右舍都看着呢。

所谓婚礼，其实就是婚车——婚车也是后来的说法，学生食堂的那辆破皮卡，头天晚上冲洗一下就是婚车——出发和到达的仪式。我自己做主，临时买了二十斤猪肉装在皮卡上，接钟晴的时候带去。也不知道合不合规矩，就觉得空着手去怪不好意思的。

那一年的秋天来得格外早。十月二日天气晴好，阳光灿烂，万里皆是云，以至于两架喷气式飞机在高空中的"白烟"尾迹与白云混在一起，真假难辨。

我盼着载有新娘钟晴的皮卡快点回来，皮卡回来了钟晴就到了，钟晴到了我爸就会现身。很多书里都是这样写的，平时没多少消息的亲人总会在孩子或者情人最重要的场合现身。婚礼当然是"最重要"的场合，但婚宴开始了，婚宴结束了，直到晚上闹洞房的人也散了，我爸还是没出现。人都散尽后，钟晴问我怎么魂不守舍，我讪讪一笑，激动呗。但我还是相信我爸回来过，戴着遮住眼睛的长檐帽，穿着竖领的长风衣，在校门口或餐厅门口偷偷看我们的仪式，像云层中的飞机一样。遗憾的是，我没机会问他，我妈，还有我，我们弟兄，为什么这么让他失望。

钟晴穿了裙子，头发认真地做过，脑后绾了一个大发髻。

这让我很意外，因为那不在我们的计划中。是她嫂子撺掇的："结婚，是女人一辈子的大事，得有仪式感。"

第二天我们都起得很早。学校前面的河坡里雾蒙蒙的，看不见菜地以及空旷的沙滩，但能听到装沙的人声、汽车在沙滩上负重前行的声音。钟晴说她没见过这样的淮河，像风景区——有一年她去鸡公山也见过这么浓重的雾。

我揽着她的腰——几个小时以前我们还赤裸相对。这是新的一天，也是我们的新生活。这话太矫情，我没跟钟晴说，但确是事实。她成了我的老婆，未来的一切都是我们之前没经历过的——但愿这一切都是她眼中的风景。我也跟钟晴一样，婚礼结束夜幕降临的时候我就强烈感觉到自己的一部分，过去的一部分，正缓缓地与白昼一起离开我——这种感觉在二十多年后离婚的时候又体验了一次。

第三天回门。岳父他们住的是两层楼，下面四间上面两间。院子东面是厨房餐厅，西面两间房钟信三口住。我们到的时候，堂屋、院子里都是人。堂屋有个彩电，正播足球赛。彩电后面的墙上有个相框，一本书那么大，一个穿半长呢子大衣的男人在跟另一个面目有点儿模糊的男人握手，背景是一个会场的主席台。钟信说，那个看不太清的男人是咱爸。另一个，是县长，副县长。钟信要赶看电视的人出去——来看电视的多是半大孩子，我说算了，我们坐当院里说话。钟信说啥看头啊，踢来踢去也不一定能踢进一个球。我笑，说那正是足球比赛的魅力——随时都可能进球。

岳父那天摆了四桌酒席，全是亲戚——富人亲戚多。岳父和我们在主桌。喝酒之前他感慨自己完成任务了，钟信、钟爱、钟晴，最小的女子也成家了……岳母接过话，完成任务了，他们仨哪个你操过心啊？从小没洗过一片尿布，长大也没问过他们的吃穿，跟你最亲的是酒……

我爸操的是全村的心，郭玉春会说话，村里搞不好他们仨能好？

一桌人都附和。

钱

郭玉春是钟晴的姐夫，也是大哥钟信的战友，在镇派出所当协警。那几年到处抓赌，老师们知道他是钟晴的姐夫，托我们找他说过情。就是他跟所长建议不去中学抓赌的，老师就那几个死工资，赌不大。

郭玉春的父亲也是村支书，跟钟爱算是门当户对。钟爱比钟晴好看，白，身材也苗条，在钟店小学当民师。儿子叫郭中原，我们结婚时才一岁多点儿，谁伸手都让抱，人来疯——谁也想不到长大后完全变了个样，寡言不合群。

代飞燕比郭中原小两岁，腊月十九的生日。春节从岳父那儿回来，钟晴问我路上买的啥，我说没买什么，给了他们五十块钱。钟晴说我不会办事，她爸重脸面，拿五十块钱谁知道？两瓶酒提着多好看。

岳父喜欢喝酒，钟晴说很少见他不醉的时候，能喝一斤——我后来观察，一斤夸大了，六七两还差不多。我不喜欢他那种近似逼人的劝酒，什么喝酒看工作，喝酒看人品……他的价值观似乎都在酒上面。我不喝酒，当然也不是他喜欢的人。他喜欢郭玉春，能喝能侃，什么场合都不惧。

来王畈回年的还是钟信。我妈背着钟晴又嘟囔我，你老丈人也太势利了，你拜新年他都不来回年，打发个小孩过来……我也不爽，抢白她，钟信小孩？有人来不就行了，多大事啊。

岳父确实每年都去郭楼回年，东头老铁家的闺女说的。老铁的女婿跟郭玉春邻居，还说岳父回去时总是东倒西歪的。

我替岳父找了很多去郭楼不来王畈的理由，钟店离郭楼近——近不了多少，三个村基本上呈等腰三角形；计划来王畈那天喝多了——大早晨不可能喝酒啊；支书之间有共同语言——唯有这条还勉强站得住脚。我跟钟晴也吐槽过这事，说她爸势利，讲究门当户对。她不爱听，哪怕说她爸眼睛小她都不爱听。我说郭玉春又黑又难看，你爸不是冲着他爹的支书难不成还是钟爱郭玉春有爱情？农村的男女，结婚之前面都没见过几次，哪来的爱情？不过，郭玉春也对得起岳父的高看，岳父最后几年经常被接到郭家长住。这是后话，以后还要说到，先说大舅子钟信。

钟信那时候已经是个小老板了。他比郭玉春早一年退伍，托关系进了县客运公司，临时工。客运公司后来搞承包，钟信包了一条县乡线，跑了两年，挣的钱都花在了修车上——客运公司都是破车，老是坏。客运公司和货运公司门挨门，混熟了，钟信就靠父亲的关系贷款买了辆大货车，成了个体户。货车进钱快，钟信后悔之前怎么没想到这个。一个人顾不过来，想拉郭玉春合伙，郭玉春没答应，派出所多好啊，虽不正式，可抓赌办案都有外快，还有面子——帮人说情传话，得多大的人情啊。后来他因疏忽让一个小偷逃逸，小偷又牵涉一宗抢劫案，所里包不住了，郭玉春不得已才去给钟信开车。

钟信消失的头一天还来我们这儿参加了代飞燕的周岁生日宴。那之后好长一段时间，来找钟信的人络绎不绝，战友，亲戚，还有一些我们不认识的人。几个月前他说他要再上一辆车，生意好得不得了，一辆车跑不过来。奇怪的是，钟信倒是从来没跟我们说过这个计划，更没找我们借过一分钱，代飞燕生日他还拿了两百块钱的红包——钟信这方面是家传，出手大方，即便后来他日子真的拮据的时候也是如此。他的"消失"显然是有计划的，比我爸计划周全。正逢春节，岳父简单开了个家庭会议，郭玉春、我，还有其他近亲都假装也被钟信借过钱——借以安抚那些真正的债主。

货车的生意确实好，须提前一周预定。业务都是钟信负责，郭玉春是专职司机，他们见面并不频繁。年后没几天，郭玉春被一个债主拦下，递上两张钟信写的借条，说是要以车抵债。车被扣了两天，又有人找上门，这次是一份货车转让协议，也就是说，车早就卖了，协议定的是一个月后交车。

郭玉春再次失业。一时无聊，有一天来中学找我。酒过三巡，郭玉春突然压低声音说，尊贵，你有文化，你给分析分析，咱哥是不是出事了？

出什么事？真出事咱爸还不早弄得惊天动地了。

也是啊，要真有啥意外，咱爸会这么沉得住气？

两个可能，我说，报纸上常用的话，卷款外逃……

人家当官有钱的外逃，他外逃哪儿？

钟晴过来给我们续开水。

第二个，尊贵，第二个可能？

我看看正给我们续水的钟晴。

看我干吗？我又没堵你的嘴。

隐居在哪儿了，跟一个，我说，喜欢的人。

好了，别瞎说了，你喝醉了？

还真有可能。郭玉春说，你们说，嫂子是不是很漂亮？

当然，我说，反正是我见过的最漂亮的女人之一。

钟店四大美女。钟晴笑，我姐也是其中之一啊。

那是，你们姐俩都漂亮。郭玉春朝我身边坐了坐，我跟你说啊，咱哥跟公司门口烧鸡店的小服务员……

又瞎说，钟晴说，我哥我还不了解？不是那号人。

那个烧鸡店的小服务员我好像也见过——我在那儿吃过几次饭，都是钟信带我去的——很喜俏，相貌一般。郭玉春的意思是，钟信老婆那么漂亮，他怎么会喜欢那样一个平常女孩？这个逻辑其实立不住，爱情这玩意儿很难说，所谓好汉没好妻就是这个理。你郭玉春黑不溜秋的，还小鼻子小眼，不也找了个美女？这话当然不能说出来，只能心里琢磨。

"爱"

一九九五年夏末秋初的一个晚上，暑气渐消，食堂后边那棵桂花树的香气弥漫了整个校园，惹得对花粉过敏的钟晴几乎一夜未眠。

这一年，我们家喜事连连。年初，钟晴顺利通过全省清理民办教师考试，转成跟我一样有正式编制、城镇户口的教师。新学期开学，她又因为新建二中缺少英语教师被调进县城。十月，学校分了四个晋升中级职称的指标，钟晴正好符合条件：专科以上文凭，六年任职年限。她说她运气好，我纠正说不是运气，当年她要是不报名参加自学考试能有今天的运气？

钟晴那一批被聘用的十个英语代课教师，两个没有通过转正考试，剩下八个中她第一个晋升中级职称。四年前我拉她报名参加自学考试，她极不乐意，我一个代课教师，考那个文凭有什么用？我说我们是教师，教师跟其他行业不一样，需要知识储备，怎么判定你的知识储备？文凭。钟晴夸我有远见，我说也不是远见，是逻辑。基本的逻辑。钟晴笑，说你胖你还喘起来了。

女儿跟着我在陡沟镇上幼儿园，钟晴刚进城，我怕女儿跟着她影响工作。

春节我们是在二中过的。那是我们第一次在县城过春节，虽然只有一间房子，但那是县城啊。二十七年，我二十七年的人生好像就是为了进城。那是我人生的新高度。

大年初二在钟店，钟爱打来电话——岳父家年前刚装了程控电话。钟爱没通过民师转正考试，暑假直接去南方和郭玉春会合了。郭玉春经人介绍在工地上开工程车，钟爱在公司做文员，每月工资是我跟钟晴加起来的两倍。南方过年冷清，打工的人都回去了，钟爱说，一点儿也没有过年的喜庆。

钟信也在南方，钟晴说郭玉春的工作就是大哥让给他的。那时候嫂子刘彤也已经过去，好多年后我才知道，钟信出来头一年确实跟那个烧鸡店服务员在一起，后来服务员又和附近工厂的一个四川人好了，钟信才把刘彤带过去。那几年出来打工的人多，钟信怕老家的人找到，几个月换个工地——反正到处都是工地，又缺司机。

正月十六开学，天寒地冻，我骑着车子仍然裹得很严实，手套，围脖，厚棉帽，但还是有人认出了我——两个老师莫名其妙地叫我"代站长"。还没开门进屋呢，校长就跟过来，递给我一份镇里的文件，内有任命我为教育教学工作管理站副站长的字样。

我的课怎么办？

校长笑，课好办，随便哪个老师都能上。工作站重要，全镇的工作呢。

总不能上到一半不管了。

你还接着上？校长这次笑得很暧昧，意思是就别表演了，赶紧偷着笑去吧。

我讪讪的，换了老师，我怕衔接不好。

校长大笑，拍拍我的肩膀，你走，对中学是损失，但对全镇的教学，是好事。

岳父做的工作。没想到，一个村支书能量这么大。

周末回二中，我说咱爸这样不好。

你还见便宜怪了，钟晴笑——岳父应该跟她通过气。

我的事，我很认真地说，涉及我的事，我希望先跟我沟通。

你不是说真的吧？钟晴瞪着我，他可是为我们好，为咱这个家好——把我弄到县城了，不能不管你啊。

什么逻辑啊，我心想，他根本就不知道我的想法怎么为我好？这种逻辑就跟上次我开玩笑问她钟爱怎么喜欢郭玉春时她话里的逻辑一样，咱爸喜欢啊，咱爸还能害她？

我说我没法接送代飞燕，教管站老下乡，我总不能说我得接送孩子不能下乡吧？

钟晴说她正在联系，让代飞燕回县城，跟着她。

我实在忍不住了，敢情你们都商量好了，就瞒着我？

有啥瞒的啊，又不是啥坏事。多少人想进教管站……

我不想进！说完，感觉语气太硬，又解释，你也知道，我不擅长交际，不喜欢与生人打交道……我喜欢教课，历史、语文都喜欢（我师专学的是历史，自学考试本科段没历史专业，才转报中文），喜欢对着一群孩子……

晚上躺到床上，钟晴突然问，你是不是不喜欢咱爸？

我想了想，说，不是我不喜欢他，是他不喜欢我。

不喜欢你还把你弄到教管站？

不跟我说就把我弄过去就是喜欢？

钟晴生气了，身子背对着我。

我从背后搂住她。你应该相信我的逻辑，你看让你参加自学考试……

我不懂你那逻辑，也不想懂。你让别人听听，哦，费了好大功夫把你调到教管站反而得罪你了。好心得个驴肝肺……

信不信由你，我真是那个特殊的，不喜欢教管站工作的人……不跟我商量就换了我的工作不能算对我好。我问你，我现在私下把你弄到钟爱那儿当文员，你愿意不？工资比你现在高多了，正好你也不喜欢当老师……

我在教管站只待了半年，秋季开学又回了中学。

梦

外面风和日丽，我刚走几步就看到地上一个元宝，我没见过真正的元宝，但它跟电影电视上的一模一样，圆的，金黄色。太沉了，捧手里没走两步我就摔倒了。好奇怪，梦跟现实一模一样，周围的人，商店，商店里放的音乐……

去了东莞之后，钟爱的梦格外多。医生说太劳累，钟爱说不累，办公室里的活儿，不挑不扛的，能多累？梦跟现实反着，老家经常这样解梦，比如梦见棺材是好事，棺同官，材同财，意思是升官发财了。钟爱担心相反，钟晴笑，咱能有多少钱，还怕破财？

钟爱回来陪儿子过暑假。她每次回来都有变化，穿着丝绸般（我叫不出材质，反正很显高贵）的连衣裙，光脚一双凉鞋——脚好像也不是以前的脚了，脚指甲上涂着银白色的东西，晃眼。钟晴说她的脚经常做护理。脚也做护理？南方人的生活真是让人想象不到。

她让我和钟晴陪她存钱，用钟晴的身份证。十万块钱，郭玉春那几年挣的。我不信，十万块钱在县城买套独门小院绰绰有余，郭玉春才去几年啊。钟爱说郭玉春外快多，他最初给老板开小车，钟信让他辞了，开小车光鲜不实惠。货车可以卖油，半箱油能卖好几百块。老板不知道？不知道——知道也不怕，不知道路绕路了，堵车了，理由多着哩。还可以偷车上的货出去卖，鞋、毛衫、T恤衫，转手都是钱。钟爱还是没有消除我的疑问，以前他们从来没在我们这儿存过钱，实名制虽然也算理由，但他们完全可以存在郭中原爷爷名下啊。梦变为现实了，捡的？

那时候我们的集资房正在装修，还住在二中那间小房子里，晚上就在地上打通铺。第二天我逮住机会跟钟晴说了我的疑问，钟晴说我太复杂，南方挣钱容易，正好我们装修买家具缺钱，可以先借来用……

钟爱钟晴姊妹俩睡最里边，她们经常背靠着床帮边看电视边聊天——这也是睡通铺的好处之一，聊天方便。钟爱说她在那边习惯了，十一点前没睡过觉。我问她身上的睡衣多少钱——她给钟晴也买了一套，一模一样的——钟爱说了一个数，钟晴说我的外套也没超过这个价钱的。

姨啊，你这样可不像过日子。代飞燕插嘴。

钟晴解释，她学她爸说话。

我可没这样说过，我赶紧撇清。

代飞燕这两年喜欢模仿我们，模仿我们走路，模仿我们吃饭，模仿我们生气……

电视上有人在揭露打麻将出老千的骗术，钟爱说他们老板打麻将每次输赢都上万元。

上万？钟晴惊讶地张着嘴，我们不吃不喝三年才能攒一万块钱。

我亲眼见过。老板打牌我去搞服务，帮他们沏茶续水。

我相信钟爱的话，那个时候内地到处都是南方的传奇。我把电视的声音调小了，换了一个台，王菲和那英在台上唱《相约一九九八》。

文员啥都干啊？钟晴笑。

这活儿好，小费厉害，每次至少五百。

五百？钟晴替她姐激动。

你们办公室轮流去？

钟爱被我问住。也不是，我去得多些……

嘴快的人肯定不让去。钟晴以为跟内地一样呢，怕抓赌。

南方不抓赌的。钟爱说。

那几天，钟爱的电话特别多，也特别长。钟晴忍不住跟我抱怨，这个月得多少电话费啊。我开玩笑，人家送你送代飞燕的礼物能替你交一年的话费了。我估计钟晴也不是嫌她打电话多，对着我这个外人她不好意思明说，她肯定也怀疑钟爱外面有男人了。

钟爱走的那天，嘱咐我们别让郭玉春知道那十万块钱。怕我们怀疑，又说她得掌握着这笔钱。过一会儿又说这是她的私房钱，不能让他知道。

钟爱走后我和钟晴并没讨论这十万块钱的问题。很明显，这是哪个男人——很可能就是那个让她去服务牌局的老板——给她的钱。十万块钱可不是小数目，要真是郭玉春挣的，能瞒得了？钟爱自己不可能有这么多的收入，她很可能被那个老板包了——包二奶不稀奇，我们经常听打工回来的人讲。

钟爱让我想到守明。守明是我刚刚读到的小说《鞋》的主人公，一个懵懂的乡下少女给心仪的对象纳鞋底。钟爱跟守明恰好相反，一个是不谙世事的纯情少女，一个是见过大世面的世俗少妇，一个传统，一个现代。

我已经开始写作，因为不想像老教师一样就此终了一生。乡镇教师清贫，代飞燕她们又不在我身边，我有的是时间。最开始我只写心灵鸡汤，一个故事一点感悟，短，好上手。后来也写观点类的，就是那种语不惊人誓不休的东西，比如《让白马等到老态龙钟》。还好，一年能发二三十篇稿子，收入是工资的四五倍。有编辑跟我约爱情故事类稿件，三千字左右，爱情里面要有城市的时尚元素，另类或感动均可。时尚离我这个乡镇老师远，守明的爱情我熟悉，王畈有，但不时尚，不能与时俱进。钟爱时尚，物质、欲望都有体现。她启发了我，丝质内衣，牌局，小费，还有她讲电话时变了腔的嗲，给了我第一篇爱情故事《黑咖啡，白咖啡》灵感。

不会与人相处，又多愁善感，我其实挺适合写作。

放

三十三岁这年我特别无助，父亲正是这个年龄消失的。我没跟三十三岁之后年龄的男人朝夕相处过，不知道这个年龄的男人应该什么样，也没有可参考的三十三岁之后做父亲的经验。在我长期、不能示人的私密怀念中，三十三岁一直是我人生的一道坎，父亲没迈过去的坎，我怕我也迈不过去。我对他早已没有了期待，他应该是真的消失了，即便那一年他真是逃避我们逃避这个家出走了，但哪个男人能如此残忍地撇下自己的亲骨肉再也不回来看一眼？

暑假我是在县城过的。我不喜欢寒暑假。按说寒暑假教师休息我们全家可以团聚尽享天伦之乐，可团聚也有团聚的不好，夫妻缺少了小别的新鲜，容易起争执。我这边正构思都市时尚男女争论到底哪款内衣更修身呢，钟晴却支使我出去买面条、芹菜回来做捞面条，时间就这样被世俗割碎了。

还有一个不喜欢的原因，家里三天两头来客。绝大多数都是钟店那边的，给孩子安排学校，驾照年检，帮忙找医生……只要进县城，都喜欢来找钟晴。我们新家房子大，钟晴在县城已经站稳了脚跟，当上了学校政教处主任。钟晴还有个堂哥志愿兵转业安排到了交警队。我是真心佩服钟晴的待客热情，笑容长年戴在脸上，与他们周旋。我不行，没那份耐心。但我强迫自己学钟晴，笑，没话找话，经常热情得过了头。我小心翼翼，希望自己在翻过这道坎的时候给人家留下好印象。

郭玉春的驾照以前都是钟晴随便找个人帮忙检的，这次我在城里，轮到我了。路上我忍不住问，你有这找我的工夫自己不就检了？老黑说他自己的也得检，怕分不开身。

领表填表，然后去医院检查身体。等医生来的过程中，我才知道郭玉春现在转开出租车了。

不开货车了？

不开了。

不是说货车实惠吗？我没敢说他偷卖车厢里的油。

出租车也实惠啊，不托人开不上。老黑说，就是太危险。

开慢点儿。我以为他指的是车祸。

老黑给我讲了他自己的一次经历。有天傍晚，有个小伙子要去白云机场。我心想，碰到大活儿了。我当时在高埗，东莞高埗，到白云机场一百多公里，你说是不是大活儿？那时候我才开出租车没多久，还不知道其中的险恶。半路上进加油站加油，那小伙子在厕所耽误了好一会儿——过后我才意识到，他是看天还没黑透，故意拖时间。

快八点时，他让我停车，说要下去解手。半小时之前才在加油站解过手，又解手，要是你们有文化的人，肯定会怀疑有诈。我傻，还积极配合他。他下到路坡野草丛中——现在当然知道是踩点了，看看把我扔在那儿会不会被人发现——回来一上车就从背后勒住我的脖子，让我拿钱。我身子当时就软了，马上联想到报纸上"出租车司机被抢劫抛尸荒野"的新闻。完了，我活不成了。人都要死了还要钱有什么用？我把车上的钱都给了他，连车座下面应急用的两千块钱也指给了他。他把我捆住，扔到旁边的沟里。竟然没要我的命，连警察都说抢劫出租车司机的嫌犯极少不杀人灭口的，可能觉得我是个实诚人……

出租车找到没？

没。

要你赔不？

有保险，不用我赔。

中午我请这个差一点没命的老黑吃了顿饭，证明我的热情，也算给他压惊。

下午送代飞燕学电子琴。暑假辅导班很多，我的原则是尊重孩子，以培养孩子的业余爱好为宗旨。代飞燕自己选择了电子琴和绘画，每天两个小时。送了代飞燕我又回去睡觉，迷迷糊糊地听到有人敲门。打开门，代飞燕自己回来了。我看看表，五点多了，我睡过头了，忘记接她了。代飞燕边喝水边说，我以为爸爸死了呢。

小孩子无心的一句话，一下子惊醒了我。

晚上，钟晴让我跟她一起去赴宴。教育局副局长的孩子在她班上，晚上请任课老师。我不去，钟晴说得去，你进城他一句话就可以。我没敢说我不想进城，城里各方面都方便，但老师压力大，动辄就评比，班与班，学校与学校。只好说，咱家你代表了，我在家陪咱们未来的教育局局长，我拉着代飞燕的手跟她开玩笑。

我在家吃过饭打郭玉春的电话，他也说开出租车实惠……对了，正要跟你说呢，又捡了一部手机，诺基亚，九成新的。在哪儿捡的？车上啊。坐车的人忘车上的。捡三部了，这是第四部。昨天还跟钟爱说，看谁回老家捎给你用……

我满怀热情地等钟晴回来跟她说手机的事，她回来时脸红通通的，酒气冲天。副局长说了，一碗酒就可以把你调回来。我没理她，电视剧看了半夜也不知道讲的啥。

诺基亚送到我手上时，我们正在搞校本培训。中午我去买了个手机号，卡上有记录，入网时间二〇〇一年八月九日，网龄到现在二十一年十个月。

快开学时，我带代飞燕回了一趟王畈。回城时我假装接了个电话，学校临时有事不能走了，代飞燕得自己回，我通知钟晴在那边接站。事实上我根本没有联系钟晴，想看代飞燕的应变能力——这一年我经常陷入生命终结前的焦虑中，希望在我消失前孩子学会独立。独生子女普遍缺乏独立能力，这肯定会影响他们未来的生活。

九岁的代飞燕表现尚可。我委托司机暗中跟着她，直到她见到钟晴。公交车在车站停下后，代飞燕最后一个下车，没向同车的陌生人求助。她在车站大门口等了一会儿——差不多有十分钟——没见到妈妈，踅进旁边的小卖部给妈妈打电话。电话没打通，又打我的手机。我说两个办法，一是你自己回去，车站离家很近，出站门左转，直走，路北。二是继续在车站等着，等我坐下一班车赶到一块回。

代飞燕选择自己走。车站到二中是直线，不拐弯。我没联系上钟晴，找了她一个同事在大门口接。代飞燕不认识妈妈的同事，甩开人家的手就朝学校里边跑……

我还没到县城呢，钟晴就急不可耐地在电话里骂我。万一车上被坏人骗了呢？万一路上被车撞着怎么办？……等她骂够了，我问，坐在家哪也不去啥事都不会有，你以后就这样圈她一辈子？现在放手她肯定会吃点苦头，总比将来走上社会你再放手吃的苦头小吧？到那时候，她的每一步可都至关重要。

财

这是茶山，郭玉春开车不忘给我介绍，钟信最初来的时候就在这一带开车。这个工地搞几个月换那个工地——那时候这里到处都是工地。

没有山，也没见茶树。

茶山是镇名。

现在在哪儿？

这里应该是石碣了。石碣电子厂多。刚才茶山主要生产玩具、服装……

钟信在哪儿？

哦，你问他啊，我也不清楚，都是他联系我们。

他"失踪"十年，我只见过一次，一九九八年还是一九九九年春节，记不清了，他半夜敲门，给了代飞燕两百块压岁钱。电话倒是不时打过来。

他知道你这几天到，我跟他说过。郭玉春说前边是高埗。

高埗也是个镇——东莞就是由好多这样的镇组成。他怎么分得清哪是茶山哪是石碣呢？这里房子挨着房子，又不像老家，房子这一堆那一片的，一目了然。

我送郭中原，暑假。郭玉春的父亲顾不上，这边一时又没人回去。顺便还带了代飞燕过来，到大城市长长见识。

我们住在郭玉春刚刚买下的小产权房里。房子在六楼，顶层，一百平方米，三室一厅。里面堆满了红酒。郭玉春说他现在在做红酒生意，这房子做仓库。富人都是钱生钱，我现在才明白，有钱人才能赚更多的钱。

晚饭在外面吃，石锅鱼，钟爱带着郭林琳也赶过来。

还做梦吗？一见面我就问。

钟爱笑，做，还是老捡到东西，手机，钱包，手表……

郭玉春说她是财迷，做梦还是本性。

谁不是财迷？钟爱白他一眼，你不是财迷大老远跑这儿来干吗？

他们每天晚上都过来和我们一起吃饭，白天我带三个孩子，监督他们做暑假作业。周末钟爱替换我。

没几天就是郭林琳生日。郭玉春带我们去一个气派的酒店，门口穿制服的服务员——郭玉春说他们是门童——上来替我拉门。郭林琳从后面跑上来，冲进酒店——她好像不是第一次来。

房间经过了特别的布置，气球，卡通人物，还有郭林琳的特写照片。这么大阵势，给一个小孩子办生日，真奢侈啊。

正准备开香槟，钟信进来了，后面还跟着一个年轻女人。钟信介绍说同事，外甥女生日，我得喝点酒，请她来开车。

钟信非让我尝尝红酒，林琳干爹是大老板，他送的酒，你平时喝不到。

大家酒足饭饱，就等林琳干爹过来进行最后一个项目，切蛋糕。钟信问花的生意怎么样，郭玉春说不错，最好的一天挣了一千多。钟信问谁在管，让小黄过来不行吗？郭玉春说怎么不行，自己人总比外人放心……

正聊得欢，进来一个又瘦又黑的男人。郭玉春站起来介绍，林琳干爹，林老板。

我突然感觉有什么不对。

林老板送了林琳一套衣服，一个芭比娃娃，两千元的红包。钟信也拿出早准备好的红包。我正要从兜里掏钱，被郭玉春摁住：你送中原来这儿比他们的红包实惠。

回去的路上，钟爱不停地讲林老板待他们的好。这两年的生日宴都是林老板张罗的，进酒店卖花也是他的关系，还有这套房子，小产权不假，比对门那家便宜了四万……

钟信怎么没带嫂子？我本来想问的是这个小黄是谁。

她有脸来？钟爱破口大骂，婊子！

他们离了，郭玉春说，小黄是咱哥的女朋友。

离了又好了，钟爱的声音依然怒气冲天，不吭一声就跟人跑了，不是婊子是啥？

别在孩子面前说脏话，我提醒她。人就是奇怪，两重道德标准。钟信跟烧鸡店服务员私奔才多少年？不也是不声不响跑的？钟爱这是选择性遗忘。

跟一个保安跑了，郭玉春没看出我的心思，自顾自说，跑湖南了——保安是湖南人。

还没老透气！钟爱说，你跑也跟一个年轻点儿的啊。

多老啊，郭玉春笑，我记得好像还不到五十岁吧。

五十还不老？

咱哥也四十多了吧？他应该比我大四岁，四十五，好像。

头发都白了，还不老？！钟爱还在诅咒那个湖南保安。

你们还卖花啊？我赶紧岔开话题。

刚开始搞，郭玉春说。

跟捡钱差不多，钟爱笑。上午进货，下午请两个人包装，晚上七点后送货。轻松不？

现在货都不用送了，量稳定了，人家送货上门。郭玉春也掩饰不住笑意。

那就扩大啊，多招点人，多进点货。我说。

人好招，去哪儿卖？钟爱说，就这两个酒店林老板能说上话。

关键是得打通酒店的关系，郭玉春说，进了酒店就不用愁钱了。红酒也是。

有一会儿我也心动了，干脆辞了工作来卖花。不过也就那一会儿，林老板走了怎么办？酒店老板换了怎么办？卖花挣钱只是一时一会儿的事，不稳定。

睡到半夜起来上厕所，突然明白了为什么总觉得生日宴不对劲儿了。林老板，郭林琳，两个"林"字，巧合？不可能。林琳名字中的"林"用得蹊跷。还有干爹，奢华的生日宴，大红包，都是巧合？钟爱那年暑假跟我们讲的打麻将让她去服务的老板是不是这个林老板？还有她在我们家打电话时的那个媚样，以及让我们不要告诉郭玉春那十万块钱，链条一样共同指向一个可能……

隔了两天，钟信打电话问我想好没有。那天吃饭时他让我好好想一想，给他公司起个名字。他现在承包了两个工厂接送人的业务——这里的厂，尤其是外资厂，都不愿意养车，接送人的工作多外包给专业的公司。钟信的车以前挂靠在人家的公司里，交点管理费。现在他又联系了一家韩国工厂，三辆车都挂靠人家的公司就有点划不来，不如自己开个公司，不仅能省下这笔管理费，说不定还能收点别人的管理费——老家在这儿开车的人越来越多了。

中信，我说，正好与你的名字相对应。

钟信立即否了，我不能做法人。

我马上就明白了，他怕以前的债主找上门。

安顺，钟信说，你提醒我了，干脆用儿子的名字，他以后想过来干正好。

我们在东莞待了二十三天，我的认知每一天都在被刷新着。

某个周末，天异常热。我们没有依惯例出去吃饭，在家里草草吃了点米线，郭玉春说带我去喝酒。我说我不喝酒，你知道的。郭玉春说，你圈了这么久了，出去放松一下。没事，家里有钟爱。

一个打扮得很精致的女人在酒店门口等我们。阿琴好啊，郭玉春学着广东人，戏谑地拉长腔调。这是我哥们儿，代老板。阿琴伸手和我握了一下，代老板好。

刚在房间坐定，外面就进来一群女孩。不，是一队——她们排着队进来，双手放在右腰部位置。郭玉春让我先挑。我知道这就是传说中的夜总会了，但实在不好意思像挑商品一样——她们其时就是商品，腿露多长胸前露多少标准一样——挑一个女人。郭玉春替我挑了一个，六号。另外两个郭玉春约来的朋友各选了一个，郭玉春自己没选，阿琴陪他。

我很不习惯，眼睛不敢乱转。看到郭玉春手伸进阿琴衣服里不好意思，看到那两个朋友手捂着女伴的屁股不好意思……我唱完一首歌，六号递给我一杯酒，为唱得好的干一杯。

那天晚上我差不多喝了有半斤剑南春——谁让六号这么会说话呢。郭玉春鼓励我，三十八度，跟喝水一样，还兑了冰块。

说罢，还示范性地喝了一大杯。

我们回河南那天，钟爱请假和郭玉春一起送我到火车站。我说，给你们提两个意见，第一，千万不要在孩子面前说"不好好学习，就过来开车"之类的话。

开车开车就知道开车，钟爱说，他就喜欢信口开河。

我不是说开车不好，但你们这样教育孩子，他会好好学吗？反正将来有活儿干，不上学也不怕。

听到没？不是开车不好，是不能让中原有退路。郭玉春看一眼钟爱，我就喜欢听尊贵说话，有文化就是不一样。

开车现在还算技术活儿，将来呢，再过十年二十还是？你看人家国外，人人都会开车，人人都有车，到那时候再指望开车挣钱就难了。

还有一个呢，钟爱问，你不是说两个意见吗？

我说，另外一个就是你们的生意。我不懂生意，尤其是你们卖花这一块——卖酒我也不懂，可我有个疑问，你们红酒出来进去，进了多少卖了多少，价钱多少推销成本多少，还有库存，你们一问三不知，也没人做这个记录，只知道拿钱给人家买酒，这能做好生意？

你问他，钟爱说，他老表负责红酒这块。

疑人不用，用人不疑。这句话郭玉春后来卖机械时也说过。这个老表很可靠……

能

教育局打电话给我们校长，让我最近两天到县委宣传部去一下，找汪副部长。

电话是局长亲自打的，校长也亲自到我宿舍来传达。

我和校长瞎猜了一上午，猜不出到底啥事。我见过宣传部部长、副部长，离很远，人家端坐在主席台上，我在台下。宣传部主办的活动——大多是会议，我是群众演员，坐在角落里。这次让去，不应该是开会，开会应该有确切的时间。也不应该是什么坏事吧，坏事不至于跟一个乡镇中学普通老师绕。提拔？校长说提拔我到教育局任职。我说我一个普通老师，最多提拔到股长，股长教育局就能做主，还要通过上级？再说了，宣传部也不是管组织的啊。

他们要调我过去写稿。我不是公务员，事业编，到外宣办。汪副部长很直接，没有拐弯抹角，说刘部长从报社下来，知道你是咱县唯一的省作协会员，来外宣办不用学习培训，上来就能工作。我说，回去商量一下吧。汪副部长说，商量什么，明摆着的好事，你们县城高中两个老师在政府办借调多少年了关系都没搞过来。刘部长跟县里主要领导请示了，你今天来，明天就办手续。跟你们局长也招呼了，明天过来上班，这边急需人。

我就这样到了宣传部。宣传部可不是当年的教管站，县委，副处级单位。汪副部长当时压低声音跟我说，你来就可以定股长，两三年就可以升副科。时机成熟了，还可以下去，县委部门方便，下去当个镇长乡长，很容易……镇长乡长我没敢想，但是县委确实有诱惑力，极大地满足了我的虚荣心。

不用适应也不对，毕竟是机关单位。有次跟刘部长去邻市某县交流，办公室主任顾不上，交代我在外面要有眼色，给部长提包，替部长挡酒，部长有什么活动要提前做好准备。我牢记着主任的话，座谈会开始前将刘部长的包和茶杯提前放到她座位上。座谈会结束去吃饭，刘部长问起来，我才知道坏了，她的包还在会议室。我当时想，包和茶杯轻便，会议结束部长顺手就提走了，还用我在那儿等着？我们同事经常当笑话讲给外人听。

当然，比起我在人前受到的尊重，这样的"笑话"根本算不了什么。我妈见人就说她儿子调到县委了。她说的是县委，不是宣传部。这有点像一个普通老师说他在教育局工作一样，教育局是指局机关，离学校还有十万八千里。我妈其实是误打误撞，她不知道宣传部是县委下面的一个机构，但她懂得说话的艺术。我岳父是村支书，他不像我妈那么直接。我那个客（客即女婿，沿淮那一片的说法）啊，我就知道是个人物。

我这样的"人物"还真帮得了他那样的支书。二〇〇七年十一月二十三日——网上现在还能搜到那个帖子，岳父被村里的人拉去陪客，客人喝了酒骑车回去的路上冲到桥下，摔死了。岳父那一年六十七岁，还能喝半斤。他有一个毛病，喜欢劝酒。

人家敬他，一劝就喝。周围的人说他会劝酒，岳父更来劲，劝酒更努力。酒友摔死了，岳父主动过去吊唁，安慰家属。但人家儿女不乐意，到钟店跟亲戚闹，知道岳父强劝过酒。

郭玉春被当救兵搬回来。摔死的人是郭玉春母亲堂妹的男人，郭玉春叫姨父，两家一直在走动。钟爱也回来了，督促郭玉春下真功夫。

姐夫这个人真好，钟晴跟我赞叹，家里大事小事都跟他自己的事儿一样……

我从厕所回来，钟晴又接上之前的话题，上次咱爸住院，姐夫还从东莞跑回来……

谁都没闲着，我说，只不过我做的事我不想说。要不是我挡着小报记者，你爸恐怕得出大事。"村支书喝死村民"的帖子早就在网上出现了，你爸紧张坏了，让我注意着下面的评论，我说不用担心，冷处理，点击量少了它就很快被其他帖子淹没，沉到最下面无人注意的角落……

他们怎么知道了？钟晴问。

人家是干啥的？各地都有眼线。哪儿有一点儿腥味，马上就跑过去。我也像刚才钟晴说话时一样，故意不看她。钟晴，我特别不喜欢你动辄就谁谁带岳父出去旅游，谁谁带岳母去哪儿看病……

真的啊，钟晴无辜地辩解，刘主任真带他岳父去九寨沟旅游了……

我知道真去了，你就没有听说过一次谁谁带公公婆婆去哪儿旅游？

我说过啊。

你说过谁？我追着问。

我忘了，我不能啥事都能记着啊。

哦，刘主任你就记怎清？我说，人不能过度了，过度了就成了笑话。

岳父最后赔了四千块钱，另外答应给那家办个低保。岳父从此开始走下坡路，先是被免职，几个月后岳母又病逝，他自己不会煮饭，长年吃方便食品，健康也越来越差。

郭玉春他们回南方之前的那晚，岳父破例没喝酒。钟爱说也好，买个教训。这教训也没管长，不出一个月，岳父又重现"酒坛"。我倒一小杯，陪郭玉春，问他花店、红酒的生意，钟爱脸色就变了，早没干了，钱赔光了，闹到法院，他老表只认两万块钱，现在还欠着。

我们现在做的可是稳赚不赔的生意，郭玉春又拖起长腔，得意地说。

怎么稳赚不赔？我问。

卖机器，郭玉春主动端起一杯酒，一饮而尽。这回专门请了一个搞技术的厂长，技术这块不用咱操心。卖不出去也不用愁，技术厂长负责赔付总价的百分之三十。成本价还不到总价的百分之五十，他再赔百分之三十，你说是不是稳赚不赔？

红酒你也说稳赚不赔，钟爱说。

中间可能会有一些你预料不到的状况出现，我说。

301

是啊，协议嘛，口说无凭，协议写清楚。他妈的，花钱买教训——也值，你说是吧？郭玉春跟我碰杯。

郭玉春出去上厕所，我跟钟爱说，玉春在郭楼那一片，甚至在咱镇里，都算得上能人。但你想想，东莞是啥地方啊，全国的能人都去那儿了，我们一个小镇的能人算啥？毕竟他文化也不高，初中都没读完吧？不如好好玩车，玩车他有经验，修车养车谁也骗不了他。

育

我带电视台的人来深圳、东莞、广州采访，"天南地北沿淮人"，计划五天，超了一天。采访结束我让他们先回去，我去看看郭玉春他们，顺便再去代飞燕那儿看看。

来接我的是老黑。没开出租了啊，转行了？

老黑说比出租轻松，一天跑两趟专线，接送厂里的员工上下班。

孩子呢，孩子该成家了吧？

他笑，抱孙子了。

没上学？

不愿上。老坟上没那棵蒿子。

做啥？在老家还是这儿？

跟我啊，开车。

老黑把车停在一个洗车档前面。

洗车档门口停满了车，几乎再插不进去一辆。有人好像认识老黑的车，老远就给他指挥。往前，再往前，好！左拐，打满打满，倒！倒！打直……好，可以了。"安顺汽车"四个字很耀眼，横跨三个洗车档门脸。楼梯口边上也挂着一个牌子，竖着：安顺汽车服务公司。

老黑带我上楼，楼上有间房子门边上也挂了安顺汽车服务公司的牌子。钟信在里面，还有郭玉春，几个人正围着喝茶。见到我，一起站起来，有人叫姑父，也有叫姑爷的，还有叫表叔的，招呼完出去了几个。

安顺过一会儿才上来。寒暄后，安顺坐上主座沏茶。

姑父你说是吧，现在还是打架的时代？

钟信说，我气不过，欺侮我们没人？再等一会儿我们可以去一百辆车。

郭玉春给我解释，咱们的人被欺侮了，大哥一下子叫去了几十辆车。

安顺说，时代变了，真打起来，都没好果子吃。

不去几十辆车那孬种能认瓢？

可以报警吗？安顺对他爹不以为然。

不是这事就是那事，钟信说，收那点破管理费，尽给他们擦屁股了。

安顺汽车服务公司下面有近五十辆车，大巴、中巴、小巴、小轿车。刚才出事的车是一辆七座商务车，被一辆私家车剐了。对方很霸道，反诬商务车没提前打灯变向。后来看去的车多了，才认。

晚饭没叫外人，郭玉春、钟爱（林琳在学校寄宿），钟信、小黄以及他们五岁的女儿钟安馨。刚开始上菜，安顺站起来说，小姑父，我可以先说几句不？

可以啊，我说，都是家里人，不用这么正式，有话只管说。

我想退学，我爸非逼着我上完……

想都别想！钟信拍一下桌子，就剩半年了你要退学，以前花的钱白瞎了？

安顺的手机响，向我们示意出去接电话。

小时候多好，钟信看着儿子出去的方向说，越大越不听话。

不听话是好事，说明长大了，有自己的思想了。为什么小时候听话？小时候他啥也不懂啊。你琢磨琢磨，有时候他们的话还是有道理的。代飞燕就给我上过很多课，比如我说鸡蛋煎饼好吃，代飞燕问鸡蛋饼有什么营养，我一想，也是，面加鸡蛋，确实没多少营养。我们觉得好吃是因为那个年代就没什么好吃的……

安顺进来，我说，你说说你的想法。

安顺看了他爸一下，又转向我。小姑父，我是想回来帮我爸……

不用你帮！你先帮你自己吧。哦，还差半年就毕业了，你说不上就不上了，花的学费不是钱？好歹拿回个毕业证吧。

人家比尔·盖茨不也是大学没上完就退学了，安顺说。

那么多好的你不学？钟信不知道比尔·盖茨。

我说，两国国情不一样，咱们这边人才的标准就是那张证书，人家那边是看能力看业绩。

公司不能只靠收管理费洗车挣钱，安顺说，得充分利用客户资源，拓宽财路。

我转向钟信，他上学也不只是为那张毕业证……

安顺见我反驳他爸了，更来劲。我爸说，乡里乡亲的，管理费是个意思就行了，不能当财路。好，这个我能接受。公司可不可以把业务拓展一下？比如汽车保险之类的，凡是与车辆服务有关的，我们都可以做，一条龙服务，他们方便了，我们也挣钱了。你看洗车档生意多好，大家都方便，办个年卡或次卡，来公司顺便就把车洗了……

不是我不赞成你来帮忙，你总得拿个毕业证吧？你好歹是我们姓钟的第一个大专生。你看，你爷爷做过村支书，你姑父是百万富翁，你小姑父是作家，你这一辈子总不能还跟我一样开车吧？

我听明白了。我问钟信钟店在这儿开车的有多少，钟信说差不多上百人。百分之八九十都是他介绍过来的，深圳、东莞、广州都有。我说，安顺想得也对，时代在发展，我们不能还停在原地，公司朝那儿一放，等着人家来挂靠，每年坐收管理费。安顺说，还是小姑父格局大。我说，安顺也别夸我，你有思路不假，也比你爸他们视野开阔，能想到打通汽车服务的壁垒……钟信说，咱爸就说安顺有做生意的头脑，上初一就知道在城里批发一堆本子回去卖给同学……

咱爸的话也不是金科玉律，我打断钟信。一代人确实比一代人强，这是自然规律。咱爸只是个村支书，天底下最小的官吧？你要说农事、基层工作，他还可以，出了钟店他就没多大用武之地了。安顺现在过于自信，可能也跟咱爸对子女的盲目信任有关……不说这个了，安顺，帮你爸跟你继续上学不冲突，这边提前介入公司，算是实习。中山又不远，不耽误你上完学——毕业证虽然用处不大，但也是一个证明，证明你经受过大学教育。

我怎么没想到，安顺拍拍自己的脸，我怎么老在想二选一，完全可以一边工作一边上学啊。

你没想到的多了，钟信说。

郭玉春敬酒，我说，百万富翁敬酒必须喝。你好低调啊，怎么一直没人跟我讲？

过去的事了，郭玉春苦笑。

钟信说，他自己算的，一百多少万，我忘了。

什么时候啊？我问。

飞机撞美国大楼那年。钟信说，那天晚上正好在玉春那儿喝酒，七算八算，算了一百多万，玉春自己都有点儿不相信，钟爱让我们看电视新闻我还以为她是转移话题呢……

二〇〇一年，我说。

赔光了，郭玉春说，红酒赔了，机械厂也赔了……

不是稳赚不赔吗？

钟爱说，他做啥都是"稳赚不赔"，发出去的机器老是坏，又修不好，怎么办？只有退货。

那个技术厂长呢，不是说他兜底吗？我还记得他当时允诺兜底成本价的百分之三十。

人家的前提是卖不出去，卖出去了又退货跟人家无关，钟爱说。

我说，上次我跟大姐说过，你懂汽车，玩车谁也骗不了你，一辆不行两辆，像大哥一样，多包几个厂，还愁没钱赚？你在郭楼是能人，在陡沟是能人，这儿是什么地方？全国的能人都集中过来了，还能数得上咱？

钟信敬罢安顺敬，我说不能喝了，明天想去看看代飞燕，她来广州上学我都没来送她……

啊？钟信说，你没送啊？钟晴来也没联系我们啊。

我说钟晴也没来，代飞燕自己来的。

你们还真放心啊，钟信说，她一个女孩子，行李怎么拿得了？也不跟我们说一声，去车站接她。

我笑，你们不知道，代飞燕早就学会自立了。她小时候就自己去过钟店，自己回过王畈，初三毕业那年还自己去过郑州。

小黄嫂子把女儿放在另一张椅子上，安馨听到没，你飞燕姐那么小就学会了独立，你得好好跟你姐学习。

我说其实这应该是正常的教育，小时候学会独立，有点波折也是小波折，等他大了，不得不独立了，没有独立生活的经验，那波折可都是足以摧毁他的大波折……

跟我们讲讲你是怎样教育孩子的，钟爱说，你这才是真正的教育，我们的孩子二十岁了还没断奶。

一桌人都跟着附和。安顺说，飞燕妹妹是咱们家第一个真正的大学生，大学本科。

咱们大部分家长都太溺爱孩子，我说，怕这怕那，这不能做那不能做，为啥现在溺水的这么多？孩子不会游泳嘛。一说水大人就紧张，孩子又喜欢水，这其实不是矛盾，学会游泳不就好了？说到底还是刚才说的独立问题，这是人生存的根本。第二个也是父母的问题，我们老是有让孩子养老报恩的思想，觉得把他养大他再反哺我们是天经地义的事。事实上，孩子到底怎么来到这个世上的？我们求的，不是孩子自愿的。父母求到了一个孩子，不是孩子求的父母，父母应该感谢孩子的到来，让父母不再孤独，生活充实。这样父母才不会按自己的想法这样那样去规划孩子，让孩子报恩。孩子是另外一个人，一个个体，不是父母的再现——如果只是重复父母，要这个孩子有什么意义？

（节选自《湖南文学》2023 年第 11 期）

珉之雕雕

八月天

故虽有珉之雕雕，不若玉之章章。

——《荀子》

1

两年前，如茵离婚，是因为前夫有了外遇，那个女孩儿怀孕了，他不得不娶她为妻。如今，如茵处心积虑地怀上孩子，也是为了能与男友洛克结婚，而且如愿以偿地住进他为她买的新房中。男友做好了娶她为妻的准备。然而，他还没有离婚，而且他也不能离婚——他在等身患绝症的妻子死去，之后才能把如茵娶回家。

如茵挺着微微隆起的肚子，左手在肚子上抚摸着，右手手背弯曲着支在腰间，在客厅里走来走去。妹妹如月把洗好的葡萄放在茶几上，说，别走来走去了，坐这儿吃点儿葡萄吧。

如茵听话地挨着如月坐在棕色的真皮沙发上，吃起了葡萄。

309

那葡萄因为季节不到，很酸，如茵吃起来却很享受。

如月又说，姐，洛克有好几天没来了吧？太不像话了，他的模范丈夫做派哪去了？今天周末，他必须过来陪陪你。你一个文学硕士，沦落到预科这一步还嫌不够惨，竟然这么迁就他。

什么预科啊，你这么寒碜我。如茵一直都极不赞成如月的"预科说"。

没领证就给人家生孩子，还得偷偷摸摸的，等到他妻子死了才能见光，你说这算个啥？

如月的话让如茵升腾起一股莫名的委屈，眼泪如泉眼一样汩汩地涌出来。嘴里的葡萄，已经变得寡淡无味了。如月看着一脸哀怨的姐姐，既心疼又无奈，说，别不高兴了，对宝宝不好。

如茵瞪了她一眼，没说话。

这时候，门铃响了。如茵马上站起来走向卧室。如月去开门。

门一开，高高瘦瘦的洛克闪身进来，他两手提着各种各样装着食品的塑料袋，进屋后却没有看见如茵，问道：你姐呢，又睡觉了？

如月没好气地说，还不是被你气的。

洛克感觉到了气氛的异常，没接如月的话茬，把东西放进厨房就去了卧室，拉着如茵出来，扶着她坐在沙发上，说，你跟如月看电视吧，我去做饭。

换上家居的无袖 T 恤和马裤，洛克身上依然保留着沉稳与儒雅。当年，凭着名牌大学新闻系的资本，他被分配到省日报社，干了几年编辑，后来赶潮流，辞职下海创办了一个广告公司。凭借着资源优势与自身努力，加上天时、地利、人和，他的事业迅速发展壮大，如今公司已是年创利润数百万的业内知名公司。

一个从农村出来的寒门学子，在省城不光解决了住房等生存问题，还跻身高收入阶层。他先把父母都接到省城常住，后来还帮助两个弟弟、两个妹妹四个家庭实现了从农村到城市的转移。完成整个大家庭进城的时候，他刚好四十岁，彼时的洛克，人生、事业、家庭都进入了鼎盛时期，可谓"春风得意马蹄疾"。

好日子没过几年，一向身体很好的妻子，突然查出宫颈癌，而且已到了晚期，真是应了那句"人有旦夕祸福"的老话。一下子，洛克的生活被打乱了。医生说，妻子的时间不多了，癌细胞已经扩散，手术也没有意义了。虽然随着岁月的浸泡与妻子的感情逐渐淡漠，只剩下了朝夕相处的亲情，但想到她要死，洛克心里还是异常难过，暗地里还偷偷流过眼泪。在妻子住院后的两三个月里，他断绝了与所有暧昧关系女人的来往，一心一意陪护妻子，暗下决心要认真陪妻子走过她人生中最后的时光。

认识如茵，就是在医院里。

2

三个人围着茶几吃饭。洛克很照顾如茵，不停地给她夹菜，还一边讲解着各种菜肴的好处，诸如牛肉最好，既有营养，又不上火；蒸水蛋有丰富的蛋白质，好消化；等等。如茵对洛克的体贴很受用，委屈早已被驱散。

吃完晚饭，如茵对洛克说，你要累就早点儿休息吧。洛克说，不累，带你出去转转吧。

如月突然说，你前妻咋样了？你这样两头忙，真难为你了。

如茵说，月月你说多了。

月月又刻薄地说，可别等到我姐在这边生孩子，你前妻在那边断气。

如茵瞪了如月一眼，你太过分了啊。

已经接近晚上八点，太阳还没落山。楼前的花园里，栽了女贞树与合欢树，地面上种满了草皮，油绿发亮。如茵挽着洛克的臂膀在曲折的石板小路上走着，幸福地把头靠在他肩上，说，老公，月月不懂事，藏不住话，你别跟她计较。

没事，她说的也是真的，让你受委屈了。洛克拍拍她的肩膀，到现在还不能领结婚证，谁都会心急。

如茵说，这不怪你，都是我不小心怀孕，才让你为难。

如茵这样说着，心里有一丝歉疚。其实，怀孕是她精心策划的。

对生孩子，最初如茵是极其不愿意的。结婚四年，她一直都不愿意要孩子。后来，前夫闹得心急火燎，她就是不同意生，避孕措施异常严密。前夫曾多次故意偷偷把安全套弄烂，她也装作不知道，第二天马上采取补救措施，及时口服紧急避孕药。前夫屡屡不成功，就跟她摊牌：三十岁前必须生孩子，不然就离婚。她却不以为意，说走着瞧呗，到时候再说。

当她发现前夫有外遇的时候，才如梦初醒，马上就妥协了。但已经晚了，那个怀孕的女孩儿无论如何都不做人流，坚决要把孩子生下来。最终，前夫选择了女孩儿，离开了如茵。

认识洛克的时候，如茵已经放单两三年了。母亲因为患子宫癌住院，与洛克的妻子住在一个病房。作为家属，经常在一个房间，接触自然频繁。如茵发现洛克是一个极其有责任感的男人，尤其是他对妻子的体贴，内心便有了一种莫名的感动。

起初，她跟他接触，还不敢有谈婚论嫁的念头，只是想给自己在病房伺候母亲的沉闷中找一点儿慰藉，趁一次腾不出手给母亲拿药的机会交换了联系方式。以他的条件，再找个二十出头的大学毕业生也很容易。而自己，虽然比他小一轮，长相还算可以，工作也有点儿优势，但毕竟离过婚——这让她的自信心大打折扣。像洛克这样一个成功男人，估计根本就不会考虑再婚女人。

也许是天意，事情的发展出人意料。在去年冬天一个阳光很好的上午，等医生查完房，用上药，她第一次约他出去走走。那时候，母亲因为化疗头发已经全部脱落，骨瘦如柴，靠输液维持生命；洛克的妻子住院仅仅两三周。经历了几个月的煎熬，对母亲的病，如茵也渐渐有了思想准备。

她用手机给洛克发信息：忙完了到小花园等我吧？想单独跟你说说话。

发完信息，她看洛克拿出手机看了看，然后对她笑了笑，点点头。过了一会儿，他照顾妻子上了厕所，等妻子输上液，他对妻子说，这会儿没啥事，我有点儿事出去一下。

她看见他妻子对他笑了笑，轻声说，你去吧，有事了我叫护士。

等洛克出去一会儿后，如茵才跑出来。在医院的小花园里，她远远地看见，他在不住地向她来的方向张望——那就是人们常说的翘首以待吧。

你来了。他说。

嗯，你对你老婆，真好。她低着头，看着自己在草地上的影子。

接下来是一段沉默，两个人都不说话，静静地站在那里。小花园里显得特别清静，也许是因为时间尚早，几乎没有出来的病人，也很少有病人家属。

他突然把一只手放在她肩上用力按了按，说，你冷吗？

她嗯了一声，感觉那手生出一股力量，使她不由自主地靠向他。不知道怎么回事，她就扑到他怀里了。他在她额头上吻了吻，说，你的头发真香。

他把她抱得更紧一些，然后轻轻推开她，去咖啡厅吧，这里被人看见不好。

她点点头。他在前边走，她跟在后边，上了他的"奥迪V6"，徐徐地驶出医院。在一家咖啡厅的包间里，他们久久地拥吻在一起。

她被他饥渴的热烈包围着，有些喘不过气来，沉寂很久的身体有了一些温热。

那天，他们在咖啡厅的包间里相对而坐，一连喝了三壶咖啡。他们一直都静静地坐着说话，他给她说在报社工作的趣事，说自己创业的顺利；她给他说自己学生的故事，说自己对爱情的认识。

到下午一点多，如月打电话给她，他们才不得不回医院。

3

楼前的花园逐渐热闹起来，很多人吃过饭都到这里散步，还有些人带着狗。如今的城市人，大概是把感情寄托给任何人都不安全，只有狗才会忠诚于主人，很多人都养起了狗。

如茵很喜欢狗，如果不是上班没时间，她会养一只沙皮狗。洛克却不喜欢狗，他对大小狗都有一种恐惧感，总觉得它们会咬人。

如茵指着一个老太太牵的一只改变了原貌的沙皮狗，笑着说，老公，你看那只狗，身上的花纹跟老虎一样，那可不是长的，是染的。你看现在别的狗都不敢欺负它了，原来可不一样，一出来大小狗都咬它，吓得它趴在地上不敢动。

哈哈哈，有意思，染成老虎模样就不受欺负了，看来狗也怕厉害的。洛克的笑放得很开，随后拉着如茵离开花园，这里狗叫的声音太大，咱还是换个地方吧。

小区南门对面，挨着广场是一个小公园，里边有树木、花草、假山、水池，中间还有一片郁郁葱葱的竹林。如茵与洛克来到公园，发现人更多，狗也更多，也更加热闹。

他们好不容易找到一个较为清静的角落处坐下，说了一会儿闲话，如茵还是忍不住问道：她怎么样了？

化疗的药没法用了，再用人就完全垮了，现在是全靠输液维持了。洛克长长地叹了口气，神情有些黯然，毕竟，我们也是自由恋爱，结婚这么多年，我不能把她接回家等死啊。

我知道，我没别的意思，就是想问问。如茵偎在他肩上，明天你去医院吧，多陪陪她。

也许是谈到人的生死，话题太沉重了，两个人都陷入沉默。如茵感觉脸上有些热，是泪水涌了出来。内心里，她多么渴望能尽快拿到那个红色的小本本，成为洛克明媒正娶的妻子，光明正大地出入洛家，享受一个女人最基本的名分。但一想到自己的这一切必须让另一个女人死去，她的心就霍霍地痛——这痛，有时像针刺一样锐利，有时像棒打一样钝滞。她也是一个女人，她可以想象洛克妻子的心情。

洛克与如茵的事，除了他的妻子与女儿，父母、弟弟、妹妹都知道。这事，他一直认为自己做得很不够男人。生前日日说恩深，死后人人欲扇坟——这句流传古今的话，让洛克无地自容。恋爱时的甜蜜还犹如昨日，甚至在她得知身患绝症的时候他们还讨论过他的续娶问题。妻子说，我死了，你再找个，一定得善良，对咱姐姐好。

不准乱说，现在医学这么发达，很容易看好的。

你不用哄我，我清楚，不做手术就意味着无法治愈，我做好准备了。妻子故作轻松的笑容很僵硬，她的眼中分明闪着泪花。

洛克把她抱在怀里，说，你会好的，你一定会好的，相信医学。

无论怎么样，我都做好了准备。妻子凄凉地笑了一下，老公，我跟你提个要求吧，我死了之后，你要结婚，我不要你为我守三年，一年总可以吧？一年，就等一年，好吗？

洛克点点头，接下来是一阵痛彻心扉的哭声。

4

如茵与洛克回到家，如月还在看电视。看两个人默默不语，神情肃穆，猜想他们吵了架，说道：姐夫你欺负我姐了？她有孕在身，生气了对孩子可不好啊。

如茵说，没有，你别啥事都把你姐夫往坏处想，他对我很好。

跟他开玩笑呢，真是。如月说完继续沉浸在电视剧中。

洛克对如茵说，早点儿睡吧，我帮你洗洗澡吧。

如茵的身体，因为怀孕而变得不那么匀称，但仍不失风韵。如今洛克只能抵制她身体的诱惑。他们刚刚开始偷情的时候，他迷恋她的身体，不分时间，不分地点。只要一想起她的身体，他心里就如烧着了一把火，让他坐卧不安，心神不宁，他马上就会放下手头的任何事情，与她幽会。咖啡厅的包间里，洗浴中心的包房里，宾馆的房间里，都留下过他们纵情的痕迹。

开始，他们的偷情是绝对保密的。一个在病房照顾病危的母亲，一个照顾没有多长时间的妻子，即使别人不说什么，自己心里也过不去。这一点，是他们永远无法心安理得的软肋。如茵被洛克带到一家豪华洗浴中心的一个房间，第一次与他在床上激情燃烧的那个冬天的下午，正是大年三十，她的母亲已经奄奄一息，十几天后便被推到了太平间。

那天上午，洛克把刚刚做完一个疗程化疗的妻子接回家，说过年就不在医院了。他很热情地与如茵的母亲、父亲和妹妹如月道别。下午，如茵刚吃完午饭坐在床边的小凳子上打瞌睡，手机响了，是一条洛克发的信息：能出来吗？我在医院门口等你。

如茵毫不犹豫地回复：你等着，马上到。

大年三十的洗浴中心人特别多，但价格不菲的包间还是供大于求。他们来洗浴中心之前，如茵并不知道有供男女独处的包间。等来到包间，洛克把她压在身下的时候，她心里有点儿惊讶，但表情很坦然。他急不可耐地开始解她衣服的扣子，她推开他，说，别急，我自己脱。

如茵如此之爽快，洛克始料未及。他注视着她把衣服一层层脱掉，最后只剩下三点式的红色内衣，他惊呆了。她的皮肤是那么的润滑，肤色是那么的恰到好处，臂的纤美与柔顺，腿的修长与匀称，真可谓无可挑剔。

洛克的心里早已燃起熊熊大火，感觉身体即将爆炸，他几下甩掉自己的衣服，冲上去抱住她。

那一天，她把自己放纵到史无前例，身体充满了侵略性，最后像一个"大"字一样把自己摊在床上，之前的骄矜荡然无存……

5

早晨，如茵从睡梦中醒来，洛克已经不在床上了。她舒服地伸了个懒腰，走出卧室。

看见如茵起来，洛克从厨房里出来迎上来，给了她一个热烈的拥抱。

同居之后，只要洛克在，就会提前起床准备早餐。他说，如茵有孕在身，不能去街上吃油条、包子，喝胡辣汤、豆腐脑，那些东西不光没营养，也不卫生。

洗漱完毕，如茵来到餐桌前，洛克把一小碗蒸蛋、两片面包和一杯牛奶放在她面前，把小勺子递到她手里说，吃吧，为了孩子也得认真吃饭。

如茵笑看着洛克的脸，他看上去显得有些憔悴，眼睛里充满了爱意——那是他对自己的爱。如茵心里升起一股感动，说，老公你不用起这么早，早餐我自己会做。

洛克用手抚摸了一下她的头顶，说，傻瓜，我不在你自己做，我在就归我了。

如茵感觉心里柔软的那根弦被他拨了一下，浑身溢满了暖意，眼睛也有了感觉。她突然有些后悔，真不应该在他妻子病重的时候怀孕，让他如此煎熬，如此辛苦。

如茵忍不住问过：等你老婆死了，你会娶我吗？

这时候，洛克总是长长地叹口气，说，如茵，咱不谈论这个问题好吗？我的心很乱。

洛克态度的模糊，让如茵有了危机感。办完母亲的丧事从老家回来，她便开始酝酿如何让洛克定下心来。最终，她决定学抢走她前夫的那个女孩儿，以怀孕做砝码。

洛克是个正常的男人，如茵想让自己怀孕，应该是轻而易举的。但洛克是个成熟的男人，两个人在一起一直采用避孕措施，她不能理直气壮地放开手脚，那样反倒会让他起疑心，闹不好他会对她产生反感，那就弄巧成拙了。

如茵处心积虑，绞尽脑汁，最后把前夫对付她的办法拿来：把安全套包装小心拆开，然后用大头针把安全套扎若干个小洞，再按照小卖部商贩用钢锯条和蜡烛封塑料袋口的办法把安全套包装封上——在那种时候，洛克哪还有心思去确认安全套是否做过手脚。

　　事情进展得很顺利，用过两包做了手脚的安全套，她成功了。她知道这样的做法有些卑鄙，但为了能让洛克成为自己今后的丈夫，她什么也顾不得了。

　　第一步成功了，如果他不极力坚持让她堕胎，娶她为妻就基本成了定局。这时候，她完全忘记了道德，忘记了自己是个文学硕士，忘记了自己人民教师的身份，甚至为自己的计谋有点儿沾沾自喜。后来她曾多次在心里骂过自己无耻，而面对现实，她却无法抗拒成为洛克名正言顺老婆的诱惑，那自责也就慢慢地化解了。

　　如茵能感觉到洛克对安全套的怀疑，但不确定他是否把怀孕看作她的阴谋。从后来他超乎寻常地顺利答应她生下孩子，并为她买房子的结果来看，他是接受了如茵和她肚里的孩子。在差不多怀孕两个月之后，如茵才对洛克说，看来真是怀孕了，怎么办呢？

　　这就是天意，上天让我们有这个孩子，我们就认了吧。洛克显得异常平静，这下子，你可把我推到不仁不义的处境了。

　　如茵扑在洛克的怀里，紧紧地抱着洛克，任泪水浸湿他的衣服。她哭着说，洛克，我怕失去你……

6

　　洛克开车驶出小区，已经接近上午十一点。如茵催他去医院,他也是恋恋不舍。一边是将来替补妻子的娇美可人的小媳妇,一边是时时面临死亡的结发妻子。当如茵第四次催他的时候,他说,听你的,宝贝,我去医院看看。下午我再来。

洛克到了一个十字路口,碰上直行红灯,便准备右转,却发现穿着各色衣服的骑车人流汹涌而至,蝗虫般攒动,黑压压地把右转的路堵得水泄不通。洛克特别有耐心,音箱里流淌的是《爱的路千万里》。最初喜欢上这首歌,是他与妻子谈恋爱的时候,一直百听不厌,即使后来他不再崇尚爱情了,他仍然喜欢听这首歌。

这个星期天,妻子的病房有些热闹,女儿姐姐,父亲和母亲,还有两个弟弟与两个妹妹及他们的家人,都在病房。病房显得更加拥挤。妻子给了他一个笑脸。她的披肩长发因化疗脱落得像鹌鹑的尾巴一样短而稀疏,已经遮盖不住头顶的皮肤,瘦削而苍白的脸显得有些突兀。

洛克的内疚更加强烈,她现在的每一分钟,都面临着死亡的威胁,自己应该跟她在一起,去面对死亡,帮助她驱散对死亡的恐惧,让她快乐度过最后的日子。可他忍不住牵挂另一个女人,最关键的是,她怀了他的孩子。

父母都是本分人,听二弟洛服说了他与如茵的非正常关系,虽然没有当面责怪他,但是极不赞成他的做法。但听二弟洛服说如茵已经怀上了孩子,母亲的眼里有了一些惊喜,几乎与父亲同时问道:怀上孩子了?

父母对洛克只有一个女孩儿一直耿耿于怀。洛克的两个弟弟，都是两个孩子，都有男孩儿，按父母的说法，那就是香火不断。他们无数次地劝过洛克夫妇，让他们再要一个，好歹得有个男孩儿，要不他这一支断了香火，纵是家财万贯，后继无人也过得没劲。

母亲说，看来洛克不该绝户，媳妇不愿意生，就得了绝症……

父亲打断她的话，说，你这话说得可不好听，人家知道了还不骂你老糊涂。

大妹洛秀对洛克说，大哥，怀孕的人做啥都不方便，要是新嫂子需要照顾我就过去。

二妹洛丽也说，就是，不能让新嫂子受委屈，我跟俺姐可以轮班照顾她。

两个弟媳妇也争着说，只要新嫂子需要照顾，啥事都得撂下，俺去伺候她。

洛克的脸热辣辣的，有些难为情，低着头说，这会儿她妹妹放暑假跟她一起住，等快生了再说吧。

当然，父母和弟弟妹妹们对妻子一点儿也没冷落，倒是更亲热、体贴，平时他们轮流着来病房照顾她，隔三两周就趁星期天聚到一起来看她，一起说说话，吃顿饭。

"爱的路千万里，我们要走过去，别彷徨别犹豫，我和你在一起……"洛克的脑海里又蓦然响起《爱的路千万里》的旋律。

洛克不禁回忆起自己婚礼上最多的祝福之词，相亲相爱，白头偕老。如今，妻子即将离他而去，白头偕老成了一句空话。

这时候，他才感觉到以前的幸福，才发现自己不知道珍惜。

洛克心里突然冷笑了一下，哼，你洛克天天骂国人素质低，没教养，可你自己算个什么东西，你接受过高等教育，可最终你还是被社会这个大染缸给泡得面目全非，成为一个市侩气十足的流氓，对，就是一个没有道德底线、没有做人原则、没有精神信仰的流氓。

洛克在心里骂了一通自己，心里舒服了很多。

不多想了，近段时间就多在医院陪陪妻子，一定得让她开开心心，没有遗憾地过完最后的日子。洛克想。

回医院的路上，洛克裤袋里的手机震动了一下，如茵给他发了一条信息：老公，你吃过饭了吧？你放心地照顾她吧，我没事。中午如月做的盐水竹节虾和清蒸鳜鱼，还有水煮肥牛、金针菇，我吃了很多虾和鱼，还吃了很多荔枝。想你，吻你！

洛克犹豫了一下，回复道：我也想你，宝贝！等我，一起吃晚饭。亲亲！

信息一发出去，他又有点儿后悔，原本想跟妻子一起吃晚饭，再陪她在小花园散散步。怎么一看见如茵的信息自己就改变了计划呢？鬼使神差，真是鬼使神差。

整个下午，在病房里陪妻子的洛克都心神不宁。看着妻子安详地熟睡，他心里再次涌起一股愧疚。

7

如茵催洛克去医院，并不是虚情假意。这个时候，他够闹心的，不能再给他添乱了。想着他的妻子在医院里等待死亡，心里真不是滋味儿。

其实，躺在病床上的那个女人才是他的老婆，如月称她为前妻是没有道理的。我算他的什么人呢？想起"小三儿"这一称谓，如茵心里生出一种莫名的恶心。作为"80后"，如茵虽然可以接受情人，骨子里却对"小三儿"有一种强烈的抵触与蔑视。按她的底线，找情人也得找个自由的男人，不能找有妻室的，打个电话约个会还得偷偷摸摸的。

离婚之后的很长一段时间，如茵都惧怕独自面对黑夜。后来，开始读小说，写博客，玩网游，以此来安抚自己，打发寂寞，这才渐渐地从离婚的阴霾中走出来。但有了洛克，寂寞与无聊又开始频频袭击她，她对夜的恐惧再次滋生。

她时时刻刻都在盼他来，可他来了她又反复地劝他走。

她心疼他，怕他为难，怕他受煎熬，更怕他厌烦自己，疏远自己，离开自己。每次他来，她都违心地说自己会照顾自己，让他去照顾他老婆。可他一走，她是那么失望，那么落寞。

如茵多次虚构过她与洛克和自己的孩子在一起的幸福，甚至潜意识里，那个很帅气的男孩儿淘气的模样都清晰可见，稚嫩的笑声在耳边飘荡……

如茵一会儿黯然落泪，一会儿面带笑容，自从收到洛克陪她吃晚饭的信息，她就盼着时间快点儿过去，有洛克陪在身边的分分秒秒，都是她的幸福时光！

8

时间一天一天地过去，如茵的肚子也一天一天地大起来。暑假一过，如月开学走了，为了上班方便，她便开始搬到学校住，洛克照顾她的时间更少了。

洛克不放心如茵一个人住，想给她找个保姆，她坚决不要。洛克又说让两个妹妹来照顾她，她仍然不答应，后来就把如茵的父亲从乡下接过来。父亲这时候才知道她的事情，心里有点儿想不通。

前几年你离婚不吭声，现在不结婚就生孩子又不吭声，老拿婚姻不当回事，真叫人闹心。

他每天一丝不苟地给如茵做饭，脸上却总是阴云密布，整天都不说一句话，在学校出入也是小心翼翼，好像做了什么丢人的事。洛克来看他的时候，父亲更没有好脸，根本不理睬他，弄得洛克也十分尴尬。

如茵看父亲转不过来弯，只好劝他回老家。父亲走了之后，洛克没有征求如茵的意见就找了个保姆，还交代两个妹妹经常来看看。

离预产期一个多月时，如茵请假休息，从学校搬了回去，辞退了保姆。洛克的两个妹妹和两个弟媳开始轮流照顾如茵，有时候他母亲也来看看，又削苹果又剥橘子，对如茵那个亲啊，真是发自内心的。如茵不知不觉就开口叫了妈，提前进入婆媳关系。洛克看母亲那么喜欢如茵，也多了一份安慰。

还没入门，洛家就把她当一家人了。她很满足，唯一不安的是，洛克老婆的病情好像一直很稳定。她侧面问过洛克几次，他总是含含糊糊地说，还老样子。老样子是啥样子啊？原来不是说不进行化疗了，靠输液维持吗？可几个月过去了，她怎么还是老样子，没有一点儿死的征兆呢？

如茵一想到自己盼着她死，心里总会有一丝自责，可她不能不为自己着想。自己千方百计怀上孩子，就是想着与洛克领结婚证的时间不会等太久，她最初还预计应该在孩子出生之前。可眼看孩子就要生了，她还活得好好的。如今，自己都没个名分，孩子怎么办？没有结婚证，没有准生证，户口都没法落，孩子不成"黑人"了吗？

如茵不止一次地想，他老婆万一还能再活几年，自己怎么办？洛克会怎么办？他会选择离婚吗？他要是不离婚，自己和将要出生的孩子，不就成了传说中的"二奶"和私生子了吗？这些话，她还不能对洛克说，更不能对别人说。她只有闷在心里，自己承受着煎熬，承受着痛苦。

越来越临近生产了，如茵顾不得那么多了。有洛家人的照顾，她产前的生活无可挑剔。洛克这些天来看她的次数反倒少了。医生对他说，因为他妻子的积极抗争，病情出人意料地稳定下来，癌细胞得到了控制，让他多陪陪她，多鼓励她。

这样的变化，让洛克内心充满了矛盾。跟妻子在一起的时候，他渴望她能有更多的时间，甚至希望奇迹发生，让她能够战胜病魔。而一见到如茵，他又想，什么时候才是个头，才能给她个名分。她肚里的孩子，等着那个证明他们婚姻存在的本本。他有时也会冒出这样的念头：她怎么还不死啊。这念头会吓得他心里震颤，让他无地自容。

9

如茵如期住进了妇产医院，在产房里等待生产。洛克一有时间就跑过去看她。

想起了如月当初说的话：千万别在如茵生孩子的时候赶上他老婆咽气。他一直都担心真的赶到一起。现在，他有点儿放心了，应该不会有那种残酷局面出现了。孩子的出生应该在一周之内，多也超不过两周。老婆的情况很好，用医生的话说，两三个月没问题，再撑个一年半载也不是不可能。

这天，医院通知洛克，要给他妻子做一个全面检查，根据情况决定是否再进行化疗。晚上，洛克对如茵如实说了情况，告诉她晚上去病房陪妻子，明天白天就不来看她了。

次日，洛克一大早起来，帮妻子洗漱好，开始做各项检查。抽空，给如茵发了条信息：宝贝，开心，老公想你！

往常，洛克信息一发出去，如茵马上就会给他回，可今天她却一直没回。他想，估计她正在睡觉，产妇在产房里躺着没事，很多时间都在睡觉。后来，妻子从检查室出来，要做下一个项目，他一忙就把如茵不回信息的事忘了。

做完检查，已经到了中午。洛克扶着妻子回病房。一路上，他们都在讨论她的病情。她开玩笑说，看来三天五天我还死不了。

来到病房，洛克脱掉外衣放到床上就下楼去打饭了。妻子半躺在床上，看着他的背影，幸福地笑了，她为自己有一个如此体贴的丈夫感到欣慰，甚至是骄傲。这时候，他外衣口袋里的手机响了，她犹豫了一下，最终掏出了手机，看到屏幕上来电显示是"二弟"，她按下了接听键。

听筒里传来二弟洛服兴奋的声音：哥，哥，新嫂子生了，是个男孩儿。哥，你怎么不说话啊，你有儿子了……

她愣了一下，轻轻啊了一声，然后把电话挂断。她的眼里再次涌出泪水。

看来一切都是假的。她把他的手机放进外衣口袋，依原样放好，若无其事地起来拿湿毛巾擦了擦脸，照着镜子化了化妆，然后安详地坐在床上等洛克回来。

洛克满脸高兴地回来，把饭菜放到床头柜，一份鱼香肉丝，一份四喜丸子，一份鸡肉炖粉皮，都是妻子喜欢吃的。他把筷子递给她，说，吃吧，多吃点儿。

她接过筷子说，老公在这儿真好。然后大口地吃起来。

吃完饭，她对他说，洛克，你走吧，我想睡一会儿。你在这儿陪我一大晌了，忙你的去吧。

洛克想了想，说，也好，我先去公司看看，有些检查结果到下午四五点才出来，到时候我再来。

洛克坐到车上，拿出手机看了看，没有未接来电，也没有如茵的信息，有点儿纳闷，怎么一大晌都不见她的信息？家里怎么也没人打个电话？他拨通如茵的电话，却没人接。他心里一惊，难道如茵生了？肯定是生了，不然她不会不回信息，不接电话。

洛克用力踩了下油门，车飞快地行驶，直奔如茵所在的医院。

10

洛克到了妇产医院，发现母亲和弟弟妹妹们都在。他们在产房门外的走廊上正兴奋地谈论孩子，看见洛克来了，母亲马上迎过去，对他说，小克啊，这下放心了，如茵给你生了个儿子。

洛克点点头，问道：如茵好吗？

二妹洛丽说，很好，很好，顺产，这会儿睡着了。

二弟洛服把他拉到一边，问他电话怎么是大嫂接的。洛克这才意识到，事情败露了。一股颓丧情绪在他心底弥漫，有了儿子的快乐被这种情绪迅速吞没，他焦躁地在走廊上走来走去。

我得去看看如茵。洛克轻轻地推开产房门进去，站在床头，看着熟睡的如茵，怜惜与愧疚之情同时滋生。

二弟洛服交代洛丽去陪大嫂，又安排三弟洛建开车把母亲等人送走，他自己陪在洛克身边。大家临走他又交代：千万要保密，别让妞妞知道了。

洛克坐在走廊的椅子上，心里真不是滋味儿，头中间的某个部位霍霍地痛。他右手用力地拽着自己的头发，恨不得把自己的头发拔得一根不剩，变成一个光溜溜的秃头。

不一会儿，二妹洛丽打来电话，告诉他大嫂没在病房。

洛克说，估计是回家了，你给家里打电话问问咱爹吧。

稍后他又说，洛丽，我心里很乱，你大嫂的事你们看着处理吧，别再给我打电话了，我得在这儿好好陪陪如茵。

整个下午，如茵一直在熟睡，洛克静静地坐在床头看着她。

他把手机关掉了，妻子的事就让弟弟妹妹们去处理吧，她能怎么样？闹闹情绪，发发牢骚就过去了。只是，在她生命的最后时光承受这样的事情，的确太残酷了。

11

晚上九点多，二弟洛服急匆匆赶过来，把他从产房里叫出来。

哥，一直都没找到大嫂。她回了一趟家里，拿了几件衣服就走了，她给爹说回医院了，可我们等了又等，她一直没回病房。打她的电话是关机，能去哪里呢？

他翻来覆去地想，妻子能去哪里呢？会不会去找朋友诉苦呢？他拿出手机，挨个给妻子近几年联系密切的几个姐们儿打电话，她们都说没见她。

洛克又给她农村老家打电话，想探听一下妻子是否给老家的老人打电话了。因为妻子的真实病情一直瞒着他们，和他们寒暄后确定没有妻子的消息，便挂了电话。

妻子失踪了！临走，他没有把真实情况告诉如茵，只说那边医院有点儿事，去一下很快就回来。

冬季的晚上九点基本算深夜了，驾车的二弟问坐在副驾驶位上的洛克：哥，去哪儿啊？这大冷天，大嫂能去哪儿啊？会不会住到哪个宾馆啊？

先去北郊的东风河边吧，我们谈恋爱时老去那里。

哎——这事搁谁身上不伤心，大嫂也是想不通吧。

到了东风河边的滨河公园，洛克让二弟洛服在车上等着，自己下车径直向一个角落处的一棵雪松走去。当年，他与妻子约会，为了拥抱时能避开耳目，总是躲在那棵雪松与一座假山中间的一小片儿空地上，假山下边有一块儿光滑的石头可供他们坐。

路灯如晴天的月光，把滨河公园照得一片银白。河边种着很多四季常青的树木，雪松、女贞、冬青等。洛克沿着两边都是树木屏障的甬道，来到了那棵雪松树下。

树下没有妻子，那块儿光滑的石头在灯光下泛着寒光，不用触摸就可以想到它的冰冷。洛克走到石头前，毫不犹豫地坐在上边。他很自然地回忆起他们的恋爱时光。如今，随着时间的流逝，那些日子也变得模糊起来，模糊得没有一点儿模样。

他感到了石头的冰冷，想用手扶着石头站起来。手触摸石头的那一刻，一股寒意顺着手臂迅速传递，即刻就到达了心扉。他的心战栗了一下，想把手从石头上抽回。这一刻，他感觉那冰冷还有点儿硌手——是一颗鹌鹑蛋大小的石子，一颗放在石头边缘的石子。他下意识地把那个自以为是石子的东西拿起来，瞬间惊呆了：那竟然是他送给她的一个心形石坠。

那是一次轧马路时，他们在路边一个卖廉价首饰的地摊上碰见的，它晶莹剔透，蓝中透着淡淡的黄，光泽如玉，手感却有些硬涩，没有玉的温润。她一眼就喜欢上了它，也许她更喜欢它的价格，摊主满口要五块钱。他有些犹豫，说，再怎么也得买个玉的，这太便宜了。

她说，这看起来跟玉一模一样，我说它是玉它就是玉，我不说五块钱买的谁知道它值多少钱啊。他心里一阵感动，当即亲手给她戴上，一直到现在。

后来洛克见识多了，知道了这种像玉的美石叫珉，还知道了孔子认为玉有德而珉无德。他曾对妻子说过，那个石坠是珉，人都说珉无德，你别戴了，换块儿玉吧。妻子却坚持戴，说，那是你送我的定情物，是啥我都戴。

妻子肯定是来过了！

洛克把那个石坠抓在手里，四下望了望，大声喊道：老婆，我来了！老婆，我来了！你在哪里？你在哪里……

二弟洛服听到他声嘶力竭的叫喊，马上跑了过来。

快，我们顺着东风河走，她——她不会跳河吧？

洛克顺着河边走了一阵，被灯光照得忽明忽暗的水面上，平静得连个水花都没有。他停下来，喘着气说，我想她也不会有事，走，我真饿了，咱先去吃点儿东西。

二弟洛服也没顾得上吃晚饭呢，他点点头说，你在这儿等着，我去开车。

坐到车上，洛克又想起如茵，两个小时过去了，她饿不饿？按农村老家的传统，产妇一天要吃六七顿饭，这会儿应该再加一顿了。他赶紧给她打电话，她说洛秀刚把饭送来，正吃着呢。二弟洛服提前安排大妹洛秀去医院了。

洛克对二弟说，你不少操心，这下咱可以放心吃饭了，走，去回民区夜市。

他们带着一瓶高度白酒，在一家生意火爆的羊肉汤馆坐下，点了一根牛鞭、四个牛外腰、二十串烤羊肉，又要了酸辣绿豆芽、炒焖子两个素菜，另加两碗羊肉汤。二弟洛服把白酒打开，分别倒在两个大茶杯里。

当洛克第二次把一片牛外腰塞进嘴里的时候，快速咀嚼的嘴突然放慢了速度。他把筷子往桌上一撂，掏出二百块钱对服务员扬了扬往桌上一扔，对二弟洛服说，马上走，去顺城街。

顺城街是他们刚结婚时住的地方，那是单位给他们解决的一处住所，一间平房。后来他们搬到新房，这间小房子就闲置在那里，单位一直说拆迁改造，到现在也没有拆。洛克突然冒出这样的想法：这会儿她一定在那里。

那里还保存着他们结婚时的床和家具，妻子每年都会去看看，打扫一下，收拾收拾。

洛克一阵伤感。自己太过分了，太绝情了，太自私了，太无耻了……

洛克想，见了她，我要跪在她面前，好好对她解释，说出我的无奈，征得她的原谅。即使她恼怒了，打我几耳光，也是应该的，我也得承受，不能有半点儿怨言。还有，要她勇敢地与病魔做斗争，也许，真的会有奇迹出现，现在绝不是骗她，她几个月来的情况就是奇迹，他坚信还会有更大的奇迹。

当然，这时候他把如茵忘了。他顾及不了如茵的"预科"时间会有多长了。他渴望妻子活下来，至于如茵的名分，那算不了什么，现在更顾及不了这个问题了。还有新生的儿子，他一出生就遭遇这样的尴尬处境，这是天意，这是命运。如今，他什么都顾不上了，他只想让自己的结发妻战胜病魔，永远地活下去。

洛克从来没有如此强烈地渴望见到妻子，他对二弟洛服说，开快点儿。

车没停稳，洛克就急匆匆地拉开车门跑出去。这所平房处在一个不规则的小院子里，整个院子就这一排平房，因为等着拆迁，没有住人。院子里漆黑一片，没有灯光，没有生气，空气里有一股子霉味儿。

黑暗中，洛克很容易就找到了近二十年前自己住的房子，他推了推门，推不动。他对二弟洛服说，拿打火机，我看门动过没有。

二弟洛服打着火机，锁挂在门鼻上，门搭却被从门鼻上拿掉了。这房门是采用老式的门搭上锁，门搭没锁，说明屋里有人。

洛克拍了拍门，对里边喊：老婆，老婆，开门，开门……

任他拍，任他喊，屋里却没有一点儿动静。洛克急了，对二弟洛服说，得想法把门弄开啊。

12

门打开的时候，已经是半夜一点。

一股尘土的气息和血腥味儿扑面而来。洛克拉开灯泡，他看到了躺在床上的妻子。

床上没有被褥，只有一领竹席。妻子平躺着，穿的是结婚时的衣服：金红色中式棉袄，大红色直筒裤，棕色高跟皮鞋。头上是一个宽宽的枣红色发箍。她双手交叉放在小腹，眼睛紧闭，脸色苍白，神情恬淡而安静。她好像睡得很沉，他们那么大的动静也没有惊醒她。

洛克扑过去，跪在她面前，抓住她的手。她的手冰凉冰凉。他摇着她的手，低声叫她：老婆！老婆！老婆……

她没有任何反应，任凭他摇晃，任凭他叫喊。

他明知道她不会答应，进了屋，他就发现了床下已经凝固的血迹。

发现石坠的那一刻，洛克就有一种不祥之感。

她什么话都没说，毅然决然地选择了离开。

她没有给自己留一点儿余地。她不选在医院，大概是怕被人发现施救，也许是怕声张出去，给家里、给他带来不好的影响。她不选在家里，肯定是为了女儿，她一定不想让女儿看到她最后的惨状，更不想让女儿知道自己的母亲选择了自杀，而且自杀的原因令人……

如月的话到底应验了，到底应验了……

洛克双手抱头，狼嚎般痛哭起来。

（选自《牡丹》2023 年 2 月上半月刊，有删节）

时光漂流

刘西北

一

我至今没能看清楚余秋雅长啥样。她戴一副茶色墨镜,大晚上的,也不摘,像个盲人。金黄色的爆炸头,无论在哪儿,都招人眼。灯光昏暗的苍蝇馆子,低矮的小方桌前,我和余秋雅推杯换盏。

酒过三巡,我俩开始回忆。余秋雅说,上小学时,有同学欺负我,薅头发,扇脸,踢屁股,我警告他们,我爸在坐牢,等他出来了,杀你们全家。

我说,所以,他们都怕你,敬畏你,你成班里的老大了。

她说,哪呀,打得更狠,他们一边打,一边说,还犟嘴是不,趁你爸没出来,先打过瘾了。

我说,于是,你誓死反抗,一个一个打回去。

没有。我特别怂,求他们,别薅头发,别扇脸,其他地方随便打,我怕我妈看见我有外伤,到学校告老师,给你们添麻

338

烦。我把校服拉锁拉到头儿，竖起领子，围着脖子，双手抱住后脑勺，背对他们，蹲地上，说我准备好了，打吧。当你替他们着想，从被动挨打，变成主动挨打的时候，那些打你的人，反倒觉得没意思，打过几回，索然无味，再后来，把你当空气，视而不见了。挺好。

我问，他们为啥打你？

他们说我爸是大坏蛋，我是小坏蛋。

那你还跟他们提你爸，威胁人家家属，杀人家全家，口气不小。

余秋雅抬起胖乎乎的左手，手背上现出四个小酒窝，她推了推墨镜，撂一句，傻呗。

我说，面对伤害，要积极应对，狡黠反击，你却选择接受。

余秋雅说，我只能接受，我爸帮不了我。你知道吗，我爸是杀人犯，他被人民政府枪毙了。他回不来了。

我说，我妈也没了，快三年了。活着的时候，我没见她有过一个笑脸，成天病恹恹的，不是坐在沙发上，就是躺在床上，唉声叹气，还隔三岔五吵我爸，吵完后悔，一个人抹眼泪，一哭一整天，走了也好，解脱了。

余秋雅说，哎，不对，咋还整伤感了。

是呀，失态了。我端起杯子，左手一拍桌子，说，来，最后走一个。

啤酒喝多了，在胃里晃晃荡荡，我怕滋出来，抓着饭店门框，深吸一口凉气，说，要不，去你那儿坐坐，消消食儿？

余秋雅手扶墨镜，望着街边的梧桐树，树上挂着一串串的亮化灯，灯火阑珊的。她说，那就坐一会儿。

刚进门，我俩就抱一起了。动作娴熟自然，一点也不扭捏。

我说，要不摘了头套、墨镜，碍事。

她说，那我先把灯关了。

灯一关，我俩在客厅的布艺沙发上纠缠起来。她穿得太多，黑暗中我摸索着，一层一层脱。最后关口是件塑形内衣，箍在她身上，密布着一排金属挂钩，撕扯不开，只能一个一个解。解得我浑身冒汗，有些气馁，我停下手，扶着她肉乎乎的肩膀说，要不算了，改天。

别，情绪都酝酿到这儿了，我自己来。余秋雅一翻身，推倒我。我还没来得及阻止，她已经骑我身上。胸腔里一个膨胀，我彻底失控，脖子一歪，哇哇吐起来。

擦完嘴，我说，不好意思，实在憋不住了。

余秋雅从我身上滑下，弯着腰，一边摸鞋子，一边埋怨，你倒是说一声，我今儿早上才拖的地。

二

半夜，我妈叫醒我。她小声说，跟我来。我迷迷糊糊跟着她，往外走。外面好大的雾，路灯照在地上，缩成一个光斑。我俩穿过一个又一个光斑，不知走有多远。四周弥漫着雾气，什么景致也看不见，这世上，好像就剩下我们两个。我问，去哪儿？我妈指着前面说，那儿。不远处有团光，我隐约看见一个男人站在里面，金黄色的头发，摆动着双臂，像在和谁说话。我听不清楚，远处传来迪斯科舞曲，声音巨大，掩盖住他说话的声音。起了一阵小风，吹薄雾气，另外一个男人浮现出来。他手持一把长剑，向金发男人刺去。金发男人躲过致命一击，跃起扑倒持剑男子。他们抱在一起，打斗起来。雾气翻腾，身影时隐时现。迪斯科的配乐迸发着原始的狂放与野性，两个男人随着密集的鼓点，以命相搏。我和我妈似乎置身于一个空间巨大的露天剧场，演出已经开始。我仰起头，问，他们是在表演吗？我妈双手蒙脸，浑身颤抖，她全部身心投入激烈的剧情里，随着情节的演变，悲伤和恐惧着。残酷杀伐的场面让我不安，我伸出手，想拉着我妈，让她带我离开。我妈身上罩着一团绵密的雾气，我的手无法穿越过去，触碰到她。她无尽地悲伤和恐惧着，犹如剧中的女主角。这时候，我爸走过来，他一头精致漂亮的卷发，刚去过理发店一样。我爸问，你咋一个人跑出来？我说，没有，我和妈妈。我指着哭泣的女主角。我爸抱起我，穿过黏稠的雾霭，往前走。前面是一个圆形舞台，舞台中央，一名金发男人躺在血泊里，我妈傻傻地立在旁边。我爸拉着她，说，我们回家。我妈不停地抹眼泪，仿佛身体里住着一条河。幕布缓缓落下，舞台消失不见，雾气不断涌进来，吞噬整个剧场。眼前的一切无法辨识，我陷入混沌。下雨了，雨水黏糊糊的，带着温度。我慢慢往前移动，站在路灯的光斑下，看见雨是红色的，自己变成一个血人。

我醒了，睁开眼，发觉刚做了个梦。余秋雅躺在旁边，安然沉睡着。低微的鼾声，富有节奏，散发着莫名的生活气息，令人心安。我坐起来，拧亮台灯。余秋雅一头乌黑浓密的短发，脸上扣着一个粉色的眼罩，说实话我挺想扒下来，看看她真实的模样。这势必惊醒她，想想算了。

手机显示这会儿凌晨三点。我躺下来，翻几次身，依然睡不着。重新坐起，披上衣服，摸下床，走到窗户边，掀起窗帘的一个角。外面漫天的雾气，小区里路灯的光亮，收缩成一个又一个光斑，和我梦里的景象极为相似。

我看见有个光斑暗了一下，一个女孩拉着一个小男孩在上面闪过，迅速消失雾中，跟着在不远处，另外一个光斑里出现。以光斑为指引，两个人快步向小区门口走去。三更半夜，这是要干吗？我瞪着眼，看着他俩在我预期的光斑里再次闪现。

两个人出小区，拐进一家亮着灯的小卖部。我兴致来了，拉过一张椅子，坐在窗户边上等着，看他们啥时间出来，会买些什么。

拉椅子的动静惊醒余秋雅，她抬起头，眼罩掀起一条缝，问，这大半夜，偷窥谁呀？

我说，有俩小孩，出了小区，是不是家里没大人，别跑丢了。

这都几点了，不可能吧。

我亲眼看着他们进了大门外的小卖部，你睡吧，等他俩回小区，我就上床。

余秋雅平躺下，整理着眼罩，安静片刻，扑哧一声笑了。她说，你这啥酒量，啤酒也能喝醉，还整出幻觉了，我们小区外面压根没有小卖部，买东西都去斜对面的大超市。

我不信她的话，向外望去。小区里大雾弥漫，什么也看不见，哪有什么路灯、小孩。一瞬间，我有些恍惚，无法确认自己醒着，还是依然在梦里。刚才的一幕，真假难辨。

三

余秋雅住色织厂家属院，陈旧的五层楼，她家顶层，两居室。妈妈卢冬花在一处寺庙长住，隔十天半个月，余秋雅去看她一次，有时候还劝她回家。她充耳不闻，虔心礼佛。

早上五点多，余秋雅悄悄起床，洗漱完毕，戴好假发，倒了半杯水，放床头柜上。见我睁着眼，她问，是不是早醒了？我说，是，一直看着你进进出出，像只猫一样蹑手蹑脚。

还不是怕惊醒你。余秋雅说，我得去批发市场进货，你再睡会儿，走时记着把门关上。

我想起身，她一把按住，说，多休息，昨天晚上出大力了。话一出口，她自己先哧哧笑起来。

我说，对了，要不，咱俩处处？

她往门口退了几步，说，别开玩笑，我比你大三岁，可不能动真格的，姐奉陪不起。

女大三，抱金砖，岁数再适合不过。

我有病，不能拖累你，再说长成这般模样，出去见人，怕是给你丢脸。

我说，你把眼镜摘一下，让我仔细看看。

跟你说了，有病，不能看。

骗我的吧？你这屋里，没见一个药瓶，从昨天到现在，也没见你吃过一片药，再说了，甲亢一般身体消瘦，看你这体型，怎么也不像。

你这人，心眼多，以后我得防着点。余秋雅对病情避而不答，揶揄我的性格。她拉开门，站门缝中间说，床头有半杯水，你起来了，掺些热的，温着喝。话音未落，啪一声，她关上门，提着垃圾袋，咚咚咚下楼去了。

四

我妈墓地的左手边埋着我建国叔。从我记事起，每年清明，我爸妈都会带我去祭奠他。临走时，我爸还让我跪下，说，来，给你建国叔磕头。我郑重其事地磕三个头。前额砸到水泥地上，梆梆梆的。

最初建国叔埋在城边的一处荒地里，我上初三那年，城市发展到这片儿，阴宅也拆迁了。建国叔的父母和我爸妈商量着，在紫山公墓团购了三块并排连着的墓地，最左首安放了他。另外两块一直空着，我合计着是留给建国叔的父母的，直到三年前，我妈占了中间那块。我爸指着最右边的空穴嘱咐我，到时把我埋这儿。我说，应该跟我妈合葬。我爸摇着头说，不，一定埋这里。他表情严肃，不像开玩笑。我点着头说好好，心里想，到时候还不是我做主。

我爸声称他和建国是最好的朋友，好到彼此像对方的影子。可惜你建国叔得急病不在了，我爸神色黯然地说，年纪轻轻，正金色年华，唉，不在了。

我妈下葬那天，来了好多亲戚，我第一次知道我家居然有这么多亲戚。走完仪式已经中午十二点多，我一个表舅招呼大家回城吃答谢宴。亲戚们早饿了，一听说要开饭，呼啦一声，全坐大巴上，可齐整了，催着司机开车。只有我和我爸还留在墓地，等坟前的草纸烧完。

天阴沉沉的，有风，燃烧的草纸随风漫卷。我爸埋在烟雾中干咳，还流着眼泪。他说，给你建国叔也送点钱。

我背着风，蹲在建国叔的墓前，用打火机点着草纸，说，建国叔，给您送钱了。

你建国叔不是得急病没的，他被人捅了，送医院，没救回来。我爸在水泥地上摊一张草纸，示意我坐下，他说，我给你讲讲我们年轻时候的事儿。

我爸那个年代出生的人，年轻的时候，不掌握一门艺术特长，几乎没法在世面上混。他和建国叔学的霹雳舞，挺上心的。努力得到回报，他们在劳动局举办的全市第一届职工舞蹈大赛中，获得霹雳舞团体组亚军。

　　职工舞蹈大赛期间，建国叔认识了一名健美操组的选手，她来自色织厂。两个人一见钟情，大赛尚未结束，已经难舍难分。不幸的是，女方已经结婚，还生有个女孩。若赛事结束，两个人斩断情丝，像什么也没有发生过，彼此珍藏一段美好记忆，也足慰平生。他俩没有，选择冒险，继续秘密交往下去。当时娱乐项目很少，每次去电影院，是一笔开支，熟人看见，也很难解释清楚。他俩将见面地点选在露天舞厅，一块钱的门票，扎人堆里不显眼，有人见了也能掩饰过去。俩人商量，女方离婚后，他们再组建个新家庭。拿定主意前，建国叔决定让我爸见见他相好的，好在精神上助推他俩一把。那天晚上，我爸和建国叔早早到了舞厅，等着她来。好久，她终于出现，带来一个不好的消息。她摊牌时，彻底激怒了自己的男人。男人明确告诉她，不可能离，你相好的在哪儿，我要宰了他。女方很害怕，说她男人嗜酒如命，一喝完酒，自己就是天王老子，不管不顾，什么事情都能干出来。她说，离婚的事情先放放，从长计议。建国叔对她的话一点不在意，盲目乐观，以为爱情是两个人的事情，只要他俩一条心，其他的都不是问题。事实证明，建国叔太幼稚。他们正商量对策的时候，女方的男人突然出现。他站在建国叔和女的中间，喷着酒气问建国叔，是你吗？建国叔坦然地点点头，摊开了反而是好事，那就面对面讲清楚。对方根本不打算谈判，他视建国叔的坦然为张狂的挑衅，加上喝了酒，受这刺激，一下变成野兽。他从兜里掏出一把刀，一声不吭，刺向建国叔。我爸愣在那儿，没有想到这人如此决断，他冲上前拦挡时，男人已经刺出三刀。建国叔不相信眼前发生的，像被施了魔咒，站在那儿，费解地盯着那个狂徒，一动不动，任由他袭击。

我问我爸，为什么现在和我说这个？

他说他觉得有必要让我知道真相，过去不讲，是因为我小，没有建立正确的生死观念，加上建国叔的事儿，确实也不光彩，怕我扫墓时心里唐突他。

我问，建国叔出事那天晚上，是不是我也在场？我恍惚记得，当时你染一头黄发。

我爸盯着我看半天，犹豫一下，说，那天你确实在场，可你只有三岁，不可能有记忆。

我努力想了想，果然记忆里模糊一片。那天晚上，我爸拉着我，慢慢往舞场走。路灯昏暗，我爸金黄色的头发，一会儿看见，一会儿看不见。迪斯科舞曲声音很大，传出老远。人们疯狂地扭动身体，射灯频闪，高悬在场地中央的球形灯，反射着白色的、红色的、紫色的光斑，舞场显得光怪陆离，宛如梦境一般不真实。

杀人，我怎么一点也记不起来呢？我说，真是想不起来，除了你金黄色的头发。

我爸说，我烫过头，留过长发，就是没有染过，有金黄色头发的，是你建国叔。

难道我记错了？

是的，记忆不可靠。

杀人犯最后怎么处理的？

枪毙了。

那女的呢？合法丈夫和相好的一下全没了，就剩下个女儿相依为命，人间悲剧哪。

我爸垂着脑袋，望着火盆，火盆里的草纸，冒着青白色的烟雾。他说，不知道，就见过那一次，之后再没联系过。

我问，她叫啥名字？

我爸问，谁？

那个女的。

我爸迟疑一下，说，好像……好像叫卢冬花。

我问，这些年，你见过她没有？

没有。我爸说，不过，她女儿的情况，我倒是知道些，在一家农贸市场卖菜，叫什么来着……

五

余秋雅一直犹豫我俩之间的关系。她早已习惯男人从身边不辞而别，可到这岁数，经不起再折腾。凑合着，过一天算一天，没必要绑定在一起。关系越明确，责任越具体，分手了，越是负担不起，越伤筋动骨。态度模糊一点，我即便绝尘而去，她也不会有什么损失，因为就不曾承诺过。是的，我持这个态度，她说。

我说，我是认真的，这样吧，为表示郑重，咱先见见你妈，看冬花阿姨的态度，要是她觉得我像过去你认识的那些男人一样不靠谱，我不强人所难，她要是觉得可以，咱俩继续交往下去。

为什么不是让你爸先见见我？她说，这样咱俩结束得更快。

我说，我爸听我的，他对我唯一的要求，就是只要我不找一男的，其他，随意。

余秋雅说，你看上我哪点了？我要是一男的，也不会看上我这样的，我想将来我会和我妈一样，过了五十，去寺庙里挂单。

我说，就这么定，约个日子，去看看冬花阿姨。

她问，你说，俗家弟子能不能用"挂单"这个词？算了，我干脆出家算了。

我说，后天怎么样？公司的皮卡我弄过来了，咱们下午两点出发，来回路上俩小时，和冬花阿姨处俩小时，争取下午六点前回来，你还能出摊儿，刚好赶上下班买菜的高峰。

余秋雅说，哎，我还没有答应呢。

我说，好，就后天。

我去接余秋雅时，她正站在市场门口等我。乌黑的短发，脸上标配着墨镜，手里拎一坤包，身上箍着小一码的翠绿色套装，随时有崩开的可能。

我开门下去，把她脚边放的一箱香油搁后排座位前的地垫上，然后轰着她上去。她解开上衣扣子，这才坐车上。

我问，咋不戴假发？

怕挨骂，从小到大，我妈反对我染发，去看她，不敢戴。

明明知道你妈不喜欢，你还做，忤逆。

有时候，你越禁止，我偏这样。

你不是一个特别叛逆的孩子，感觉从小到大特别乖。

说得对，我还真不是跟我妈对掐，纯粹是喜欢金黄色的头发，打小喜欢。

出了城，我一脚油门下去，车速没见涨，车座抖起来，屁股发麻。余秋雅笑起来，说，你这车，得送废品收购站。

我说，哎，你把手机导航打开，寺院是不是叫菩提寺？我不熟悉路。

余秋雅设好导航，车上没地方放手机，她拿手里。又怕我听不清语音，她时不时左右打着手势，提前指挥我转向。

余秋雅说，我妈是个苦命人。我爸叫余峰，有暴力倾向，尤其喝完酒，经常找我妈练手。我妈对他说，只求你两件事，打我时别让秋雅看见，对她成长不好，别打我的脸，我还要出门，不能让别人看见我有伤，说你坏话，说咱俩过得不好。我爸暴脾气上来，哪管我在不在场，下手时哪还躲开我妈指定的地方。

哎，前方五十米右拐。路窄弯急，注意减速。

他为啥打你妈？没有人天生是暴力狂。

你看我这长相，就知道我爸长啥样儿。他觉得我妈高傲，看不起他，认为他不配娶她。我爸偏偏不服，说我把你打到般配。我爸还重男轻女，嫌弃我妈生下我，说她是个中看不中用的货。他想再要个弟弟，我妈坚决不生，快把他气死了。我爸倒是没有打过我，他懒得多看我一眼，不愿理我，更不管我，我在他眼里是空气，可有可无。我实在惹他生气，他也不打我，打我妈，把气撒我妈身上。有时候，我觉得我来这世上是多余的，我爸不满意，还给我妈添麻烦，让她因为我挨打。

进入山区了，你小心开。下个路口，别转，直行通过，对，直行通过。

我妈挨打多了，总结出来规律，每次挨打时，她不反抗，还替我爸着想，让他坐沙发上打，我爸上脚踢的时候，她还挪动身子，让他够得着。我妈从被动挨打，变为主动挨打，我爸打她，反倒觉得没意思，打几下，索然无味，也就不打了，挺好。我妈怕给我留下心理阴影，每次挨完打，她抱着我，安慰我说不要怕，只要不反抗，你爸就会打轻些。她也习惯了，忍忍就过去。

对对对，就沿着目前的道儿走，前方有下坡，注意刹车。

我爸有时候也会后悔，酒醒了，跪着给我妈道歉。我妈说你起来，你不要这样，我知道你心里也难受，有什么办法呢，我们过成一家人了，孩子也生了，还能怎么着，离婚吗？我爸说，离婚是不可能的，那是会出人命的。我妈说，话都说到这份上，余峰，你跪着有意思吗，你只是减轻你的心理负担，压根没在乎过我。

坡陡，减挡减速，加油门。转过前面那道弯儿，再走个十多公里，菩提寺就到了。

我爸是化纤厂的电工，他兜里成天揣着一把电工刀，有事没事，喜欢拿个指头肚大的小磨石，磨它。刀刃闪着寒光，能一下斩断电线里的铝丝。有一段时间，我爸喜欢动不动亮出电工刀，在我妈面前示威。他说，刀饿了，听见没有，嗷嗷叫呢，它要喝人血，早晚会有人死在这把刀下。后来，他果然杀人了，他也因为这事，没的。我脑子里有块橡皮，把这段经历擦掉。我不要记得它。我妈一个人带着我过，等我能照顾自己时，她一心向佛了。你现在知道我为啥不怕挨打了吧？因为，我自小生活在暴力环境里。

我说，你对暴力的忍耐，不是因为恐惧心。你爱妈妈、爸爸，你爱同学和集体，是因为怕失去他们，才顺从和忍受。爱是恐惧，爱是舍不得，你明白吗？

你咋还强行上价值呢？容我仔细品品。

在余秋雅的指挥下，车顺着山路，七扭八拐，菩提寺突然出现在远处的风景里。离寺五六十米的一棵古柏下，我慢慢停好车。

余秋雅站车边，收下小腹，系上上衣的扣子。我将香油从后排地垫上搬下来，她伸手帮我合上车门。上有五十三级台阶，到了寺门口。余秋雅停下脚步，迟疑一下，回身望着路对面，脸上浮出恍惚的神色。

对面是一片小松林，临路边有户农家，开一间小卖部。低矮的平房，木质柜台，钢筋焊的货架。门口有一台冰柜，上面摆着两塑料筐小玻璃瓶罐装的汽水。

我用胳膊碰下余秋雅，提醒她进去。我抱着香油，跟在后面。

客房里，冬花阿姨表情平静。我们的到来，没有掀起她多大的情感波澜，她口气淡然地感谢我布施的灯油。余秋雅一旁插话，感谢个啥呀，我掏的钱，他就出把力。

冬花阿姨没理会她，目光在我脸上移过，说，你好像我一位故人。我还没有开口，她马上又说，时间久，也许我记错了。

她语调平缓，不带感情色彩，加上寺庙里有种难以名状的气场，自从进来，我始终处于一个不太真实的场景里。仿佛走了很远的路，经过很长的时间，到了另外一个世界。

余秋雅好几次尝试和冬花阿姨亲昵，但冬花阿姨不咸不淡的态度，让温馨的母女氛围一直搭建不起。余秋雅沮丧地放弃，话越来越少，甚至到了无话可说的地步。

冬花阿姨抬起手，示意我们喝茶。我喝有半杯，微苦的冷香味道，不太喜欢。放下杯子，我努力找话说，有一搭没一搭地聊着。我似乎忘记来这里的初衷，彼此因为客气而显得十分生疏。

余秋雅受不了这种气氛，坐在角落的椅子上，独自发呆。我觉得不能等待，再这样下去，我的气势会一点点泄掉，到最后也什么话都不想说，趁体内还有一股余力，将要说的，全部倒出来。

我说，秋雅，能不能让我和冬花阿姨单独聊几句？

她巴不得，正找不到借口出去呢。余秋雅立马站起来，说，好，你们聊，我出去转转，聊完了，给我打电话。

客房里很静，远处传来佛经声。我斟酌着，从哪里开始说起。

六

我妈叫李春燕，去世三年了。

我爸叫刘百稳。

我妈去世第二年的清明节，上完坟，回家路上，我爸说他打算进行一次漂流，为此在网上买了一只橡皮船，还郑重邀请我参加。早在三十多年前，他和朋友建国就策划了这次活动。那时候正兴起漂流长江黄河的热潮，刚上班的二人被勇士们的精神激励，打算漂流一次家乡的白河。可是，他俩没能买到橡皮船，最终无法成行。随后两个人一再提及，因种种缘由一一搁浅。我爸突发少年狂，决定实现当年的梦想。

六月的一天下午。我背着没有拆封的橡皮船，我爸提着一个灰色的布包，里面装有两件救生衣，两个可拆卸的船桨。我们坐上去县城的汽车。我们去漂流。

我俩翻过防洪堤，穿过沙滩，来到水边。我摊开橡皮船，找到气嘴，安上气筒，脚踩着充气。我爸递给我一件救生衣，他穿上另外一件，然后组装船桨。河水缓缓流着，有鸟顶着风低空飞过，水气蒸腾，河对岸的风景模糊不清。

我爸坐到橡皮船的一头，我蹚着水，用力推几把船身，看吃水差不多了，爬上去，坐在另外一头。我爸说，我们出发。他背对着我，划动船桨。我在他身后，也开始划。我们出发。

下午四点半，阳光正毒，空气里散布着灼人的温度。风在水面上掠过，呜呜呜，带着时间行走的声音。一条通身均布着红色环形花纹的水蛇，昂头从橡皮船前面穿行而过，不紧不慢向河岸游去。岸边的沙滩上有一处苹果园，一对新人在树下拍婚纱照。

我们漂流，我们顺流而下。

这一年多，我一直失眠，你妈总是后半夜回来，找我聊天，哭哭啼啼，絮絮叨叨的。那些曾经很重要，但早让记忆修饰和覆盖上千遍的事儿，被她一次次重新唤醒。有时候建国也在，他从不插话，坐在旁边的椅子上，挺直身子，认真旁听，像个中立的审判者。我爸说，应你妈的要求，我决定，重新给你讲一遍建国遇害那天晚上发生的事情。

我说，有必要吗？我全知道。

我爸说，你能不能别插话，耐心听我讲完。

他放下桨，转过身，面向我坐下来，目光越过我的头顶，望着远处水面与天际交接的地方。渐渐地，他眼睛里的焦点开始发虚，像在仔细看，又像什么也没看，进入某种神游的状态。

河水宽阔而平静，我和我爸坐在橡皮船里，停留在河道中央，如一片树叶，漂浮在水面之上。水是时间的倒影，往事一一重现。

他说，我年轻时候孟浪。建国结婚，孩子三岁了，我还没有处对象。有次全市举办舞蹈大赛，其间我有幸结识一位跳健美操的姑娘，色织厂上班，大我一岁，结婚了，有个女儿。我们偷偷相爱，不敢让其他人知道，约会也选在露天舞场里，人多好掩饰。我请求她离婚，然后嫁给我。她说她老公性情暴虐，想在一起的话，不要急，得从长计议。我等不及，求助好友建国，让他也帮我们想想办法。建国不同意我和她交往，并且断言再这样下去，我不会有好下场。我说你不能有世俗的偏见，我俩不是偷情，是真爱。我邀请建国去舞场和她见上一面，以解除他的误会。那天晚上吃完饭，我去找建国。李春燕在厨房刷碗，建国抱着孩子在客厅，教孩子读墙上挂的识字画片。见我来了，他将孩子交给我，他去厨房找李春燕请假。我听见李春燕说，去哪儿都行，把儿子带走，让我清静一会儿。建国进客厅，接过孩子，冲我点点头，说，我们走。到了舞场，我和建国坐在一个不起眼的角落，孩子绕着我们跑来跑去，建国眼光噙着他，生怕跑丢。等好久，她终于来了，还带着她女儿。两个孩子在一起，很快熟了。音乐响起，我和她走下舞池，跳一曲慢三。我问她，对建国印象怎么样？舞蹈大赛时，我们一起组的队，你应该记得他。她说不记得，当时眼里只有你，不过他的黄头发可真显眼时髦哟。我说他人好，动物界里，最没有攻击性的，往往长着张扬鲜亮的颜色，看上去不敢招惹，这叫保护色。她问，带你朋友来，是向他炫耀你有相好的，还是让他替你把把关，看看你相好的怎么样？我说都不是，你是我的爱人，他是我最好的朋友，我介绍你俩认识，增进了解，有助于消除他对你的成见，顺便让他也帮着咱俩想个能在一起的办法。一曲终了，我们坐在一起聊天，我开诚布公地跟建国说了我和她目前的困境，想听听他的意见。有时候，当局者迷，外人稍微点拨，即可拨云见日。我将我俩的状况刚介绍完，她发现两个孩子不见了。建国说没事，他们去门口买汽水喝。她不放心，说你俩先聊着，我去看看，别溜出去，外面黑灯瞎火的，不安全。她离开还没两分钟，我和建国正说着话，一个浑身酒气的精壮男人奔过来，伸手抓着建国的衣领子，一把提起他。那男人什么话也不说，手不停地往建国身上戳。她从后面冲过来，一下抱着男人的胳膊，拼命阻止。我这才发现，男人手里攥着一把电工刀。建国身上哗哗往外喷血，他怔怔地看看我，看看那男人，眼里全是迷惑。至死他也不明白，到底发生了什么。我清楚。那个男人是来报复我的，显然，他认错了人，建国金黄色的头发特别抢眼，我在他面前黯然失色，男人将建国当成了我。建国因我而死，建国是为我而死的。活了这么些年，我经常糊涂，分不清我是自己，还是建国。很多时候，我有这样的错觉，当时那把刀子刺中的不是建国，而是我。也许我早已经死了，建国还一直活着。不重要了，我和建国合二为一，我们是一个人了。

橡皮船漂浮在水面上，一条大鱼摆着金色的尾巴，缓慢潜入水底。我和我爸坐在船里，他在船头，我在船尾。我爸收回投向远方的目光，望着我。好久，他说，人的长相会遗传，一般女孩像爸爸，男孩像妈妈，你不是，你长得像你爸，你和他一模一样。

我看见河岸上，夕阳西下，蜘蛛结网，燕子归巢，一只吃饱青草的小羊，咩咩叫着在找回家的路。曾经发生的，不可改变，未曾发生的，终未发生。时间消失了，世间的一切，生活在永恒之中。

七

冬花阿姨说，我讲一个我朋友的经历。当时，我这朋友起身离开百稳和建国，去门口找两个孩子。走有一二十米，迎面碰见她男人余峰。余峰一把抓着她，逼她说出哪个是她的相好。她指了指不远处的建国。余峰怕认错，死死盯着建国确认，那个黄头发吗？她点点头，说是的，是他。余峰丢下她，奔向建国。我这朋友知道自家男人的暴脾气，她故意指认错，想趁余峰和建国纠缠的时间，劝百稳借机离场，避免争斗。至于这么做，会触发什么样的后果，她来不及细想，心里唯一的祈愿就是百稳赶快安全离开。她犯了大错，错估酒后余峰的凶残，更想不到他兜里会装有一把电工刀。余峰自始至终没有认错人，他就是奔着建国去的。一切都是我这朋友的临时起意，让一个局外人遭受无妄之灾，肇事的两个人，却一直苟活。

冬花阿姨最后说，经书上言，一念妄心才动，即具世间诸苦。如人在荆棘林，不动，即刺不伤。妄心不起，恒处寂灭之乐。一念妄心才动，即被诸有刺伤。故经云：有心皆苦，无心乃乐。

我从客房出来，寺里转一圈。寺不大，几分钟看完。没碰见余秋雅，我给她打电话，半天她才接。我问，你在哪儿？电话那头她慢吞吞地答，是呀，我在哪儿？

我说，就这么大个地儿，你还能跑丢？

半天，她回一句，我在外面，外面的小卖部。语气疲惫拖沓，睡眼惺忪的。

出寺门，我看见斜对面农家的小卖部门口，余秋雅靠着冰柜，站在那儿，一动不动，像一尊泥塑。她死死盯着冰柜上那两个塑料筐，说，叔叔，来两瓶汽水。

木质柜台后面坐着一位中年人，正在手机上刷复古的短视频，外放背景音乐是一段迪斯科。他头也没抬，说，自己拿。

她选了两瓶，一个白瓶子，一个绿瓶子。走到柜台前，余秋雅拿起支架上拴着的启瓶器，熟练地打开瓶盖。她说，叔叔，来两根吸管。

挺讲究的人。中年人白她一眼，从柜台下摸出吸管，扔柜台上面。她将吸管放到嘴边，咬开外面的塑料薄膜包装，抽出来，分别插在瓶子里。她挑了白瓶的，绿色的那瓶递给我。我俩低头喝汽水。

门外有风，贴地吹过，卷起残枝败叶。一只小黑狗，立在屋檐下，歪着头，目光追逐着风去的方向。不远处寺门洞开，似有股引力，我靠在柜台上，抗拒着。

余秋雅一直没有抬起头，她在喝汽水。汽水像泛着银光的大湖，余秋雅朝着湖中央缓步走去。湖水漫过她的脚踝、小腿、肚脐、胸口、乌黑的短发。她潜入湖底，化作一条金黄色的大鱼，摆动身体，游向幽邃未知的湖水深处。

她说，小时候，有天晚上，我爸去朋友家喝酒，我和我妈吃过饭，她说，走，带你出去转转。只要我爸晚上在外面喝酒，我妈铁定也会出去，有时候带上我。我妈有种感知能力，总能在我爸回来之前，先到家。但那天晚上，偏偏出了差错。我妈拉着我，沿着马路，在路灯下走呀走。我们拐进一家露天舞厅。我曾经和我妈来过几次，我妈舞跳得好，邀请她跳舞的人排成队，她还有一个固定舞伴。舞伴介绍一个叔叔给我妈认识，他也带着一个孩子。我妈和舞伴跳舞时，叔叔跟我聊天，问我叫什么名字，几岁了，鼓励他的孩子和我玩，让他叫我姐姐。舞曲终了，我妈和舞伴从舞池回来，接着放的是一曲迪斯科，他们没跳，和叔叔三个人坐在长条凳上，聊重要的事情。弟弟还小，不懂事儿，拽着叔叔的衣角说要喝汽水。叔叔说等一会儿。他一刻也不能等，哭起来，躺在水磨石地面上打滚。叔叔抱起他，安慰说，好，给你买。叔叔看着一旁的我，从兜里掏出两块钱，指着不远处的检票口，那里放着一台冰柜。他说，秋雅，去买两瓶汽水好不好，你一瓶，小弟一瓶？我接过钱，攥在手里，说好。小弟不依，非要跟着。叔叔和我商量，带上弟弟，好不好？他脸上挂着歉意，好像带小孩是一件给人添麻烦的事儿。我至今还记得他当时的样子，金黄色的头发，紫光灯管下，露出的牙齿特别齐整、特别白，叔叔真帅。长这么大，第一次获得别人的信任，我不能辜负他。站在冰柜前，我要了两瓶冰镇汽水，一瓶五毛钱。汽水要在那儿喝完，瓶子回收，拿走的话，得掏押金，喝完再把空瓶子送回来。我脑子一时转不过来弯，心里又打一遍小算盘，始终认为拿到座位上，要多花钱。我对小弟说，我们就在这儿喝。我选了一个白色瓶子，小弟选了一个绿色瓶子，里面各插一根吸管。我俩商定喝到一半时，彼此交换，等于每人花五毛钱喝到两种口味的汽水，赚了。我俩站在冰柜边上，我高出冰柜一头，小弟和冰柜一般高。我俩就着吸管，喝汽水。这时候，我爸从舞厅门口进来，浑身酒气。我举着瓶子讨好他，说爸你尝一口，水蜜桃味的，解酒。我爸推开瓶子，问，你妈呢？我指了指舞池。他说，你站这儿，别动，等我回来。我说，好，爸，我不动，等你回来。我是个听话的孩子。冰柜上方悬挂着一盏白炽灯，很亮，舞场那块儿显得昏暗无比。小弟喝完汽水，晃着我的胳膊，要我带他去找爸爸。我靠在冰柜边，不敢动弹。我死死拽着小弟的一只手，生怕他一个人跑丢了。我说，小弟，你等会儿，等我爸爸来了我好带你找爸爸。小弟，你等会儿，你等我一会儿。

　　我记起你是谁了。余秋雅透过墨镜望着我，说，小弟，一转眼，你长这么高了，我还在原地等爸爸。

　　我张开双臂，缓缓将她拥入怀里。我说，秋雅，我们结婚吧。说完，我抬起手，摘下她的墨镜。

（选自《莽原》2023 年第 6 期，有删改）